Alvaro Pombo
Leichte Vergehen

Alvaro Pombo

LEICHTE VERGEHEN

Roman

Aus dem Spanischen
von Elke Wehr

Piper
München Zürich

Die Originalausgabe erschien 1986 unter dem Titel »Los delitos insignificantes« bei Editorial Anagrama S. A. in Barcelona.

ISBN 3-492-03172-2

Gesetzt aus der Palatino Mediäval
Satz: Uhl + Massopust, Aalen
Druck und Bindung: Wiener Verlag, Himberg
Printed in Austria

»EXCUSE ME«, wagte sich Quirós schließlich vor. »*Have you got the time?*«

»Ja, natürlich. Es ist fünf vor sechs«, antwortete Ortega.

»Eine Hitze ist das!« Quirós lächelte.

»Na ja, wie üblich. Sechsunddreißig Grad. Wir haben schon den achtzehnten Juli...« Ortega hatte sich zu Quirós umgewandt; er hatte den *Cambio-16* dieser Woche auf das Tischchen gelegt.

Es war auf der Gran Vía. Das Menschengewühl des späten Nachmittags. Wahrscheinlichkeit und Unwahrscheinlichkeit tauschten in rascher Folge die Rollen. Das leicht dickliche Gesicht von Francisco Fernández Ordóñez nahm die ganze Titelseite der Zeitschrift ein. Die kastanienfarbenen Augen, die sinnlichen Lippen, die Spur der Jahre. Es war eine gute Farbphotographie. Man konnte sogar die Bartstoppeln erkennen.

»Also, mir macht die Hitze zu schaffen in diesem Sommer!« Die schönen mediterranen Augen von Quirós schimmerten schwarz, freundlich, wie auf einem Photo in einem Touristenführer. Ortega mußte an einen Pagen in einem Hotel in Sitges denken.

»Fragst du immer auf englisch, wie spät es ist?« fragte Ortega.

»Ich hab geglaubt, Sie sind Engländer. Ausländer. Sie sehen nicht wie ein Spanier aus«, antwortete Quirós.

»Aber ich bin einer. Ich muß dich leider enttäuschen.« Ortega amüsierte sich. Deshalb fügte er hinzu: »Du dagegen bist unverkennbar ein Spanier. Oder ein Italiener. Alles, nur kein Ausländer.«

»Ich muß Sie leider enttäuschen.«

»Ganz im Gegenteil. Die blonden Rassen haben was sehr Langweiliges für mich. Es gibt nichts Besseres als einen Tropfen Araberblut, um Leben in ein Gesicht zu bringen! Wir sind doch alle halbe Mauren ...« Quirós rückte mit seinem Stuhl näher an Ortega heran. Das hohe leere Glas, aus dem er sein Zitroneneissorbet getrunken hatte, wackelte auf dem Tischchen vor Quirós, während er den Stuhl über den Boden zog. Langsam kam und ging die spätnachmittägliche Menschenmenge auf der Gran Vía eines rosafarbenen Madrid.

»Ja, halb Mauren, halb Juden, halb Christen, hoffnungslos sentimental und konfus wir alle«, sagte Ortega.

»Der da auch?« Quirós zeigte mit dem Finger auf die Photographie von Fernández Ordóñez.

»Der ganz besonders«, rief Ortega lachend aus. »*Made in Spain* durch und durch.«

»Und? Wie sehen Sie ihn? Als Staatsmann oder als politisches Chamäleon?«

»Als Staatsmann, als Staatsmann, aber selbstverständlich, und außerdem vom Allerfeinsten, denn obendrein liest er auch noch Pessoa!«

»So weit wird's damit nicht her sein!« Quirós war entzückt. Eine gewisse Skepsis in politischen Dingen konnte diese ungewöhnliche Situation nur noch erhebender machen.

»Warum sagst du das? Was hast du gegen Fernández Ordóñez?« Ortega seufzte bei diesen Worten. Er fand, daß seine Rolle an diesem Nachmittag sehr leicht zu spielen war. Und sehr befriedigend. Ein reifer Mann, noch immer voller Jugendlichkeit, voller Illusionen. Das objektive Gegenstück zum neuen Außenminister – im Kleinformat. »Ich bin sicher, er ist ein Ehrenmann ...«

»Er muß geschickt sein. Er fällt immer auf die Füße, wie die Katzen. Dem fehlt es nicht an Einsatzmöglichkeiten ...«

»Natürlich nicht! Warum sollte es ihm daran fehlen? Er hat seine Auswahlprüfung bestanden, ist fleißig, geschickt, liest Pessoa, besitzt politische Erfahrung, es kommt ihm zu, dort zu sein, wo er ist, findest du nicht?«

»Wenn Sie meinen...«

»Außerdem ist er ein typischer Madrider, er hat Charme...«

»Kennen Sie ihn persönlich?«

»Warte, ich werde dir eine Anekdote erzählen...« Ortega holte ein Päckchen Ducados hervor. Quirós holte ein Päckchen Fortuna hervor. Beide ließen sie ihre Zigarettenschachteln auf ihren jeweiligen Tischchen liegen. Die Zeit war kaum sichtbar. Die Hitze war kaum spürbar. Die Menschenmenge auf der Treppe des Lope-de-Vega-Kinos, die auf die Sieben-Uhr-Vorstellung wartete, leuchtete in intensiven Farben. Ortega lächelte, während er den Rauch nach dem ersten Zug ausstieß. Quirós lächelte unwillkürlich, wie vergeblich, plötzlich wieder achtzehn mit seinen fast fünfundzwanzig Jahren.

»Ich verstehe nicht, wie Sie so was rauchen können...«

»Ducados? Ich rauche sie schon seit zwanzig Jahren... Alles andere hat keinen Geschmack für mich, nicht einmal Zigarren... Gewohnheit. Wir sind Gewohnheitstiere. Das ist nun einmal so.«

»Ich habe Sie unterbrochen, entschuldigen Sie. Sie wollten mir eine Anekdote erzählen...«

Quirós rückte mit seinem Stuhl noch etwas näher an Ortega heran. Ortega tat, als würde er sich nicht erinnern, wovon sie gesprochen hatten. Das Ganze war amüsant. Wie in seinen eigenen Romanen, vor fünfzehn Jahren. Eine Begegnung auf der Gran Vía. Ein spontanes Gespräch, an einem achtzehnten Juli, bei sechsunddreißig Grad Höchst- und zwanzig Grad Mindesttemperatur. Ein einwandfrei realistischer Dialog. Eine gewisse ästhetische Distanzierung, aus Überheblichkeit. Eine erzählerisch plausible Unterhaltung.

»Eine Anekdote, ja. Worüber haben wir gesprochen?«

»Über Fernández Ordóñez...«

»Ja, natürlich. Genau. Eine Anekdote, die eine Vorstellung gibt von der Person, von dem menschlichen Wesen, besser gesagt. Dir wird das dumm vorkommen. Aber ich erzähle sie gern, weil ich die Geschichte selbst erlebt habe. Ich persönlich. Sie stammt aus erster Hand...«

»Ah, also kennen Sie ihn persönlich!«

»Darauf komm ich jetzt. Es war bei einer öffentlichen Ehrung von José Luis Aranguren. Sie hatte noch nicht begonnen. Ich war dort, ich stand neben dem Podium und unterhielt mich mit Aranguren. In diesem Augenblick trat Fernández Ordóñez zu uns. Und gleichzeitig trat eine andere Person heran, ich weiß nicht, wer, um Aranguren zu begrüßen. Also standen wir uns auf einmal stumm gegenüber, Fernández Ordóñez und ich. Ich muß dir gestehen, ich war ganz schön verlegen. Ich wollte ihm meinen Namen sagen, aber er kam mir zuvor und gab mir die Hand mit den Worten: Ich bin Fernández Ordóñez. Was offensichtlich war. Es wäre nicht nötig gewesen, es zu sagen. Mir schien das ein schöner Zug. Sehr natürlich, ganz ohne Einbildung. Das hat mir gefallen... Später hat uns dann Aranguren vorgestellt, natürlich...«

»Ich seh schon, Sie stecken drin in dieser ganzen Mühle«, sagte Quirós.

Es war faszinierend. Beide dachten sie: es ist faszinierend. Ortega fühlte sich behaglich erwachsen. Quirós verwegen kindlich. Alle Daten, selbst die nicht genannten, die möglichen, waren zu gleicher Zeit gegenwärtig. Eine triviale, abendliche, unsagbare Wahrscheinlichkeit.

»Na ja, jetzt nicht mehr. Das war mal... Vor Jahren. Vor fünfzehn Jahren. In der Mühle. Jetzt nicht mehr. Das mit Aranguren war eine besondere Sache. Ich kenne ihn schon seit vielen Jahren...«

»Sind Sie Schriftsteller?« fragte Quirós.

»Ich war es«, antwortete Ortega lächelnd.

Alle Spezialeffekte zeigten Wirkung. Es bedurfte keinerlei Anstrengung. Man mußte sich nur gehenlassen. Sich von der Unterhaltung mitreißen lassen. Wie an einem glücklichen Abend zu Hause, als er vor seiner Schreibmaschine saß, in seiner Wohnung im siebten Stock, im Frühjahr, gegen Ende, und in einem Zuge eine Erzählung herunterschrieb. ›Diese fürchterliche Anstrengung und die Freude, wie sich die Geschichte vor mir entwickelte, wie ich in einem Gewässer vorwärtskam.‹ Ortega empfand Scham darüber, daß er in einer so billigen Situation wie der gegenwärtigen an Kafka dachte. ›Aber warum billig?‹ fragte sich Ortega gutgelaunt. Er fühlte sich inspiriert an diesem Nachmittag. War vielleicht an diesem Nachmittag endlich die Inspiration gekommen, das Glück? Ortega dachte rasch, daß es überhaupt keinen Grund gab, sich vorschnell solchen Spinnereien hinzugeben. Quirós, der noch immer dem dramatischen »ich war es« nachlauschte, betrachtete ihn mit starrem Blick. Jetzt war er kein Kind mehr.

»Sie waren es, also sind Sie es...« erklärte Quirós strahlend.

»Ein recht zweifelhafter Schluß, meinst du nicht? Warum wolltest du wissen, wie spät es ist?«

»Ach, die Zeit! Ich trage keine Uhr. Ich bin mit meiner Freundin verabredet...«

»Aha«, versetzte Ortega.

»Aber nachher, später, sehr viel später. Sie ist nämlich Sekretärin. Sie arbeitet bis sieben. Wir haben ausgemacht, ins Kino zu gehen, in die letzte Vorstellung. Fast eher wegen der Klimaanlage als wegen des Films, ich für meinen Teil wenigstens...«

Ortega amüsierte der Ton der Antwort mehr als alles andere. Alles, der ganze Nachmittag, war eine Frage von Tönen, von Impulsen. Ein rein musikalisches Ereignis.

»Dann hast du also noch Zeit. Wann seid ihr verabredet?«

»In Callao, um zehn«, log Quirós, der sich an diesem Abend mit Cristina, seiner Freundin, nicht verabredet hatte. Eine impulsive Lüge, die zum Gewebe dieses ganzen Dialoges zu gehören schien, als wäre sie bloß ein passendes Stück in einem lebendigen, runden Ganzen. Eine Lüge, die als Teil einer neuen sprachlichen, imaginären Totalität keine Lüge war, sondern eher Teil der Wahrheit, die am Grunde mitlief. Es galt, um jeden Preis weiterzumachen. Und daß es weiterzumachen galt und nicht fortzugehen, empfanden beide in diesem Augenblick als zwingend. So ist es immer in solchen Fällen.

»Sie haben gesagt...« fuhr Quirós fort. »Also, ich heiße César, César Quirós...«

»Gonzalo Ortega, sehr erfreut.«

»Sehr erfreut«, wiederholte Quirós.

»Beiderseitige Freude, also. Ein schlechter Anfang«, versetzte Ortega.

»Schlecht? Wieso schlecht? Wieso schlecht? Ich würde sagen, ganz im Gegenteil . . .«

»Das kommt, weil du zwanzig Jahre alt bist . . .«

»Von wegen zwanzig. Vierundzwanzig.«

»Du siehst aus wie zwanzig«, beharrte Ortega.

Und in diesem Augenblick dachte er, daß er nichts zu verlieren hatte. Und auch nichts zu gewinnen. Ortega fühlte sich in diesem Augenblick im Frieden mit sich selbst, obwohl er wußte, daß dieses Gefühl immer illusorisch ist. Und zu wissen, daß er es wußte, verstärkte das Gefühl des Friedens, statt es abzuschwächen.

»Um genau zu sein«, sagte Ortega, »du siehst aus wie zwanzig, aber deine Art zu reden läßt dich älter wirken . . .«

»Ach ja? Und was ist das für eine Art?«

»Schwer zu sagen . . .« Ortega wurde nachdenklich und fügte hinzu, ohne es verhindern zu können und ohne Zusammenhang: »Es ist schwer, überhaupt irgend etwas genau zu sagen, eine Sache *zu sagen,* ist immer eine Qual. So klar du sie auch siehst, so nahe du sie auch vor dir hast . . . Jede menschliche Tätigkeit ist leichter, als etwas auf einfache Weise zu sagen . . . Deshalb habe ich vor fünfzehn Jahren aufgehört zu schreiben.«

Quirós schwieg. Und die Abenddämmerung war leichter. Immer goldener und blühender. Und zarter. Und – paradoxerweise – abstrakter. Reduziert auf ihr unvordenkliches Licht. Und alles war ein Lächeln, mit Ausnahme vielleicht der Zeit, die wie ein Köder aus Platin vorüberzog, um sich in der fernen braunen Unterwasserflora des leeren Herzens der Tiefe der Sommerabende zu verfangen.

»Warum schaust du mich so an?« fragte Ortega.

»Wie schaue ich Sie denn an?«

»Eben so, so starr. Habe ich etwas zuviel gesagt?«

»Nein, nein. Nichts zuviel. Entschuldigen Sie, wenn ich Sie anstarre. Ich habe noch nie jemanden wie Sie gekannt, also ich meine, getroffen. Es ist das erste Mal . . .«

»Es ist auch das erste Mal, daß ich so rede«, gestand Ortega. »Und diese Gesprächigkeit kann kein Auswuchs des

Zitroneneissorbets sein. Sie muß Auswuchs des reinen Bewußtseins vor sich selbst sein, oder wenn nicht, was dann ...«

»Wie Sie meinen«, sagte Quirós.

»Weißt du, daß ich, ich weiß nicht, schon jahrelang mit niemandem mehr spreche? Mit niemandem. Das sagt sich rasch. Aber es ist die Wahrheit. Die Wahrheit ist, wenn ich ein anderer wäre, wenn ich du wäre, ich hätte nie mit mir auf der Gran Vía geredet.«

»Sie sind sehr pessimistisch ...«

»Glaub das nicht. Realistisch. Nur realistisch. Erzähl mir was von dir ...«

»Da gibt es nicht viel zu erzählen. Ich glaube nicht, daß Sie das sehr interessiert ...«

»Es interessiert mich sehr ...«

»Es ist interessanter, mit Ihnen zu reden als mit meiner Freundin ... Und dabei ist sie ein nettes Mädchen. Sie ist mehr wert als ich. Das sage ich immer. Aber reden, reden tun wir nicht. Was man so reden nennt. Sie ist Sekretärin ...«

»Ja. Das hast du mir schon erzählt. Sehr schöner Beruf ...«

»Jetzt machen Sie sich über mich lustig ...«

»Gott bewahre!«

»Was für ein wirres Gespräch!«

»Die besten Gespräche sind so ...« sagte Ortega.

Es war halb neun. Die Nacht brach nun voll herein. All das war ein geschlossenes Ganzes. Es gab weder Ausweg noch Alternative. Es galt weiterzumachen.

»Heutzutage«, äußerte Quirós mit vernünftiger Miene, »redet die Jugend kaum ...«

»Aber du redest ...«

»Ich bin ja auch nicht mehr so jung ...«

»Mehr als jung.«

»Für Sie, vielleicht.«

»Tu mir den Gefallen und sag nicht Sie zu mir. Laß diese förmliche Anrede weg ...«

»Ich lasse egal was weg, die Anrede oder sonstwas ...«

»Sag du zu mir.«

»Wie Sie wollen, ich meine, wie du willst...«

»Es ist schon fast neun«, sagte Ortega. »In einer Stunde triffst du dich mit deiner Freundin.«

»So ist es.«

»Es muß schön sein, sich mit einer Freundin in Callao zu treffen... Mir würde das auch gefallen...«

»Wahrscheinlich wollen Sie nicht...«

»Mag sein. Nun ja... Ich muß jetzt gehen... Kellner, was macht das?«

»Nur Ihre Bestellung, mein Herr?«

»Beide. Die von dem Herrn und meine.«

»Zwei Zitroneneissorbets. Macht dreihundert Peseten.«

»Ein Heidengeld!« sagte Quirós.

»Wir sitzen ja schon fast zwei Stunden hier. Auch das hat seinen Preis«, sagte Ortega, während er die Getränke bezahlte.

Beide erhoben sich gleichzeitig. Und es war Ortega, der bei dem Gedanken, daß Quirós sich in einer Stunde mit seiner Freundin treffen würde, Eifersucht verspürte wie einen Schauer. Und er sagte: »Wir müssen uns wiedersehen. Dabei können wir es doch nicht bewenden lassen...«

»Dabei können wir es nicht bewenden lassen...« wiederholte Quirós.

Sie vereinbarten, sich am nächsten Tag am gleichen Ort und zur gleichen Stunde zu treffen. Der Madrider Sommer ist immer sehr lang. Das menschliche Leben immer kurz. Und so fing alles an.

Als Quirós nach Hause kam, sah sich seine Mutter gerade die Abendnachrichten im Fernsehen an. Es war kurz vor halb zehn. Die Diele, ohne Außenfenster, hatte zwei Glastüren, eine gegenüber dem Eingang, die Tür zum Wohnzimmer, und eine rechter Hand, die zu dem Raum führte, der zu Lebzeiten von Quirós' Vater (ein äußerst pingeliger und schikanöser Mensch, der großen Wert auf pünktliche Mahlzeiten legte) das Eßzimmer gewesen war und jetzt, nunmehr ohne den Mahagonitisch und die Anrichte, aber noch immer mit vier der sechs isabellinischen Stühle, die zum ursprünglichen

Mobiliar gehört hatten, Quirós als Schlafzimmer diente. Dieses Zimmer hatte den Nachteil, daß es auf einen engen, nicht sehr gut belüfteten Innenhof hinausging, und den Vorteil, daß Quirós Tag und Nacht nach Belieben kommen und gehen (und vor allem nachts spät heimkehren) konnte, wenn sich seine Mutter nach dem Ende des Fernsehprogramms, gegen Mitternacht, in ihr Zimmer am Ende des Flurs zurückgezogen hatte, eines der beiden vorderen Zimmer der Wohnung, die auf die Calle de Hortaleza hinausgingen. Der Flur auf der linken Seite führte direkt zu dem früheren ehelichen Schlafzimmer (dem jetzigen Zimmer seiner Mutter), zu einem unbenutzten Vorraum, in dem so gut wie keine Möbel standen, und zum Badezimmer, zur Küche und zu einem weiteren, kleineren Schlafzimmer. Dieser Flur lag nach innen, wie die Diele. Zwei braun angestrichene Holzleisten liefen eineinhalb Meter über dem Boden zu beiden Seiten des Flurs an den Wänden entlang. Als Kind war Quirós immer hochgeklettert und, einen Fuß auf jeder Leiste, langsam den Flur auf und ab gewandert, und er hatte sich wie ein Spinnenmensch gefühlt, während unter ihm, unter der Brücke seiner Beine, der Sohn des Hausmeisters und andere Freunde mit verbundenen Augen hin und her liefen. So spielten sie Blindekuh. Diese Erinnerung, die, wie auch der Flur, immer nach Feuchtigkeit roch, war eine seiner lebendigsten; eine gleichsam zeitlose Erinnerung, die Quirós vage in seiner Kindheit lokalisierte, ohne die genaue Zeit oder die Namen oder das Aussehen seiner Spielkameraden angeben zu können. Wenn Quirós sich an seine Kindheit erinnerte, dann erinnerte er sich nur an sich selbst, er erkannte niemanden sonst in ihr, nicht einmal mit Deutlichkeit seine Eltern.

»Bist du es, César?« Die Stimme seiner Mutter aus dem Wohnzimmer ließ ihn leicht zusammenfahren. Quirós trat ins Wohnzimmer. Er setzte sich neben seine Mutter auf das Sofa.

»Wie geht's dir?« Die übliche Frage.

»Ach, nicht sehr gut, mein Sohn, nicht sehr gut! Bei dieser Hitze ist man ja schon am Tag müde ...«

Seine Mutter klang in der letzten Zeit immer ein bißchen müder als es eigentlich sein konnte, dachte Quirós. Als hätte sie sich in eben diesem Augenblick zum ersten Mal am Tag hingesetzt. Quirós wußte nur zu gut, daß das Gegenteil der Fall war, daß sie sich auf ihre kindische Weise ein angenehmes Leben gönnte. Seufzen tat sie allerdings häufig. Beklagen tat sie sich häufig. Aber die Witwenschaft hielt sie jung; zumindest hatte sie sie verjüngt und ein bißchen dicker werden lassen. Auf dem niedrigen Tischchen vor dem Sofa das leere Glas mit Spuren von Milchkaffee und die halbleere Schachtel Fortuna.

»Charito war da zur Vesper. Sie sieht vielleicht hübsch aus, ganz braungebrannt. Sie sagt, sie hat ein Paar wunderschöne Schuhe in Weiß gesehen, aber da sie nichts Weißes hat ... Also ich auch nicht, hab ich ihr gesagt, ich hab auch nichts Weißes. Und diesen Sommer wird man viel Weiß tragen, Weiß kommt wieder, mal wieder Weiß, große Größen und lockere Kleider. Ich muß sagen, mich freut das, die enge Mode war schrecklich, man wußte nicht, was man anziehen sollte ... Aber natürlich, wie ich ihr gesagt habe, ich muß warten, weil ich nicht kann, weil ich einfach nicht kann vor dem Schlußverkauf, weil ein Paar Schuhe jetzt, das sind sechstausend Peseten, und ich kann nicht, wir können nicht; ein Nichts, ein Nichts sind sie, ein Riemchen, der kleine Absatz, ein bißchen Muster auf der Spitze und gleich sechstausend Peseten, und ich kann nicht. Sie, klar, wo sie sich kauft, was sie will, mit ihren Launen, und die hat sie ...«

Die Stimme seiner Mutter fädelte sich so jeden Abend in die reglose Nadel ihrer beider Leben ein, ein wenig zu laut, ein wenig zu wehleidig, ein wenig zu selbstzufrieden, unveränderlich im Lauf der Jahre. Tröstlich auch für Quirós, obwohl sie ihm in Wahrheit keinerlei Zuneigung einflößte. Nur ein dumpfes Gefühl von Zusammenhang.

»Stell dir vor, Fraga will die Entlassung von Calvino verlangen! Der Mensch hat vielleicht Töne! Aber er wird nichts erreichen ... Du, was glaubst du, werden sie auf ihn hören? Der Guerra, so wie der ist ... Der kümmert sich nicht drum, überhaupt nicht ...«

Quirós sagte nichts. Schon als Kind hatte er sich daran gewöhnt, daß seine Mutter redete und redete, ohne auf die Antworten zu achten. Beide zündeten sie sich ihre Fortuna an. Quirós spürte ein vages Gefühl von Sicherheit, von Vergessen. Alle Dinge glitten rasch über die Oberfläche eines unpersönlichen, vielleicht mütterlichen, fernsehenden Bewußtseins wie über eine schräge Ebene, ohne jede Bedeutung. Und bei diesem Gedanken sah sich Quirós von der dümmlichen Kraft des Satzes getrieben, folgendes zu denken: Die Bedeutung und der Sinn werden später hinzugefügt, nach dem Geschehen. Wenn man die Nachricht mitteilt, wenn man die Erzählungen, die Geschichten schreibt. Es war die Skepsis vor dem Schlafengehen, die ihn wohltuend durchdrang, wie bei jemandem, der sich auf die Handlung eines Kriminalromans konzentriert, um einschlafen zu können. Sein Zuhause. Die ganze Zuneigung, die Quirós nicht für seine Mutter empfand, empfand er hingegen für sein Zuhause. Er ließ den Blick durch das vom Fernsehapparat erhellte Wohnzimmer wandern, das gehemmt wirkte in seiner Kleinheit und sich von dem bunten Getöse der Werbefilme zu distanzieren schien, die seiner Mutter so sehr gefielen. Es gab eine Zeit, als der Vater von Quirós noch lebte, da dieses kleine Wohnzimmer nicht benutzt wurde. Nur an Tagen, an denen Besuch kam. Die nachgemachten, protzigen Sessel im Stil des achtzehnten Jahrhunderts wurden das ganze Jahr durch Plastiküberzüge geschützt. Und durch das Plastik, trüb, der Schimmer der Samtbezüge und des falschen Marmors, der falschen Bronze, der falschen Goldverzierungen und Kristallgegenstände des Glaswarengeschäftes Quevedo. Sein Vater, der starb, als er noch Prokurist war, hatte seine Möbel sorgfältig gepflegt. So sehr, daß die Familie in der Küche lebte. Aber gleich nach der Totenwache, die wie eine Entweihung war, begann seine Mutter, dieses Wohnzimmer zu benutzen. Mit den Nachbarinnen und Verwandten, die alle Schokolade tranken, seufzten und sich gegenseitig kondolierten. Und dazwischen seine Mutter, in strenger Trauer, noch ohne zu rauchen. Auch das Rauchen kam mit der Witwenschaft und fast eher als Teil ihrer Witwenpension denn als Laster. ›Es tut ihr überhaupt nicht leid‹, hatte Quirós bei dieser Gelegenheit gedacht. Genausowenig wie ihm; auch ihm hatte es nicht besonders leid getan; er hatte nur sich selbst gefühlt mit seinem Gefühl, nicht zu fühlen, was er eigentlich fühlen sollte. Und obwohl sie nie darüber sprachen, glaubte Quirós, daß seine Mutter und er sich darin sehr ähnlich waren: in ihrem Wissen um Gefühle, die bei der jeweiligen Gelegenheit empfunden werden mußten, ohne daß sie sie jemals empfanden. Ein Wissen, das Quirós bisweilen grausam vorkam, teuflisch, und dann wieder nur menschlich, allzu menschlich. Auf jeden Fall begann seine Mutter gleich nach diesem Tag, gleich nach der Totenwache, die Gewohnheiten zu Hause zu verändern. Der Fernseher zum Beispiel, den sie unter dem Vorwand kaufte, daß sie alleine war und es ihr nicht angebracht schien, während der Trauer ins Kino zu gehen. Quirós erinnerte sich, daß er sich unglaublich amüsiert hatte an jenem Frühlingsnachmittag, als zwei Männer den großen Vanguard-Fernseher brachten, den größten, den es gab. Diese sündhafte Erregung, sich auf den Boden zu setzen und zuzusehen, wie die beiden Techniker das Testbild einstellten. Und sich selbst eingestehen zu müssen, daß diese Geste der Unabhängigkeit, der Witwenschaft, des Rette-sich-wer-kann ihn gefreut hatte und ihn noch mehr in sich verschloß als er es schon war und ihm dazu diente, seine sämtlichen künftigen Akte der Selbsterkenntnis mit der nämlichen Elle zu messen. Sich schuldig oder unschuldig zu fühlen, war das wenigste, es zu sein oder nicht zu sein, war das wenigste. Faszinierend war einzig, sich selbst bei dem einen oder anderen, bei was auch immer, zu erleben. Und die Plastiküberzüge verschwanden. Und auf dem niedrigen Kaffeetischchen vor der Sofagarnitur stapelten sich die Modezeitschriften und *Dunia* und *Hola* und *Diez Minutos*, die seine Mutter vorher nur beim Friseur gelesen hatte. Und das kleine Wohnzimmer verwandelte sich in einen gemütlichen Ort, wo man sich im Schlafanzug hinsetzen konnte. Wenn seine Mutter nicht ausging, wenn niemand sie besuchen kam, verbrachte sie den späten Nachmittag im Morgenmantel. Und wenn es einen guten Film gab oder eine Musiksendung, dann aßen beide hier, in diesem entweihten Wohnzimmer, zu Abend, jeder mit seinem Abendessen auf einem kleinen Tablett. Und nicht, daß die Wohnung vernachlässigt wäre. Keineswegs. Aber sie hatte an Bedeutung verloren, an Zurückhaltung, sie war sehr viel behaglicher geworden. Und die Blumenvasen und Kristallfiguren und abgeschmackten Landschaftsbilder in Öl mit breiten Goldrahmen, die sein Vater höchstpersönlich mit einem eigens für diesen Zweck reservierten Federwisch entstaubt hatte, hatten sich jetzt an einem einzigen Ort des Zimmers versammelt, in einer Ecke, auf einem runden Tisch, wohl rein zufällig mehr oder weniger um die Photographie seines Vaters gruppiert, der sie von dort aus für alle Ewigkeiten im grellen, beschaulichen Schein des Fernsehers finster betrachtete. Und das Essen wurde mittags in der Küche eingenommen, die seine Mutter hatte vergrößern lassen, indem sie die Zwischenwand herausbrechen ließ, die sie von einem kleinen Schlafzimmer trennte, das zur Zeit der Großmutter von Quirós, der Mutter seines Vaters, als Zimmer für das Hausmädchen gedient hatte. Seine Mutter und seine Großmutter hatten sich während der zehn oder zwölf Jahre, welche die letzten der Großmutter und die ersten der Ehe waren, ohne Aufruhr und ohne Pause gehaßt. Bis man sie in ein Altersheim bringen und an den Sonntagen besuchen und ihr Kuchen, Essen und Nachrichten bringen mußte. Quirós hatte immer gedacht, daß die Großmutter sich im Altersheim wohl fühlte, sehr viel wohler als zu Hause, obwohl sie es nie zugab. Ihr zufolge war ihr Platz in der Wohnung ihres Sohnes. Vereint mit ihm gegen eine starrköpfige und vergnügungssüchtige Schwiegertochter. Und vom zehnten bis zum fünfzehnten Lebensjahr spielte Quirós den Zwischenträger. Denn obwohl seine Mutter und seine Großmutter sich haßten, hörten sie deshalb nicht auf, täglich miteinander zu kommunizieren. Es war, als bräuchten beide einander um so dringender, da sie sich nicht sahen. Ein echtes, uneingestandenes Bedürfnis, sich den Kopf heiß zu machen und die Geduld zu verlieren mit Bruchstücken wechselseitiger Nachrichten, die Quirós wie Pakete mit zerbrechlichen Gegenständen transportierte und die ihre Adressaten häufig (oftmals wirklich unabsichtlich, aufgrund bloßer Vergeßlichkeiten oder Mißverständnisse) völlig verstümmelt erreichten. Und schon als kleiner Junge hatte Quirós sich daran gewöhnt, abwechselnd seine Großmutter und seine Mutter aus der Sicht dessen zu prüfen und zu analysieren, was jeder der beiden fehlte, wenn sie von der anderen examiniert und geprüft wurde. Von diesen chronologisch durcheinandergeratenen Diskussionen erinnerte Quirós jetzt fast ausschließlich ein schwindelerregendes Machtgefühl, ein angenehmes Bewußtsein seiner eigenen, ambivalenten Wichtigkeit.

So wuchs Quirós in einer täglichen Skepsis heran, die kein Ziel zu haben schien, denn sie teilte sich, wie ein unfreiwilliges Lächeln, dem ganzen Universum mit. Alles konnte mit großer Deutlichkeit, ja sogar mit großer Bewegtheit wahrgenommen werden, wenn man es aus der Sicht dessen betrachtete, was ihm zu seiner Vollkommenheit fehlte. Quirós fand erst sehr spät zur Idee der Schönheit; und sie kam ihm nicht wie eine Antwort oder wie eine Erkenntnis seiner Sinne, wie ein spontanes Urteil, sondern wie etwas, was man lernt, was man allmählich erwirbt, eine Vorstellung, die unbedeutend war verglichen mit der allseits wuchernden Häßlichkeit, der faszinierenden Zusammenhanglosigkeit, die sich aus den Reden, Verwirrungen und Leidenschaften der Menschen ergab: das heißt, in seinem besonderen Fall, aus den endlosen Selbstgesprächen seiner Mutter und seiner Großmutter. Das soll heißen, daß Quirós die heimtückische Eloquenz des Häßlichen fast eher entdeckte als den eigenen Körper, die eigenen, individuellen Empfindungen. Und er sah, daß er imstande war, auf eigene Faust das Wesentliche dieser familiären Monologe zu reproduzieren und sogar neue, ähnliche Monologe zu erfinden, die sich auf seine Schulkameraden oder auf sich selbst bezogen, und sich dabei recht zu geben oder nicht in einem fortwährenden Wechsel imitierter Stimmen mitsamt ihren Gesten, Grimassen und ihrer hohlen Dramatik. Ein Sprechen, das niemals aufhörte und das, auch wenn kein Lehrer in der Schule gewagt hätte, es so zu nennen, mit einer gewissen Berechtigung als Literatur bezeichnet werden konnte. Und Quirós konnte für die Hausgeräte, die Tische und die Stühle und die Gegenstände des täglichen Gebrauchs ein Mitgefühl und eine Begeisterung empfinden, die für Menschen zu empfinden ihm unmöglich war. Es gab etwas an den Menschen, das zutiefst abstoßend war für den fünfzehnjährigen Quirós. Eine ständige Verwirrung und ein Wahn, die auf ihn selbst übergriffen und die

die ruhigen Hausgegenstände niemals ausstrahlten. Die nicht-menschlichen Dinge waren das, was sie waren, ein für allemal, man konnte sie kennen- und liebenlernen, und das war unendlich befriedigend.

Und Ortega? Quirós hatte für Ortega starke Neugier empfunden an diesem Abend. Er empfand auch jetzt noch starke Neugier. Es war nicht das erste Mal, daß Quirós auf der Straße oder an der Theke einer Cafeteria oder einer Bar Personen im Alter oder mit dem Aussehen von Ortega ansprach. Zwischen allen bestand eine gewisse Ähnlichkeit, die Quirós selbst nicht genau zu benennen vermocht hätte. So verschieden sie waren, sie hatten das Geschlecht und das Alter gemein. Quirós gefielen junge Frauen (etwas älter als er, wie Cristina), aber die jungen Männer seines Alters konnte er nicht ausstehen. Die vielen Dinge, die er aus offensichtlichen Gründen mit ihnen gemein hatte, stießen ihn am meisten ab. Das gleiche Aussehen zu haben wie seine ganze Generation, erschien ihm unerträglich. Hinzu kam jedoch, daß sich mit dem späten Erscheinen des Begriffs der Schönheit eine instinktive Vorliebe für das Gealterte oder vom Alter Verformte oder Gezeichnete verband, nicht nur in physischer Hinsicht, sondern vor allem in der psychischen Struktur der Männer im Alter von Ortega. Und es gab noch etwas: Quirós spürte häufig, daß sie ihn bewunderten. Ihre Blicke tasteten heimlich seinen ganzen Körper ab, wie Liebkosungen, wie Lippen. (Quirós war sich dessen völlig sicher.) Und genauso spürte er jetzt, daß Ortega sich an diesem heißen Nachmittag mit seinen Blicken in seinem Körper verfangen hatte wie eine Fliege in einem Spinnennetz. Was war wirklich passiert? Quirós wußte es nicht. Es war ihm auch nicht besonders wichtig. Ihm genügte die erfreuliche Vorstellung, daß sie sich morgen wieder treffen würden.

Cristina rief ihn zu später Stunde an, als er gerade zu Bett gehen wollte. Er verabredete sich für den nächsten Tag zum Mittagessen mit ihr. Ortega erwähnte er nicht. Er schlief ein, zufrieden mit sich selbst in der verborgenen Zuflucht seines Bettes.

»WAHRSCHEINLICH FEHLT dir Geduld«, sagte Ortega.

»Oder Talent«, sagte Quirós, »eher Talent. Dann geht's von allein . . .«

»Glaubst du?« Ortega fühlte sich gegen seinen Willen in ein Gespräch verwickelt, das ihn verstimmte. Er hätte es lieber auf irgendeine Weise beendet. Es auf das unpersönliche, amüsante Terrain der vertraulichen Mitteilungen zurückgeführt (wenn es wirklich solche waren), mit denen Quirós begonnen hatte. Aber es war gegen seinen Willen auf das Terrain seines eigenen Lebens oder der stereotypen Version seines eigenen Lebens abgeglitten, die sich in den Worten ausdrückte: ein gescheiterter Schriftsteller. Sie redeten schon eine Stunde lang. Es war halb acht. Quirós war vor ihm gekommen. Ortega, den der vergangene Abend und der Vormittag im Büro pessimistisch gestimmt hatten, war mit dem Gedanken zur Verabredung gekommen, daß Quirós nicht kommen würde. Und sogar mit dem Wunsch, er möge nicht kommen, da er nichts mehr erwartete von einer Beziehung wie dieser. Als er ihn von weitem erblickte, freute er sich jedoch, ihn zu sehen. Und diese Freude, die nicht besonders ausgeprägt war (Ortegas Gefühle hatten sich im Lauf der Jahre sehr reduziert, zum Teil unfreiwillig, von alleine, um sich dem Leben anzupassen), kam indes unverhofft und war stechend genug, um ihn gesprächig werden zu lassen. Fast mehr als am Abend zuvor; und die Gesprächigkeit übertrug sich auf Quirós. Oder vielleicht war es umgekehrt. Auf jeden Fall redeten sie schon eine Stunde lang pausenlos, als würden sie sich seit jeher kennen, aber beide mit dem gleichsam unterschwelligen, verstohlenen Bewußtsein, daß sie sich fast überhaupt nicht kannten und daß zwischen ihnen noch alles zu entdecken war. Zu tun. Es war, dachte Ortega, wie ein raffiniertes, kaltes, giftiges Getränk, dessen besonderer, überhaupt nicht vertrauter Geschmack, wie bei einem ausländischen Branntwein, vom Eis überdeckt wird, vor allem am Anfang.

»Ich bin sicher«, sagte Quirós aufs Geratewohl. Denn in literarischen Dingen besaß er, was vielleicht normal war angesichts seines Alters, keine eigene Erfahrung. »Das Talent ist alles. Und das hat man, oder man hat es nicht.«

Ortega konnte sich ein Lächeln nicht verkneifen. Der Bericht über die ersten literarischen Bemühungen, die Quirós dem Versuch gewidmet hatte, die obsessiven familiären Monologe niederzuschreiben, hatte Ortega gerührt. Mehr noch: Es hatte ihn gefreut, an Quirós eine wache Intelligenz zu entdecken, die dem Jungen völlig unabhängig von seinem angenehmen Äußeren (Ortega fand Quirós ganz einfach schön an diesem Abend) in seinen Augen einen eigenen Wert verlieh. Und so sehr Ortega sich auch selbst vorhielt, daß man sich nicht von einer unwiderstehlichen Freude beherrschen lassen darf, an diesem Abend wurde er von einer nüchternen Heiterkeit, einer *sobria ebrietas*, beherrscht. Deshalb sagte er, wiederholte er: »Dir fehlt Geduld. Wie mir. Ich hatte auch keine Geduld, als ich so alt war wie du. Und vor allem später, als ich vorankam und meine Romane allmählich gelesen wurden. Da vor allem...« Gegen seinen Willen ereiferte er sich. Und dieses Sichereifern, dieses leichte Dahingleiten war es, was Ortega Tage später, Wochen später als das angenehmste oder das bedenklichste dieser zweiten Begegnung erinnern sollte. »Damit das klar ist: was ich sage, ist kein Freibrief für Mittelmäßigkeit. Ja, man muß sehr früh die Angst vor der Unvollkommenheit verlieren, sehr früh, fast bevor man irgend etwas geschrieben hat, so paradox das klingt und so gefährlich, so trivial es in vielen Fällen sein mag. Ja, man muß früh die Angst davor verlieren, dem Mißverhältnis ins Auge zu sehen, das zwischen dem herrscht, was wir sagen wollen, und dem, was wir schließlich nach vielem Hin und Her auf dem Papier geschrieben sehen. Man darf sich nicht von den Idealen des Ausdrucks einschüchtern lassen, wie sie die Meister repräsentieren, ein Cervantes, ein Shakespeare...«

»Gut, aber das sind keine Meister«, warf Quirós ein.

»Wieso nicht?«

»Es sind Super-Meister. Man kann nicht danach trachten, sie nachzuahmen.«

»Unterbrich mich nicht...« Ortega lachte auf. »Entschuldige. Ich meine, ich bin sicher, daß ich etwas sage, das wahr ist...«

»Entschuldigen Sie.«

»Willst du mich immer und ewig siezen?«

»Ich seh nicht ein, warum nicht.«

»Du machst mich älter.«

»Das ist Koketterie. Ihr Lieblingsminister hätte das gleiche gesagt.«

»Schon gut, Junge, schon gut. Ich akzeptiere den Einwand . . .« Ortega dachte rasch, wie jemand, der ganz schnell einen schlechten Gedanken denkt, daß es ihm prächtig ging an diesem heißen Abend auf der Gran Vía. Besser noch als beim ersten Mal, besser als gestern, und das wollte was heißen. »Übrigens, wer ist mein Lieblingsminister?«

»Mensch, das haben Sie doch gestern gesagt!« Quirós' Augen glänzten, schwarz wie Zeichnungen, wie Kupferstiche. Als besäßen sie ein Übermaß an Wirklichkeit, einen traumhaften Anflug von Kraft und Präsenz. Ortega blickte ihn scharf an. Es gibt letzten Endes keine großen Unterschiede zwischen innen und außen. Was innen ist, ist außen. Jeder weiß das.

»Was habe ich gestern gesagt?«

»Also, wir haben von allem möglichen gesprochen . . . Aber unter anderem haben Sie Fernández Ordóñez in den Himmel gelobt.«

»Ach, ja? Ich erinnere mich nicht.«

»Ich erinnere mich an die ganze Unterhaltung, Wort für Wort.«

»Ich glaube nicht, daß sich das lohnt . . .«

»Für mich, ja. Ich habe noch nie mit jemandem wie Ihnen geredet.«

»Sag nicht so was. Das kann nicht stimmen.«

»Es stimmt. Ich schwöre es Ihnen . . .«

»Aber es gibt Hunderte, es gibt Tausende wie mich. Nichts gleicht sich mehr als ein Versager dem anderen. Kennedy hat gesagt, der Sieg habe immer viele Väter. Vielleicht ist er ein Hurensohn. Das Scheitern hat nur einen. Und der ist immer der rechtmäßige, wie du es auch betrachtest . . .«

»Man sieht, daß Sie besessen sind vom Scheitern. Nicht wahr, so ist es doch?«

»Besessen nicht. Es ist eine Tatsache. Eine Tatsache, verstehst du?« Obwohl sie wie am gestrigen Abend nur ein

Zitroneneissorbet getrunken hatten, fühlte sich der arme Ortega wie berauscht. Deshalb wiederholte er: »Eine Tatsache. *Omne datum optimum, omne donum perfectum, desursum est descendens a patre lumine* ...«

»Sie sprechen auch Latein?«

»Ach wo! Ich spreche es nicht und lese es auch fast nicht. Ich erinnere mich nur an kleine Brocken ... Ich bin total kaputt ...«

»Sie übertreiben, Ihre Bescheidenheit, meine ich. Sie wissen sehr viel. Ich habe noch nie jemanden wie Sie getroffen. Was bedeutet dieser lateinische Spruch?«

»Er bedeutet ...« Ortega lächelte wie ein Kind, wie der Klassenprimus. Es war die leere Stunde des frühen Abends. Die rosafarbene, zitternde, trügerische Nacht des verführerischen Sommers, die jetzt hereinbrach, Blut, das man unseren Adern entnimmt, nüchtern, und das dann analysiert wird, abstrakt, während wir nur eine Abkürzung sind, ein Name, eine Nummer der Sozialversicherung, Blut, das nicht erlöst und uns doch unzweideutig für das Gute, das Böse bestimmt, bis zum Tod ... »Es bedeutet, daß jede optimale Tatsache, jede vollkommene Gabe, wie zum Beispiel die Vorstellung, die ich von meiner Nichtigkeit und meinem Scheitern habe, von oben kommt, eine Gabe ist, die mir der Vater des Lichts schenkt, ein Niemand oder Gott, wie du willst. Gott ist im Grunde ein Niemand ... Aber es ist so schwierig, ihn zu finden ... Gott zu finden ... Es ist unmöglich ... Ausgenommen vielleicht im Scheitern, wenn das Scheitern uns peinigt wie Gott, dann ist es vielleicht möglich, ihn zu sehen ... Im Raum unseres Negationsvermögens, im Licht der Nacht ... Entschuldige, ich weiß nicht, was ich rede ... Was habe ich gerade gesagt? Normalerweise rede ich nicht so viel Blödsinn auf einmal ...«

»Sie sind ein toller Typ«, sagte Quirós, »ein guter Mensch. Ich habe noch nie jemanden wie Sie kennengelernt ...«

Und Ortega lächelte, zutiefst beschämt.

»Ich rede zuviel«, sagte er.

»Überhaupt nicht. Es ist sehr interessant«, sagte Quirós.

»Doch, ich rede zuviel«, wiederholte Ortega. »Was für eine Hitze!«

»Ja, es ist heiß. Ich hab's kaum bemerkt bis jetzt. Warum sagen Sie, daß Sie zuviel reden? Dann ich auch ...«

»Aber bei dir ist das was anderes. In deinem Alter ist das gerechtfertigt. In deinem Alter von dir selbst zu reden, ist notwendig, ist ... ist in Wahrheit eine Suche nach dir selbst. Aber in meinem Alter ist das schlecht. In meinem Alter gibt es nichts mehr zu suchen, nichts Neues mehr zu entdecken. Es gibt keine unbewohnten Inseln mehr. Es ist reine Selbstgefälligkeit. Man sollte schweigen ...«

Ortega schaute vor sich hin, während er das sagte. Man sah, daß er nicht auf die bunte Menge der Passanten achtete, die mit komischer, provinzieller Langsamkeit an ihnen vorbeidefilierten, als kehrten sie alle gemeinsam nach Hause zurück oder begäben sich alle gemeinsam zu einer Prozession, einem festlichen Ereignis, das immer und ewig auf dem Platz von Callao stattfände. Quirós betrachtete das Profil Ortegas, die nicht sehr sorgfältig rasierte Wange. Er sah so alt aus wie er war, vielleicht fünf Jahre älter. Ein schweres, fleischiges Gesicht. Das Profil eines Mannes, der in seiner Jugend wahrscheinlich schön gewesen war und mit den Jahren eine Art physiognomische Starre angenommen hatte, eine mineralische Reglosigkeit, die das abendliche Licht, das lange Julilicht, erbarmungslos hervortreten ließ.

»Ich höre Sie gern reden«, sagte Quirós. »Ich hab noch nie jemanden wie Sie kennengelernt.«

Ortega wandte ihm den Blick zu. Die Wiederholung dieses Satzes: ›Ich hab noch nie jemanden wie Sie kennengelernt‹, der ihm die ersten Male, am Nachmittag zuvor und an diesem Nachmittag, angenehm gewesen war, kam ihm jetzt wie eine falsche Note vor. Schrill. Und sofort fühlte er sich schuldig, schämte er sich vor sich selbst, weil er sich von seiner melancholischen Beredsamkeit hatte hinreißen lassen. (›Eine Beredsamkeit‹, räsonierte Ortega bitter, ›die sich nur noch in zweideutigen Situationen wie dieser äußert.‹) Und während er Quirós betrachtete, stieg zugleich der gegenteilige Impuls in ihm auf: die Versuchung, sich nicht vor sich selbst zu schämen und sich nicht fortwährend unerbittlich zu zensieren und nicht vor jedem Gefühl zu fliehen, das seiner ganz gewöhnlichen Eitelkeit schmeichelte. Der Zusammenprall der beiden Impulse ließ ihn leicht frostig sagen: »Wiederhol das nicht mehr. Du hast es mir schon gesagt. Ich habe es schon gehört. Es ist zu angenehm. Und es scheint dir nur jetzt so, weil du mich noch nicht kennst. Wenn du mich wirklich kennen würdest, fändest du mich genau gleich wie die anderen ...«

Das gefiel Quirós: diese Aufrichtigkeit und diese Frostigkeit. Deshalb beharrte er: »Ich werde es Ihnen nicht noch einmal sagen, wenn es Sie stört. Aber es ist die Wahrheit. Oder zumindest ist es das, was ich wirklich denke. Heute gibt doch jeder vor, mehr zu sein, als er ist, versucht, mehr zu scheinen, als er ist. Ein Karneval, den man am Ende leid wird ...«

»Erzähl mir was von dir«, sagte Ortega. »Was machst du den ganzen Tag? Arbeitest du? Hast du Ferien? Du hast eine gute Farbe. Gehst du viel ins Schwimmbad?«

»Nichts. Ich mache nichts«, erklärte Quirós schlicht. Aber bei diesen Worten lag ein Anflug von Herausforderung in seinem Blick, als wäre das Nichtstun in einer Zeit, da jeder sich bemühte, mehr zu scheinen, als er war, Ergebnis einer eigentümlichen inneren Stärke und nicht der Faulheit. Jedenfalls war Ortega trotz seiner gewöhnlichen Fähigkeit zur Selbstkritik nicht imstande, die negativen Anzeichen einer Persönlichkeit wie der von Quirós zu erkennen. Wieder einmal trog ihn der Schein an diesem Abend. Der Schein trügt, weil er immer die Wahrheit voranstellt.

»Nichts? Das glaub ich dir nicht. Etwas wirst du doch machen. Man kann unmöglich leben, ohne etwas zu tun. Das Leben macht viel Arbeit, wie Ortega sagte, mein Namensvetter ...«

»Mir nicht«, antwortete Quirós. »Ich lebe von den Frauen, sozusagen ...«

»Mann, das ist komisch!« Ortega lachte vielleicht ein wenig zu laut.

»Lachen Sie nicht. Das stimmt. Ich lebe von den Frauen. Das heißt, von zweien ...«

»Na, das ist ja nicht schlecht, zwei sind ja mehr als genug.« Ortega lächelte noch immer. »Und darf man wissen, wer diese beiden Damen sind? Zwei Amerikanerinnen vielleicht, zwei reiche Erbinnen, eine Brünette und eine Blonde?«

»Hören Sie auf, hören Sie auf... So weit geht es auch wieder nicht. Meine Mutter und meine Freundin, mein ich. Ich lebe mehr oder weniger von ihnen beiden...«

»So schlimm wird's nicht sein.« Ortega wußte zuerst nicht, ob er erfreut sein sollte oder das Gegenteil. Es wäre komisch gewesen, wenn dieser intelligente Junge, der so beharrlich behauptete, ihn zu bewundern, sich als Zuhälter entpuppt hätte. Ortega lächelte, als ihm das kindlich Perverse seiner Phantasien bewußt wurde. Die spontane Unstimmigkeit seiner Bilder. Vor fünfzehn Jahren waren aus dieser Unstimmigkeit, aus diesem heftigen Gefühl der Absurdität einige seiner besten Seiten entstanden. Jetzt war es zu spät. Unstimmig waren nur mehr die Phantasien. Es war überhaupt nicht mehr komisch. Daß Quirós' Enthüllung, die Identität seiner »beiden Frauen«, letztendlich auf eine Banalität hinauslief, wie auch die wahrscheinliche Tatsache, daß Quirós letztendlich ganz einfach ein guter Junge war, beruhigte ihn daher völlig.

»Das ist gut«, sagte Ortega. »Ich vermute, du willst damit sagen, daß du bei deiner Mutter wohnst und daß deine Freundin dich hin und wieder zum Essen und ins Kino einlädt...«

»Mehr oder weniger, ja. Aber ich tue nichts, um es zu ändern, mein ich. Mir geht's ungeheuer gut dabei. Ohne was zu tun. Also, ich komme und gehe. Ich stehe spät auf. Ich mache eine Runde durch den Retiro. Ich lese ziemlich viel, ich lese die Zeitung... Sogar schreiben tu ich ein wenig... Na ja, ich lebe wie ein feiner Herr. Meine Freundin verdient ein gutes Gehalt. Meine Mutter ist Witwe. Es fehlt mir an nichts. Sie sehen also...«

»Wahrlich, wahrlich, ich sehe, daß du als Galan durchs Leben gehst«, resümierte Ortega auf die Eröffnungen seines neuen Freundes hin. Quirós lachte zufrieden. In diesem Augenblick fühlte er sich als Herr der Welt, und später, als die Zeit vergangen war und die Beziehung an Einfachheit und Klarheit verlor, sollten beide viele Male auf die Erinnerung an dieses Lachen zurückkommen, auf die Erinnerung an diese dichtbevölkerte Stunde der Juli-Abenddämmerung, die kaum zu vergehen schien, die nicht wie einer dieser seltenen glücklichen Augenblicke im Leben daherkam und es hätte sein können, wenn die Zeit nicht ihrem gleichgültigen Lauf gefolgt wäre.

»Kennt ihr euch schon lange, deine Freundin und du?« fragte Ortega.

»Seit zwei Jahren.«

»Du hast sie also kennengelernt, als du dreiundzwanzig warst.«

»Ja, einundzwanzig. Es kommt mir vor, als wären es schon mindestens zwanzig.«

Ortega hatte den Eindruck, daß Quirós bei diesen Worten ein wenig seufzte, als läge etwas zutiefst Unbehagliches in der Vorstellung dieser zwei vergangenen Jahre. Deshalb fügte Ortega hinzu: »Du sagst das so gelangweilt, als wärst du es schon leid.«

»Ich bin es auch ein bißchen leid. Ich sehe keine Zukunft darin . . .«

»Worin siehst du keine Zukunft?«

»Ach, ich weiß nicht. Ein bißchen in allem. Manchmal gebe ich meiner Freundin die Schuld. Und manchmal hat sie sie auch, sie verhätschelt mich zu sehr, sie verwöhnt mich zu sehr . . .«

»Es ist gut, daß du das zugibst«, sagte Ortega. »Das ist gut.«

»Zugeben ist nicht schwer. Man ist fähig, alles mögliche zuzugeben, wenn man sich nur nicht ändern muß. Sein Wesen ändern, sein Leben ändern muß. Alles, nur das nicht. Deshalb meine ich, daß sie zwar zum Teil eine gewisse Schuld hat, aber daß ich die ganze Schuld habe . . .«

»Das Schuldmonopol. Ist das nicht zuviel für jeden von uns?«

»Mag sein. Vielleicht haben Sie recht. Aber glauben Sie nicht, glauben Sie nur nicht, daß ich mir zuviel Schuld gebe. Ich hab wenig von einem Masochisten. Zuwenig, vielleicht. Manchmal denke ich, um sich wirklich zu bessern, um sich zu ändern und so, ich weiß nicht, um zu schreiben, davon wissen Sie mehr als ich, braucht man eine gewisse Fähigkeit zum Masochismus, muß man sich quälen, sich abarbeiten oder so. Glauben Sie nicht?«

Ortega schwieg. In Wahrheit glaubte er das auch. Er war überzeugt, daß ein wesentliches Element des konsistenten und kontinuierlichen literarischen Schaffens in der Selbstverleugnung lag. In der Selbstüberwindung. Darin, sich nicht kleinzumachen, zu widerstehen, um sich später weiten und verausgaben zu können. Die Sache betraf ihn selbst sehr direkt. Und Quirós' Worte erschienen ihm als eine psychologisch wunderbar treffsichere Äußerung seitens des Jungen. Einen Augenblick lang dachte er, daß er sich seine wirkliche Meinung über die Sache vorbehalten sollte, denn sie offenzulegen, hieße sehr viel mehr gestehen, als er an diesem Nachmittag gestehen wollte. Aber die Situation, in der sie sich befanden, und gleichzeitig das – zumindest scheinbare – Vertrauen, das zwischen ihnen entstanden war, veranlaßten ihn, die Wahrheit zu sagen oder zumindest einen Teil dessen, was er für die Wahrheit in seinem Fall hielt. Und zugleich wurde ihm klar, daß jede Erklärung von ihm, um wahrhaftig zu sein, so lang und so komplex sein müßte, daß die bloße Tatsache, mit ihr zu beginnen, im Mißverhältnis zu dieser Situation und zu dieser Stunde stand. Aber zugleich dachte Ortega: ›Warum soll ich mich nicht bemühen, jetzt gleich eine Erklärung, irgendeine Erklärung zu geben? War es denn letztlich nicht der vergebliche Wunsch, immer und ewig auf die genauen und vollkommenen Worte zu hoffen, der mich zurückgehalten hat und mich bislang hat scheitern lassen?‹

»Die Vergangenheit, die Zukunft«, setzte Ortega schließlich an, »sind nicht mehr und nicht minder präsent als die Gegenwart. Beide fluktuieren, sie kommen und gehen, sie erscheinen in den Träumen, sie treten in Alpträumen zutage. Und wenn man sie mit Worten einfangen will, muß man eine große Anstrengung vollbringen, eine sonderbare Anstrengung, die im Verhältnis gesehen, wenn man ihre Ergebnisse betrachtet, völlig unverhältnismäßig ist. Unser Bewußtsein ist nicht dasselbe, bevor wir uns bemühen, etwas zu erinnern, und danach. Und die Anstrengung, die ich vollbringen mußte, um zu schreiben, erschien mir plötzlich sehr viel größer und mühsamer als die Belohnung, die mir jedes Ergebnis würde bieten können. Und das war ein Trug. Ein Streich, den mir die Trägheit und die Ungeduld, den ich mir selbst spielte. Nichts von dem, was ich machte, befriedigte mich in Wirklichkeit. Alles kam mir mittelmäßig vor. Ich hätte zum Beispiel gern meine Figuren in eine vielsagende Landschaft versetzt, hätte sie gern in einer strahlenden Stadt umhergehen lassen. Und ich wußte, daß das nicht von der Wirklichkeit abkopiert werden kann, es gibt diese Stadt oder diese Landschaft nicht. Selbst das Allereinfachste, das unleugbar Existierende, du und ich, die wir hier reden, selbst das muß erfunden werden, um erzählt werden zu können. Das ist eine Anstrengung, die fast nicht auszuhalten ist. Wenn ich die Seiten wiederlese, die ich geschrieben habe (und das tue ich manchmal), dann empfinde ich die gleiche Angst davor, den Frieden und die tägliche Betäubung zu stören, die ich vor fünfzehn Jahren empfand. Es geht einem besser, wenn man nichts tut, wenn man ins Büro geht, ab und zu ins Kino, wenn man Romane liest. Es ist eine passive Haltung; und die Welt scheint rasch vorüberzugleiten, wie eine gefällige Szene, die vielleicht immer die gleiche ist, die wir nach und nach vergessen, um immer wieder von neuem zu beginnen. Ich weiß nur zu gut, daß ich die Sache nicht treffe. Und ich vermute außerdem, daß ich nicht auf deine Frage antworte. Im Grunde gelange ich jetzt wieder einmal zu einem Bereich meines Willens, wo ich mir ganz einfach sagen muß: Ich will mich nicht weiter anstrengen, es ermüdet mich. Und das ist alles. Diese kleinmütige Müdigkeit ist es, die man in Wirklichkeit als Scheitern bezeichnen muß. Darin hat mein Scheitern bestanden ...«

Quirós wandte den Blick nicht von Ortega. Er fühlte sich auf unbestimmte Weise selbst beschrieben in all diesen Worten. Es war schon sehr spät geworden. Fast zehn Uhr. Ortega schaute auf seine Uhr und sagte: »Es ist sehr spät geworden. Ich muß gehen.«

»Sehen wir uns morgen wieder?« fragte Quirós.

»Ja, wenn du willst. Ich habe nichts dagegen.«

Beide standen sie auf. Ortega rief den Kellner und zahlte die Rechnung. Sie verabredeten, sich am nächsten Tag am gleichen Ort und zur gleichen Stunde zu treffen. Ortega dachte: ›Ich werde morgen nicht wiederkommen. Es wäre absurd. Es wäre schädlich für beide.‹ Quirós dachte nichts.

Begeistert, wie er war, aufgeregt und neugierig, völlig gebannt, wie eine Katze, angesichts des verletzten Flügelschlags des unglücklichen Ortega, der, gerade weil es keine Rettung für ihn gab, Quirós wie ein einzigartiger, faszinierender Fall vorkam. Eine absolute Besonderheit, ein Spiegel.

Quirós betrachtete sich im Vorbeigehen im Spiegel an der Ecke der Gran Vía und der Calle de la Flor Alta. Er mußte einen kleinen Umweg machen, um sich in diesen Spiegel hineingehen zu sehen, sich unverwandt im rötlichen Bernstein des Belags anzuschauen und dann herauszutreten, die Gran Vía hinauf, in Richtung Callao. Es war halb elf. ›Noch immer dreißig Grad‹, dachte er, ›aber leicht.‹ Er machte noch einen Knopf an seinem Hemd auf. Ein paar Ausländer in kurzen Hosen blickten ihn im Vorbeigehen an. ›Amerikaner‹, dachte er, ›die werden schön Aids haben.‹ Er kaufte Kaugummi bei der Frau vor dem Pressepalast. Obwohl er keinen Hunger spürte, ging er in einen Hamburger-Imbiß, um zu essen. Ihm gefiel die Coca-Cola in ihrem geschlossenen, klirrenden Plastikgefäß, der gestreifte Strohhalm aus Plastik. Während er aß, betrachtete er sich im Spiegel. Mit neuer Neugier. Als betrachtete er eine Photographie von sich selbst. Und dieser Vergleich erschien ihm intelligent. ›Wenn man eine Photographie von sich selbst betrachtet, wenn man die eigene Stimme auf einem Tonband hört, dann ist man überrascht‹, dachte er, ›zumindest das erste Mal‹, so wie ihn jetzt sein eigenes sommerliches Bild in diesem Spiegel überraschte, ein Ellbogen auf die schmale Theke gestützt, auf einem Barhocker sitzend. Er fühlte sich jung. Und er lächelte bei diesem Gedanken, da er sich des leicht Lächerlichen eines solchen Gefühls bewußt war: nur wer allmählich nicht mehr jung ist, fühlt, daß er sich bisweilen jung fühlt. Das widergespiegelte Bild: schwarze Augen, ein viereckiges, sorgfältig rasiertes Kinn, eine griechische Nase, eine breite Stirn, das dichte schwarze Haar, wie eine sanfte Mähne. Ein gutaussehender Junge, kein Herrensöhnchen. Eine erwachsene Miene. Die Lippen, nicht sehr dick, nicht sehr schmal, mit der Zigarette dazwischen, leicht zusammengepreßt, das linke Auge zwinkernd aufgrund des Rauchs, filmreif, ein männliches Modell aus *L'Uomo Vogue*. Ein bißchen konventionell, wenn man will, mediterran, à la Angel Alcázar, dem Hauptdarsteller aus *Letzte Tage mit Teresa*, seinem Lieblingsfilm. Etwas zarter vielleicht. Aber nicht viel. Ein etwas melancholischerer Blick vielleicht. Schon ein ganzer Mann, nur daß er noch sehr jung war. Und der sich all dieser Dinge in ihrer lächerlichen Gehaltlosigkeit nach Art von *Diez Minutos* bewußt sein und sich von ihnen distanzieren, über sich selbst lachen, sich nicht ernst nehmen konnte! Er fühlte sich Herr seiner selbst, seiner Zukunft und seiner Vergangenheit, die jetzt in diesem besonderen Augenblick zusammenflossen, unsichtbar für alle, außer für ihn, inmitten dieser angenehmen, überdeutlichen körperlichen Selbstgegenwart, die ihn gefangennahm, ihn berauschte wie ein guter Weißwein. Und der süßliche Geschmack der Tomatensoße und der Senf und der Hamburger gaben ihm das Gefühl, voll Kraft zu sein, ein Nachtschwärmer, der die ganze Nacht vor sich hatte wie einen Park. Beim Hinausgehen wickelte er die Kaugummistreifen aus und zündete sich eine neue Zigarette an. Er gelangte zum Platz der Red de San Luis, makellos. Die Mädchen, die, Wachspuppen gleich, an den Häuserwänden der Telephongesellschaft standen, machten »sst«. Und eine von ihnen streifte ihn sogar im Vorbeigehen, wie eine Katze an einer Mauer entlang. Eine Katze in den Knochen. Er murmelte: »Nein, Schätzchen, heute abend nicht, vielen Dank.« Kein menschlicher Kontakt (alle menschlichen Kontakte, bis hin zu den gewaltsamsten, sind bescheiden) hätte ihn jetzt befriedigen können. Nur sich selbst fühlen, körperlich, während er rasch zur Calle de Alcalá hinunterging und ein paarmal stehenblieb, um die Geschäfte anzuschauen. Es war schon elf, ein leichter Wind wehte. Ein tiefes Gefühl von Wohlbehagen, Leichtigkeit, anonymer Einsamkeit, als hätte er an diesem Abend irgend etwas Endgültiges erreicht. Wie jemand, dem unverhofft das Glück lacht. Aus den Gärten des früheren Heeresministeriums kam ein kühler Geruch nach frisch gemähtem, gesprengtem Gras. Und jetzt die Alcalá hinauf, bis zur Puerta de Alcalá. Er mußte an Ortega denken, wie er sich mit ihm heute abend unterhalten hatte, während er den Paseo de Recoletos auf dem Zebrastreifen überquerte und an der Bierstube der Post vorbeiging. Dieses ganze absurde Geständnis, das Quirós nicht provoziert hatte, aber dem er gebannt zugehört hatte, wie jemand, der zufällig einer Szene zwischen einem Liebespaar beiwohnt, unvermeidlich verstrickt in ein Geschehen, das er nicht betrachten dürfte und das doch wie eine Erklärung, die nichts erklärt, von Anfang bis Ende vor dem heimlichen Zuschauer abrollt, obszön, faszinierend, vor einem gierigen, reinen, völlig leeren Bewußtsein, das nur an den aufeinanderfolgenden Daten einer unwahrscheinlichen Welt, die sich niemals auf dieses Bewußtsein werden übertragen können, Genüge findet. Und an diesem Punkt kam Quirós der Gedanke, daß er kaum etwas von sich selbst mitgeteilt hatte, während Ortega schon alles gestanden hatte. Und er dachte, daß Ortega sich als ein Ebenbild vor ihm ausbreitete wie die Zukunft und die Nacht und wie ein Hafen in einer Seemanns- und Hafengeschichte mit seinem Geruch nach Salpeter und dem leisen Regen des Morgengrauens, der auf die glänzende, graue Haut der Reede tropft. Ob Ortega wohl direkt nach Hause gegangen war?

ORTEGA WAR in der Tat direkt nach Hause gegangen. Er hatte lediglich haltgemacht, um in einer kleinen Bar in der Calle de Abascal zu Abend zu essen. Er aß niemals zweimal nacheinander am gleichen Ort zu Abend. Nirgendwo erkannten sie ihn wieder. Ortega beobachtete den Kellner, der ihm an der Theke ein Tellergericht servierte. Die Augen des Kellners glitten über Ortega hinweg wie über eine rutschige, einförmige Oberfläche. Und diese Tatsache, die ihn bei anderen Gelegenheiten deprimiert hatte, entzückte ihn in dieser heißen Abenddämmerung (die zweite Begegnung mit Quirós hatte auch ihn sehr belebt); die Anonymität wie eine Zuflucht, das Nichterkanntwerden wie eine aktive, freiwillige Unsichtbarkeit, fast eine Gnade. Zufrieden zündete er sich nach dem Essen eine Ducado an. Er bestellte einen Anis. Die Nacht ist schwach von sich aus. ›Wie viele Jahre bleiben mir noch zum Leben?‹ dachte Ortega. ›Und woher kommt diese

Bitterkeit, dieses Unbehagen, das alles durchdringt?‹ Plötzlich wurde ihm seine Einsamkeit deutlich in der Unterhaltung, die die beiden Kellner mit leiser Stimme am anderen Ende der Theke führten, in dem Liebespaar, das sich hinter ihm stritt, im schmutzigen Boden der Bar, in der skurrilen Klimaanlage. Würde Ortega, wenn er wollte, wieder schreiben können? Würde er von neuem Geduld, ausreichenden Ehrgeiz aufbringen? ›Ich bin nirgendwohin gelangt‹, dachte er. ›Und doch, heute abend hier zu sein, allein in dieser Bar zu Abend zu essen, heißt, ans Ende gelangt zu sein, oder fast ans Ende, auf schlechte Weise.‹ Er zahlte seine Rechnung und ging hinaus. Es war halb zwölf. Anders als in der Kühle des Lokals fühlte er sich eingehüllt, geschützt von der Wärme der Nacht. ›Ich trage die Schuld an allem, was mir nicht gelungen ist. Während es geschah, habe ich es geschehen lassen, überzeugt, daß ich nichts daran ändern konnte. Und jetzt, da es schon zu Ende ist, weiß ich, daß ich alles hätte anders machen können. Ich habe keine Entschuldigung. Aber ich weiß nicht, ob diese Verzweiflung jetzt Reue oder wieder einmal Trägheit ist. Die eigenen Fehler zu erkennen, ist nicht immer die sicherste Art, sie zu korrigieren. Ich werde morgen nicht zu dieser absurden Verabredung gehen. Ich schulde mir selbst die Würde, diesen Vorfall zu vergessen, der schon zwei Tage dauert. Wenigstens das.‹

Als er die Tür öffnete, überfiel ihn der Geruch der Bücher, die fast alle Zimmer der Wohnung verkleinerten. Sogar den Flur. Als junger Mann hatte er den Wunsch gehabt, Tausende von Büchern um sich herum zu versammeln. Der Anhäufung von Büchern hatte allerdings nicht eine Anhäufung von Erfahrungen entsprochen. Im Gegenteil, sie waren mit der Zeit zu einer ständigen Gegenwart geworden, die ihm Schuldgefühle verursachte. Er las noch immer viel. Aber seine Neugier war gewissermaßen oberflächlich. Er las aus Gewohnheit, mit einer Lustlosigkeit, die eine Verlängerung der Lustlosigkeit war, die ihn in bezug auf sein eigenes Werk erfaßt hatte. Ortega hatte viele Male versucht, die Ursache seiner Passivität, seines Scheiterns vor sich selbst zu ergründen. Es gelang ihm nur, verstreute Notizen und Anmerkungen zustande zu bringen. Die bloße Vorstellung, sie wiederlesen zu müssen, brachte ihn dazu, die Wohnung zu verlassen und ins Kino zu gehen. Nur um sich, wenn er im Kino war, von dem Bedürfnis getrieben zu fühlen, den Saal zu verlassen und in die Wohnung zurückzukehren, um die Seiten zu lesen, die er überstürzt verlassen hatte. Ohne einen äußeren Auslöser kann eine derartige Situation unbegrenzt andauern. Und Ortegas Situation hatte in der Tat angedauert, bis seine Entwürfe etwas gleichsam Therapeutisches bekommen hatten, eine Art Arbeitstherapie, die ihm jedes Mal ein Gefühl von noch größerer Lächerlichkeit gab und ihn veranlaßte, alles liegenzulassen und einen Spaziergang zu machen. Um dann abermals mitten im Spaziergang nach Hause zurückzukehren und zu versuchen, seine literarische Arbeit wiederaufzunehmen. Bis zu sechsmal hatte er am selben Tag, am selben Abend ein und dieselbe Seite begonnen und aufgegeben. Alles, was als Stimulus hätte dienen können, konnte auch als Entschuldigung dienen und hatte dies auch getan. Seine Arbeit in der Bank, die Müdigkeit, die Einsamkeit, in der er lebte. Seine sämtlichen Motivationen hatten sich am Ende in der mangelnden Notwendigkeit irgendeines letzten Grundes aufgelöst (eine mangelnde Notwendigkeit, die sich von dem mutmaßlich unnötigen Ende her rückwärts, überallhin ausbreitete, leicht und zäh wie ein Ölfleck). Und Ortega grübelte und grübelte darüber nach, warum ihn sein literarisches Talent unerklärlicherweise verlassen hatte. Und manchmal glaubte er es erklären zu können, indem er es zum Beispiel einem unausgewogenen Verhältnis von Einsamkeit und Gesellschaft zuschrieb. Ortega hatte niemals die richtige Balance dafür gefunden. In jüngeren Jahren hatte er seine Einsamkeit schon ein wenig wie ein alter Mann genossen. Er hatte sich allmächtig gefühlt in seinem Alleinsein. Begrenzt und allmächtig zugleich. Von einem Nimbus umgeben und rauschhaft abgeschlossen durch die plötzliche Deutlichkeit dieses Paradoxes. Ortega erinnerte sich zum Beispiel an einen Vormittag Anfang August, gegen Mittag, im Retiro-Park, als er auf der Terrasse des Getränkekioskes an der Ecke des Paseo de Coches und des Paseo de Venezuela saß und Fonter-Mineralwasser trank in der azurblauen, indigoblauen Sonne, Spatzen zwitscherten unsichtbar in den beiden grünweißen Akazienbäumen, in der ausladenden wilden Platane, in den Kastanien, und das dahinfließende Geräusch der Unterhaltungen in seinem Rücken, das friedliche Quietschen der vierrädrigen Fahrräder dreier Kinder, wie Nahtstellen der Stille. Und es wehte ein sanfter Wind. Die Temperatur war vielleicht um zehn Grad gesunken. Dreiundzwanzig Grad auf dem Thermometer am Kiosk. Ortega hatte sich wach gefühlt, wahrnehmungsfähig, als Prophet eines unbegrenzten, vorhersagbaren und zugleich nicht beängstigenden Universums; eines Kosmos, der auf natürliche Weise Formen, Ausdrücken, Gebärden, Worten gehorchte, *seinen* eigenen, wiedergefundenen Worten, die niemals sterben würden. Er hatte sich begrenzt, frei, stark gefühlt, ein reines Bewußtsein in fortwährender Tätigkeit vor sich selbst. Froh, allein zu sein und nicht unter der Einsamkeit zu leiden. Wie Gott. Ein Gott, der sich ironischerweise an ein orangefarbenes Metalltischchen setzte, und genauso die anderen Tische und die anderen Stühle, die ihn umgaben, leer, wie in Erwartung von unsichtbaren, ebenfalls göttlichen Gesprächspartnern. Und die anderen? Wo waren die anderen, die übrigen, Ortegas Nächste geblieben? Hatte es sie vielleicht niemals gegeben? Es ist seltsam, daß Ortega gerade heute, nach der Rückkehr von einer wahrscheinlich fruchtlosen Begegnung, sich veranlaßt fühlte, an die törichte Verherrlichung seiner jugendlichen Einsamkeit zu denken. Es hatte mehr Menschen gegeben, als er jung war. Einige riefen ihn noch immer an, alle Jubeljahre einmal. Oder sie schrieben ihm. Am Anfang Briefe, mit deren Beantwortung Ortega sich Zeit ließ oder die er jedesmal weniger aufmerksam, unpersönlicher beantwortete. Briefe, die sich dann in Postkarten verwandelten, in Weihnachtswünsche oder Grüße zum Geburtstag oder zum Namenstag, bis sie allmählich aufhörten, mit der gleichen Lustlosigkeit, wie Ortega selbst sie gegenüber seinem eigenen Leben empfand. Denn seine Apathie schuf die Distanz, veranlaßte die anderen, ihn nach und nach allein zu lassen, in Frieden, ihn allmählich zu vergessen, nachdem sie seine

Telephonnummer verlegt hatten, wie jemanden, den man im Grunde mit einem Gefühl der Erleichterung still für sich aufgibt. Aber gewiß doch, es hatte andere Menschen gegeben. Es gab sie immer noch. Seine Schwester zum Beispiel. Die ihm noch immer treu zwei äußerst langweilige Briefe im Jahr schrieb und ihn einlud, mit ihr den Sommer in Gijón oder den Winter, Weihnachten, in Oviedo zu verbringen. Auf diese Briefe antwortete er stets mit ein paar Zeilen, wobei er sich stets entschuldigte, vorgab, sich für die Angelegenheiten seiner Schwester zu interessieren, die Witwe war und einen Sohn hatte, der schon studierte. Es waren Jahre vergangen, seit sie sich das letzte Mal gesehen hatten. Und Ortega freute sich, daß diese Distanz immer stabiler geworden war, geheiligt durch die Gewohnheit, daß man sich nicht sah und einander nur zweimal im Jahr das Oberflächlichste aus seinem Leben erzählte. Es war, als würde seine Schwester (und er selbst auch) diese Briefe in Befolgung eines festen Planes schreiben, jedes Jahr den gleichen, als gäbe es niemals etwas Neues hinzuzufügen ... ›Und es gibt auch nichts‹, dachte Ortega, ›es gibt nichts. Nur das Bewußtsein ist immer neu, und ich habe das meine ausquartiert.‹

Deshalb empfand er heute abend kein Mitleid mit sich selbst, sondern nur Verwunderung; eine spöttische, bittere Verwunderung angesichts der plötzlichen Gemütsbewegung infolge der Unterhaltungen, die er an zwei Abenden nacheinander mitten auf der Gran Vía mit einem unbekannten jungen Mann geführt hatte. Er beschloß, nicht mehr hinzugehen. Und dieser Beschluß beruhigte ihn wie ein Balsam und führte ihn ins Bett und zu seinen gewohnten sieben oder acht Stunden Schlaf. Alles war beendet.

Es war Mitternacht auf der Uhr der Hauptpost. Quirós hatte sich auf eine Bank am Ende des Paseo de Recoletos, nahe der Autobushaltestelle gesetzt. Er fühlte sich noch immer gut, aber der anfängliche Impuls, die köstliche Trunkenheit der Selbstwahrnehmung hatten nachgelassen. Und ihm war gleichsam der bittere Bodenrest der Selbstwahrnehmung geblieben. Der Unterschied zwischen vorher und nachher bestand darin, daß vorher die Wahrnehmung seiner selbst vital, augenblicklich gewesen war, sich leben zu fühlen, war in sich genug; jetzt dagegen hatte sich die Vitalität aufgelöst und einen Katzenjammer unangenehmer Vorstellungen hinterlassen. Einen Gemütszustand ähnlich dem, wie er auf die Stimulierung durch Amphetamine folgt. Die Erregung dauert an, aber die Sicherheit, die Fähigkeit, uns fest in den gegenwärtigen Augenblick eingebettet zu fühlen, verschwindet völlig. Die Erregung wandelt sich in Unruhe. Und Quirós fühlte sich jetzt unruhig, er empfand ein Bedürfnis nach Ortega (der, ohne es zu wollen, wie eine Dosis Amphetamine gewirkt hatte), um die zweifelhafte Vergangenheit und die komplizierte, ungewisse Zukunft von sich fernzuhalten. Da er sich nicht leben fühlte, fühlte er auch nicht die nötige Kraft, um sich von seinem eigenen Innern her zu sehen; seine Innerlichkeit löste sich auf unter dem Ansturm plötzlicher äußerer Allgemeinheiten, der Meinungen der anderen, der Rollen, die ihm im allgemeinen zukamen, seiner Mißerfolge ... Was bin ich schließlich und endlich? Es war anregend gewesen, Ortega zu erzählen, daß er von den Frauen lebte. Ortega, überlegte Quirós jetzt, schien unfähig, ihn ohne Glanz zu sehen. Jeder Aspekt von Quirós, der sich in Ortega widerspiegelte, begann automatisch zu strahlen. Allerdings hatte Quirós keinen seiner Mißerfolge erwähnt. Er hatte zum Beispiel nicht seine mittelmäßigen akademischen Leistungen erwähnt. Diese fünf grauen Jahre, in denen er Soziologie studiert hatte. Nicht nur hatte er nichts dabei gewonnen; es war ihm auch nicht gelungen, sich ernsthaft für irgend etwas zu interessieren. Er hatte Prüfungen in den Fächern absolviert. Und das war alles. Und darin lag eine verletzende Herausforderung: Er hatte sich unfähig gefühlt, stundenlang zu lernen, sich auf konkrete Themen zu konzentrieren. Er hatte sich schon vor dem Kampf für besiegt erklärt. Seine Beziehung mit Cristina (deren Beginn mehr oder weniger mit seinen letzten Jahren auf der Universität zusammenfiel) hatte von Anfang an, fast wie ein Fluch, den Charakter einer Kompensation gehabt. Er hatte keine Arbeit gefunden. Vielleicht gab es sie auch nicht im Überfluß. Er hatte jedoch nicht besonders intensiv gesucht. Die Begegnung mit Cristina hatte seine unmittelbaren finanziellen Probleme gelöst, seine tagtäglichen Ausgaben. Und Cristina hatte ihm, vor allem am Anfang, das Gefühl gegeben, umworben, erwählt zu sein. Attraktiv. Passiv. Cristinas Wesensart, ihr gesunder Menschenverstand, das, was Quirós manchmal scherzhaft »ihre Schamlosigkeit« nannte, hatte seine natürliche Passivität, seine Trägheit verstärkt. Cristina war das genaue Gegenteil. Sie hatte gekämpft, um ihren Arbeitsplatz zu bekommen, sie genoß ihre Arbeit als Sekretärin, sie genoß es, »die Hosen anzuhaben«, wie man gemeinhin sagt. Sie hatte alle Schritte unternommen, Beharrlichkeit gezeigt, alle Entscheidungen getroffen. Sie hatte ihm geschmeichelt, ja ihm sogar den Hof gemacht, ohne groß über sich selbst nachzudenken, wie ein Mann. In Cristinas Energie lag etwas Männliches. Aber männlich im positiven Sinne des Wortes: im Sinne von Tatkraft und von Fähigkeit, das eigene Leben zu leben, ohne von jemandem abhängig zu sein. Und Quirós hatte sich aufgewertet gefühlt, weil ein solches Mädchen ihn begehrte. Aber jetzt, je mehr die Nacht voranschritt, fühlte Quirós sich unzufrieden. Er dachte: ›Ich hab mich verkauft.‹ Und nicht einmal er selbst wußte ganz genau, was er damit sagen wollte. Es war eine leere Vorstellung. Wie eine Idee, die man einem Buch oder einem Zeitungsartikel entnimmt. Jetzt war es plötzlich nicht mehr faszinierend, daß die Frauen ihn aushielten. Sondern Zwang. Und Quirós wurde bewußt, daß die Nacht die Impulse verzerrte, seine tägliche Existenz mit bösen Fratzen bevölkerte, ihm das Gefühl gab, bedürftig, abhängig, konfus zu sein. Deshalb stand er auf und begann, die Alcalá hinauf in Richtung Retiro zu laufen. Ihn empfingen das Laubwerk, die Nächtlichkeit wie ein Balsam, die Zweideutigkeit der Gestalten. Nach und nach, während er auf den schattigen Mondwegen hin und her ging und sich dabei spöttisch der nervösen Verfolgung der Faune entzog und ironisch den verstohlenen Geschlechtsakt der Marionetten beobachtete, gelang es ihm, sich von dem Trübsinn und der formenden Schwere der Zeit zu befreien und sich abermals im kreideweißen Augenblick des Mondes aufzulösen...

Quirós kam um sechs Uhr morgens nach Hause. Er zog sich aus und fiel erschöpft ins Bett. Vier Stunden später weckten ihn die Geräusche der Wohnung, die Stimme seiner Mutter, die erst mit der Putzfrau redete und dann mit Charito – Doña Rosario – am Telephon.

»Aber ja, meine Liebe, aber ja! Aber, warum denn nicht? Sei nicht so altmodisch. Du bist wirklich altmodisch!« (Eine Pause. Quirós dachte, daß seine Mutter jetzt zähneknirschend die Argumente Doña Rosarios – wenn es denn welche waren – anhörte. Er konnte sie sich genau vorstellen, wie sie im Wohnzimmer saß, eine Fortuna nach der anderen anzündete, am Telephon hing. Diese morgendlichen Unterhaltungen – beide Freundinnen waren Frühaufsteherinnen – zwischen Doña Rosario und seiner Mutter waren ein nahezu unveränderlicher Bestandteil der häuslichen Vormittage. Jetzt fing seine Mutter wieder an.)

»Schau mal, das einzige, worum ich dich bitte, ist, daß du kommst. Nur das. Das ist doch nicht viel. Was sagst du? Warum? Na, weil du meine beste Freundin bist, die einzige, die ich habe! Ich gehör nicht zu denen, die zwanzig Freundinnen haben. Gott bewahr mich davor, schöne Weibsstücke, da gibt es alle möglichen, da fragt man sich doch . . .« (Pause. Quirós war jetzt ganz Ohr. Den Unterhaltungen seiner Mutter mit Doña Rosario zuzuhören, war seit seiner Kindheit Teil der Gebote der häuslichen Politik: man mußte auf dem laufenden sein. Man mußte immer auf dem laufenden der vertraulichen Nachrichten sein, die seine Mutter an den Vormittagen übermittelte. Doña Teresa pflegte zu sagen: »Morgens bin ich wie eine Uhr.« Doña Teresa sagte natürlich Uah. Ganz Madriderin. Ganz bewußt. Im Gegensatz zu Quirós' Vater, der die steife Art des zugezogenen Madriders besaß. Ein einfacher Provinzmensch.)

»Aber hör mal, Charo, bring mich nicht aus dem Häuschen, mach mich nicht... mach mich nicht... Wieso warum? Na, weil nichts Schlimmes dabei ist, nichts, nichts! Was ganz Normales. Was glaubst du denn, wie alt ich bin? Also, genauso alt wie du, eben, genauso alt wie du, also, genau deshalb, weil wir das gleiche Alter haben. Ich versteh nicht, warum du so übertreibst, mal sehen, hm, sag mir doch mal, was ich tun soll mit einem Jungen von vierundzwanzig Jahren, der schon vierundzwanzig ist und bald fünfundzwanzig wird, und ich sitz hier, ich sitz hier, ich hier mit der Putzfrau. Ich hier den ganzen Tag vorm Fernseher, vorm Fernseher den ganzen Tag. Ich hab's satt bis obenhin. Faustino war sehr gut. Gut, sehr gut. Alles, was man sagt, ist zuwenig, aber er nervte, nervte, nervte. Faustino hat sehr genervt. Mit der Sauberkeit, also, mit der Sauberkeit, allein nur mit der Sauberkeit fiel er mir schon auf den Wecker. Daß das Eßzimmer schmutzig war, also, hör mal. Na, er soll in Frieden ruhen, der Arme. Ich hab ihn immer geliebt, und ich werde ihn immer lieben...« (Pause. Geschniefe. Doña Teresa führte hier einen Erstickungsanfall vor mit ihrem bißchen Atemnot. Und die kräftige Stimme, die sie vom vielen Rauchen und vom vielen Anis hatte, steigerte sich noch durch die Erregung, ein weiblicher Oberstleutnant.) »Keinen jemals wieder wie ihn. Keinen Mann, Charito, ich schwör dir, keinen Mann kann ich mehr anschauen. Weil ich einfach nicht kann, weil es nicht dasselbe ist, so einen Mann wie Faustino wird's nicht noch mal geben. Aber ich muß dir auch sagen: Ich kann so nicht. Ich kann nicht, weil ich, weil ich keine Lust habe, weil ich das Leben, na, eben ein bißchen genießen möchte, ganz normal, ich will nicht versauern. Und ich tu's, ich tu's, ich tu's, Charito, ich versaure, ich schmor im eigenen Saft, ich bin am Verfaulen hier drinnen, nichts weiter als Fernsehen, nichts weiter als die Putzfrau, nichts weiter als mein Sohn, morgens, mittags und abends, die Männer haben ihren Fußball, die Männer haben ihre Cafés, die Männer haben in der Bar, na, ihr Kartenklopfen eben. Und ich, was hab ich? Sag mir das mal, sag du mir mal, was ich habe, was hab ich denn. Nichts, mit dir mal rausgehn, in den Corte Inglés gehn, irgendwas kaufen, und weil ich auch noch, und das stimmt, und das weißt du genauso wie ich, weil ich auch noch sehr knapp bin, also mit dem Geld sehr knapp bin, weil mit der Pension von Faustino kommen wir ja nicht hin, kommen wir nicht hin, es reicht mir einfach nicht. Und natürlich, dieser Luis... Ja, er heißt Luis. Luis heißt er. Was sagst du? Ja, zwei, er hat zwei, er hat zwei Kinder. Stiefmutter, wieso? Warum soll ich irgendwo die Stiefmutter spielen?

Außerdem sind die Kinder schon größer. Luis Angel und María de las Mercedes. So heißen sie... Wie? Nein, nein, nein. Jünger als César. Also, Luis Angel, der ältere, weil das Mädchen ist kleiner, ist siebzehn. Schön, aber du weißt nicht, was für ein Prachtkind! Groß. Ja, sie sind hübsch, sie sind hübsch. Ja, beide, beide, aber mehr der Junge. Er ist sehr hübsch, sehr hübsch ist er, sehr hübsch... Na, wie Luis. Luis ist nämlich ein sehr schöner Mann. Ach, und eine Statur, daß es dich umwirft. Ganze ein Meter achtzig. Und außerdem hält er sich phantastisch, weil er auf sich achtet. Gymnastik, er macht Gymnastik. Nein, er geht zu keinem Kurs, er macht zu Hause Gymnastik. Im Wohn-Eßzimmer, vermute ich. Frag du ihn das! Du selbst kannst ihn das fragen...« (Pause. Quirós gewahrte den triumphierenden Ton seiner Mutter, die dabei war, Doña Rosarios Herz zu gewinnen. ›Wovon verdammt noch mal reden die eigentlich? Was führen die im Schilde?‹ Quirós sprang nackt aus dem Bett und näherte sich der Tür. Es war kaum nötig, denn man hörte Doña Teresa jetzt ganz deutlich.)

»Sieh mal, es ist keine Leidenschaft. Du verstehst schon, Leidenschaft in meinem Alter, klarer Fall, auf keinen Fall. Also, nichts mit Leidenschaft. Du wirst es schon selbst sehen. Ja, braun, braun ist er. Ein bißchen weißhaarig, er ist schon ein bißchen weißhaarig. Ja, weißes Haar, aber sehr schön, grau. Nein, nicht alles grau, weiße Strähnen, graue Strähnen, sehr schön. Er ist größer als ich. Und auch schlanker. Genau richtig, also genau richtig, weil er ist auch nicht nur Haut und Knochen, das nicht, er ist genau richtig. Und denk dir, genau wie Faustino, der arme, Friede seiner Asche. Prokurist in der Wertpapierabteilung, stell dir vor. Ich muß einen Riecher haben für Bankleute, schlecht...« (Pause.) »Na ja, Charito, meine Liebe, das weiß ich nicht. Das weiß ich noch nicht. Hier kommst du jetzt ins Spiel. Ich glaube, ja, hör doch, ich glaube, ja. Aber wir sind schon in einem Alter, meine Liebe, da sagt man so was nicht mehr, nein... Schön, also er meint, sieh mal, seine Kinder sind schon bald groß, und die Einsamkeit ist sehr hart, weil das ist sie. Weil dann kommt Samstag, dann kommt Sonntag, dann kommt Fronleichnam und ein Mann ganz allein, also das ist kein Vergnügen... Ich hab also zu ihm gesagt, schau, Luis, du wirst verstehen, wenn du im Ernst kommst, dann alles was du willst. Aber nur für *das eine*, also ausschließlich, auf keinen Fall, ehrlich, auf keinen Fall. Ich bin nicht bereit. Ich bin nicht bereit, weil ich habe einen Sohn, ich habe ein gewisses Alter, also nein, nein, für mich ist das nichts Neues, Luis... Genauso hab ich's ihm gesagt, mit diesen Worten. Illusionen, Luis, Illusionen hab ich nicht mehr. Aber andere Dinge, du wirst schon sehen, die sind da, du siehst schon, das hab ich ihm gesagt...« (Pause.) »Ah, ich bin ehrlich, weiß Gott ehrlich. Immer die Wahrheit. Ja, und er genauso, hörst du?, ja, ja, daß ich ihm unheimlich gefallen habe, also wirklich unheimlich. Er hat es so rund heraus gesagt. Und zu allem bereit. Das heißt also... Wenn du willst, ruf ich dich an, und dann treffen wir drei uns heute abend. Weil ich will, daß du ihn siehst. Daß du ihn siehst, daß du mir sagst, ob ja oder nein, und nach dem, was du sagst, also, wird eben gehandelt, wird gehandelt, danach wird eben gehandelt...«

Quirós hatte sich unterdessen angezogen. Er ging auf den Flur hinaus. Er betrat das Wohnzimmer. Seine Mutter, im Morgenmantel, gab ihm einen Kuß. Es war halb elf, und Doña Teresa sagte, sie müsse sofort aus dem Haus, um einzukaufen. Quirós sah deutlich, daß ihr nicht der Sinn danach stand, in diesem Augenblick Erklärungen abzugeben. Er schloß sich im Badezimmer ein und zog sich wieder aus. Er vergaß den Vorfall, während er sich duschte, und dachte daran, daß er heute abend, nach der Siesta, um sieben Uhr zur Gran Vía gehen und sich mit Ortega treffen würde. Armer Ortega.

»Ich hab gedacht, Sie würden nicht kommen«, sagte Quirós und stand auf, um Ortega Platz zu machen, der mit einer Stunde Verspätung eintraf. Es war acht Uhr.

»Tja, wie du siehst...« Ortega machte nicht einmal den Versuch, sich zu entschuldigen. Die Frage, ob er sich wieder mit Quirós treffen sollte oder nicht, hatte ihn den ganzen Vormittag im Büro beschäftigt. Und den ganzen Nachmittag bis um acht. Er hätte jede beliebige Entschuldigung abgeben können. Er hätte sich sogar entschuldigen *müssen*, denn selbst eine triviale Entschuldigung, eine offensichtlich belanglose Entschuldigung hätte seine Anwesenheit hier weniger bedeutsam gemacht. Sie hätte zum Beispiel die Gründe, zu der Verabredung zu gehen oder nicht, ihm selbst (und das war das Ausschlaggebende) trivial erscheinen lassen. Aber ein langes Leben der Einsamkeit und der Passivität hatte dazu geführt, daß Ortega sich selbst mit tödlichem Ernst begegnete. Er konnte nicht zufällig handeln. Und wenn es auch stimmt, daß so gut wie niemand zufällig handelt bei einer Angelegenheit, die ihm am Herzen liegt (höchstens gelingt es uns, unseren bewußtesten Handlungen einen Anschein von Zufälligkeit zu verleihen), so war Ortega jetzt nicht einmal imstande, diesen Schein von Zufälligkeit zu vermitteln. Der Satz, mit dem er Quirós begrüßt hatte, war gleichsam ein bloßes Symbol seiner Niederlage. Mit dem bißchen Distanzierungsvermögen, das ihm noch blieb, beobachtete Ortega Quirós verstohlen und dachte, daß der Junge den Seelenzustand seines neuen Freundes vielleicht nicht ganz erfaßt hatte. Und es ist denkbar, daß sich Quirós zumindest am Anfang der Besonderheit dieses Seelenzustandes nicht *völlig* bewußt war.

»Wirklich«, wiederholte er. »Ich hab gedacht, Sie hätten es vergessen . . .«

»Und das hat dich nicht gewundert?«

»Na, ein bißchen schon, um die Wahrheit zu sagen!«

»Ein bißchen sehr.« Ortega spürte, daß sein Hemd schweißnaß war, und er spürte eine Art Gleichgültigkeit oder Sorglosigkeit oder mangelnde Hemmung, wie man sie ähnlich im Zustand der Betrunkenheit empfindet. Man hat die Barriere des Wissens um die Distanz, die einen von den anderen trennt, längst überwunden, und die Unterhaltung, der Monolog, den die Trunkenheit auslöst, wird immer flüssiger, immer bekenntnisreicher, ohne daß man wirklich wünscht, daß er es sei, aber auch ohne daß es einem etwas ausmacht, daß er es ist. Es liegt in diesen Momenten etwas Befriedigendes, über dessen Gefährlichkeit man sich bewußt ist, aber ohne daß dieses Bewußtsein uns veranlaßt, irgendeine Maßnahme zu ergreifen. Ortega befand sich in dieser

Situation, als er, nachdem er am Abend zuvor mit dem Entschluß ins Bett gegangen war, diese Beziehung nicht fortzusetzen, und mit dem Entschluß aufgestanden war, sie fortzusetzen und den ganzen Tag damit verbracht hatte, zwischen den Alternativen hin und her zu schwanken, sich am Ende um sechs Uhr auf den Weg zur Gran Vía machte, wobei er sich allerdings um eine Stunde verspätete in der Hoffnung, die Situation werde sich von alleine regeln. Wie die vergebliche Hoffnung eines kleinen Tieres, das sich duckt, um unbemerkt zu bleiben. Ortega verspätete sich um eine Stunde, überzeugt, Quirós werde die Geduld verlieren und gehen. Und daß er, wenn er zur Caféterrasse auf der Gran Vía käme und ihn nicht anträfe, endlich sicher wüßte, daß die Situation von sich aus nichts mehr hergab und abgeschlossen war. Und umgekehrt, wenn Quirós noch da wäre, wenn Ortega käme... Welcher Schluß würde daraus folgen? Keiner, in Wirklichkeit. Ortega war lediglich zum Ausgangspunkt seiner Überlegung zurückgekehrt. Zur Notwendigkeit, selbst entscheiden zu müssen, ob er das Ganze beenden wollte oder nicht. Seine Passivität war durch die Begegnung mit Quirós auf eine noch größere Passivität gestoßen, raffinierter und verzehrender noch als seine eigene.

Quirós trank einen Eiskaffee, und Ortega bestellte das gleiche.

»Wartest du schon lange?« fragte Ortega unnütz.

»Nein, nicht sehr lange. Ich hab mir die Zeit vertrieben und die Leute angeschaut. Das lenkt mich immer ab.«

»Es gehen immer die gleichen Leute vorbei«, murmelte Ortega.

»Na, ich glaub nicht, daß es die gleichen sind. Und selbst wenn sie's wären... Es macht Spaß, sie zu sehen, die Wiederholungen zu bemerken, die unwandelbaren Gestalten. Jede Ecke in Madrid hat ihr eigenes Gepräge. Haben Sie das noch nicht bemerkt? Der Mann vom Kiosk, die Frau mit den Süßigkeiten, der Portier und die Pagen eines Hotels, der Besitzer einer Schuhmacherwerkstatt, die Kunden einer Bar... Und auf der Gran Vía ist es genauso... Man darf sich nicht täuschen lassen von der Menge, die vorbeiflutet. Wir selbst, wir beide, die wir schon drei Tage lang hierher kommen, wir sind schon bekannt, ein bißchen zumindest. Als ich mich hinsetzte, als ich kaum saß, da hat mich der Kellner schon gefragt, ob ich ein Zitroneneissorbet wollte, weil wir das die beiden Male vorher getrunken hatten, es entgeht ihnen nichts ... Uns selbst ...« – Quirós unterstrich seine Worte mit einem maliziösen Lächeln – »den Protagonisten sozusagen, entgeht fast alles ... Sie sehen müde aus. Haben Sie eine schlechte Nacht verbracht?«

»Nein, es ist nichts. Ich bin Krebs, und wir Krebse haben solche Tage. Ich freu mich, wieder hier zu sein mit dir ...«

»Also, ich hab wenig geschlafen. Ich hab mir die ganze Nacht um die Ohren geschlagen ...«

»Im Bett?«

»In den Straßen. Bis sechs oder sieben Uhr früh. Ich hab nur vier Stunden geschlafen.«

»Und wie kam das?«

»Einfach so. Ich war nicht müde. Nach unserer Unterhaltung war meine Müdigkeit wie weggeblasen.«

»Das tut mir sehr leid«, rief Ortega aus.

»Dazu gibt's keinen Grund. Im Gegenteil. Es hat mir Spaß gemacht, herumzulaufen. Es war eine interessante und wichtige Erfahrung. Ich hab Ihnen ja schon gesagt, daß ich noch nie jemanden wie Sie getroffen habe.«

»Aber wo bist du herumgelaufen?«

»Durch ganz Madrid, überall. Ich mache das manchmal. Nachts. Im Sommer genauso wie im Winter. Ich weiß nicht, warum. Na ja, ich weiß schon, warum ...«

»Und warum?« Ortega fügte rasch hinzu: »Ich meine, warum, denkst du, machst du das?« Ortega überlegte einen Augenblick und fuhr fort, bevor Quirós Zeit fand, zu antworten: »In deinem Alter war ich auch ein großer Nachtschwärmer. Aber in meinem Fall war das anders. Ich ... Ich war damals ruhelos. Introvertiert und ruhelos zugleich. Ein ganz anderer Charakter als deiner. Eine erotische Unruhe, nehme ich an. Die Nächte sind auf verführerische Weise ironisch und erotisch ...«

»Und ob sie das sind. Vor allem jetzt«, sagte Quirós.

»Wieso vor allem jetzt?« fragte Ortega. »Was willst du damit sagen?«

»Na ja, ich weiß nicht. In Madrid geht's hoch her. Das sagt man doch, oder?«

»Ja, das sagt man.«

»Natürlich hat's damit nicht so viel auf sich, wie man behauptet. Es wird viel übertrieben. Es gibt ein paar Lokale, die jeder kennt. Man sieht immer das gleiche ...«

Ortega spürte Interesse gegen seinen Willen. Oder vielleicht nicht Interesse, sondern eher Unruhe, wie bei einem unverhofften Schauspiel, das mitten auf der Straße unsere Aufmerksamkeit fordert, sich uns aufzwingt, uns *beinahe* gegen unseren Willen zum Stehenbleiben veranlaßt. Alles hängt natürlich von diesem *beinahe* ab ...

»Was mich ein bißchen überrascht, offen gestanden«, sagte Ortega, »und entschuldige, wenn ich mich in etwas einmische, was mich nichts angeht, ist, was du da sagst über die Unruhe in den Nächten. Bei mir war das anders. Schließlich war ich allein in Madrid, ich fühlte mich sehr einsam ... Aber du, du hast dein Zuhause, dein Zuhause bei deiner Mutter, deine Freundin. Es muß ganz anders sein in deinem Fall ...« Ortega gestand sich selbst ein, daß er jetzt, oder besser gesagt, genau vor dem letzten Satz hätte innehalten müssen. Nicht innegehalten zu haben, getrieben von einer Neugier, die stärker war als er – eben das hatte er durch sein Fernbleiben vermeiden wollen und durch sein Kommen schon von Grund auf hinfällig gemacht.

»Meine Freundin ist etwas anderes. Es ist eine andere Beziehung. Sie würde staunen, wenn sie wüßte, was ich in den Nächten, in einigen Nächten, für ein Leben führe ... Da ich nichts zu tun, keinen Beruf habe wie die meisten, schlafe ich morgens lange ... Natürlich nur, wenn meine Mutter mich läßt, denn die macht ein ganz schönes Tamtam! Es sind zwei Welten, die nichts miteinander zu tun haben: die am Tag und die in der Nacht. Nachts fühlt man sich beweglicher. Ich weiß nicht, ob Sie sich erinnern, aber mit das Interessanteste, was Mr. Hyde passiert, wenn er seine Persönlichkeit ändert, wenn er ein widerlicher Zwerg wird, ein Mörder, ist, daß er sich beweglich fühlt, äußerst beweglich, und hin und her springt, als er sich mit dieser Alten da oder dem Alten prügelt, ich erinnere mich nicht mehr ...«

»Ja, ich erinnere mich an diese Szene, natürlich, ich weiß ganz genau, was du meinst. Er verliert seine Hemmungen ...«

»Genau. Aber es ist mehr als das. Es ist eine neue Natur, die mit dem Impuls der Nacht, mit der Bosheit der Nacht zu tun hat ... Die Nacht unserer westlichen Welt ist zum Ausruhen da, weil man am Morgen aufstehen und arbeiten muß. Aber wenn man nun nie aufstehen und arbeiten müßte? Dann wäre alles anders. In den Nächten wird alles ein wenig zur Jagd ... Wir sind Jäger und Gejagte, weil nichts mehr klar zu erkennen ist. Das Deutlichste, das Unmittelbarste ist das Klopfen des eigenen Blutes, das eigene Bewußtsein, das sich aufbäumt. Eine unbestimmte Erotik ... Ich zumindest sehe es so ...«

»Und deine Freundin ...« unterbrach Ortega.

»Meine Freundin hat nichts damit zu tun. Sie ist das genaue Gegenteil. Für sie sind die Nächte zum Schlafen da. Der Müßiggänger bin ich. Der Arbeitslose bin ich, das Bewußtsein, das sich selbst betrachtet, bin ich. Ich verschlinge mich selbst. Und es gibt andere, die verschlingen ... In den Nächten, meine ich. Die mir ähnlich sind, die mich verfolgen oder die ich verfolge, die mich kaufen würden, wenn sie könnten, die mich einsperren würden, wenn sie könnten, wie ein Tier in einen Käfig. Mögen Sie die Filme von Pasolini?«

»Sie sind sonderbar, ja. Ich habe nie herausgefunden, ob sie mir gefallen oder nicht ...«

»Ich hab das Gefühl, Sie sind nicht auf dem Posten heute, ich weiß nicht, irgendwie reserviert. Sie haben mir noch nicht gesagt, warum Sie eine Stunde zu spät gekommen sind ...«

»Ach, du meinst wohl, ich bin dir eine Erklärung schuldig! Ist es das?«

»Nein, nein. Sie schulden mir nichts. Ich hab gedacht, Sie würden nicht kommen. Aber ich hab so lange gewartet, weil ... weil es mich sehr gewundert hat. Ich meine, ich war sicher, daß Sie kommen würden ...«

»Du warst sicher?«

»Freilich, ja. So gut wie sicher.«

»Aber, wieso?«

»Ja, sehen Sie, das weiß ich nicht. Das weiß ich wirklich nicht ...«

»Irgendeinen Grund wirst du doch haben.«

»Na ja, es gibt einen. Aber damit ist es nicht weit her.«

»Wie, nicht weit her?« Ortega zündete sich eine Zigarette an und atmete tief den Rauch ein. Er dachte: ›Es ist schon zu spät. Ich hätte nicht kommen dürfen. Mich fortreißen lassen. Es ist der gleiche Fehler wie immer.‹ Die Melancholie (eine tiefe Melancholie, die zu gleichen Teilen aus Überdruß sich selbst gegenüber und aus dem Gefühl des Unvermeidlichen bestand) hatte sich auf sämtliche rosafarbenen Szenerien der Abenddämmerung, auf den ganzen Lärm der dichtbevölkerten, gestaltlosen Straße übertragen. »Und was war das für ein Grund, wenn man wissen darf?«

»Es wäre das erste Mal, daß mir das passiert: daß ich mich mit jemandem verabrede, der dann nicht kommt. Das ist mir noch nie passiert. Ich war neugierig, das sage ich Ihnen ganz offen. Ich hab geglaubt, Sie sind so anders, so sehr anders, daß Sie ein drittes Mal nicht kommen würden. Aber ich hab mich geirrt. Oder vielmehr umgekehrt, ich hab richtig gedacht. Sie sind ja doch noch gekommen.«

»Wir kommen doch immer alle, oder?«

»Freilich, ja. Das ist normal. Ich glaub nicht, daß das seltsam ist. Es ist logisch und normal, wenn man sich mit jemandem verabredet, daß man kommt ... Ich hab noch nie jemanden versetzt.«

»Gut. Aber das ist es nicht, was du sagen willst. Jetzt ziehst du dich aus der Affäre ...«

»Na ja, ein bißchen. Ich hab Ihnen ja schon gesagt, daß es mit dem Grund, dem letzten Grund, aus dem ich sicher war, daß Sie kommen würden, nicht weit her ist, es ist bloße Eitelkeit. Ich bin daran gewöhnt ...«

»Das ist nicht gerade schmeichelhaft für mich«, äußerte Ortega trocken. »Aber ich hab's wohl verdient ...«

»So dürfen Sie es nun auch nicht nehmen. Sie haben auf Ihrer Frage beharrt. Und etwas mußte ich Ihnen ja antworten.«

Ortega schaute Quirós jetzt von oben bis unten an. ›So einer‹, dachte er. ›Ist dieser Junge so einer? Ist das die Klarheit, die ich gesucht habe? Denn wenn es so wäre, dann hätten mich meine eigenen Fehler zu einem glücklichen Ende geführt. Und es gibt kein glückliches Ende. Meine eigenen Fehler haben mich hierher geführt. Aber es gibt kein glückliches Ende. Also habe ich das, was ich suchte, auch jetzt nicht gefunden, weil das, was ich suche, nicht existiert. Oder wenn es existiert, dann gleicht es mehr dem Tod als dem Leben. Aber jetzt weiß ich, daß ich nicht einfach ruhig fortgehen und diese drei Abende vergessen kann. Es wird Abend, und niemand ist bei uns geblieben. Und niemand wird später kommen. Was geschehen ist, ist wahrhaftig ein Ereignis, ein Wunder. Aber es ist nicht ein Ergebnis des Guten, sondern des Bösen.‹

»Es ist schon fast zehn«, sagte Ortega nach einem Blick auf seine Uhr. »Kommst du morgen wieder?«

»Morgen, das weiß ich nicht. Morgen ist der Tag, an dem ich mit meiner Freundin ausgehe. Sonntag.«

»Wenn du willst, geb ich dir meine Telephonnummer, und du rufst mich an, wenn du kannst.«

»Von mir aus sehr gern.«

Und während Ortega ihm auf einer Papierserviette seine Telephonnummer notierte, glaubte er auf Quirós' Gesicht ein maliziöses, enttäuschtes Lächeln zu bemerken.

»Ins Kino?« Cristina drehte ihm den Rücken zu, als sie das sagte. Sie saß am Frisiertisch und schminkte sich das Gesicht. Quirós wanderte durch das vertraute Zimmer Cristinas. Ein nicht sehr großes Zimmer in einer Dachwohnung im oberen Teil des Salamanca-Viertels, eine nicht ganz elegante, aber in jedem Fall teure Gegend. Er glaubte, einen gewissen Überdruß in diesem Satz zu bemerken. Eine Art Apathie, ähnlich der seinen.

»Schön, wenn du keine Lust hast...« Quirós sprach den Satz nicht zu Ende.

»Ja, warum nicht? Gehen wir, wenn du willst, wir können ins Kino gehen, mir ist es egal...«

»Du scheinst keine große Lust zu haben.«

»Bah..., weder große noch kleine, es ist mir egal... Es gibt keinen Film...«

Cristina drehte sich auf ihrem Drehhocker ganz zu Quirós

um. Sie war hübsch, fünf Jahre älter als Quirós. Das Sonnenbraun der Arme und Schultern, das durch ihr sommerliches, volantbesetztes Kleid betont wurde.

»Das Kleid ist neu. Es gefällt mir.«

»Gefällt's dir? Weite Röcke werden wieder Mode ... Wenn du ins Kino willst, müssen wir jetzt gehen. Es ist schon sieben.« Cristina blickte auf ihre elegante Cartier-Uhr.

»Ich hab nicht den Eindruck, daß du große Lust hast.«

»Schon wieder! Es ist mir egal. Es macht mir Spaß, ins Kino zu gehn. Warum nicht? Wir werden doch wohl nicht den ganzen Abend hierbleiben ...«

»Da haben wir's wenigstens kühl ...«

»Zu kühl. Die Kühlung ist zu stark.«

»Wieso? Was hast du?«

»Willst du das wirklich wissen?«

»Ich weiß nicht, ob wirklich. Aber ich hätte gern, daß du mir eine Erklärung gibst. Wahr oder nicht, das ist das wenigste. Du bist komisch.«

»Ich bin ein bißchen müde, ja. Ich brauche Urlaub.«

»Also, du hast wirklich Glück. Ich nämlich nicht. Ich brauche keinen Urlaub. Ich bin direkt von der Arbeitslosigkeit zum Müßiggang übergegangen, wie du siehst.«

»Na und? Bist du nicht zufrieden? Ich an deiner Stelle wäre es.«

»Du würdest verzweifeln an meiner Stelle. Nichtstun ist eine hohe Kunst.«

Cristina kramte in ihrer Handtasche und holte fünftausend Peseten hervor. Sie reichte sie Quirós, ohne etwas zu sagen. Dann stand sie auf und ging zum Schrank, um ihre Schuhe zu holen.

»Mit der Hälfte kommen wir gut hin.«

»Ich hab's nicht kleiner. Ich hab Lust, Geld auszugeben.«

»Das sagst du immer. Und dann geben wir nie was aus. Das ist lästig.«

Cristina hatte sich zu Quirós umgedreht, der ihr jetzt den Rücken zuwandte.

»Wieso lästig? Wenn du mir obendrein noch sagst, es ist lästig, dann werde ich lästig! Was willst du denn? Daß ich dir ein Konto eröffne?«

»Ich kann dich ins Kino einladen. Dafür langt's.«

»Was soll dieser Blödsinn jetzt? Hab ich mich über irgendwas beklagt?«

»Wenn es dir nicht paßt, dann lassen wir's.«

»Hab ich mich über irgendwas beklagt?«

»Ich sag's noch mal«, Quirós konnte die Ungeduld, die schlechte Laune nicht zurückhalten, »wenn es dir nicht paßt, dann lassen wir es sein.«

»Willst du es sein lassen?«

»Ich nicht, wieso?«

»Dann weiß ich nicht, was dieses Hin und Her soll. Ich hab's satt.«

»Irgendwas hast du satt. Ich weiß nicht, was. Vielleicht das. Oder dich selbst. Ich weiß nicht.«

Cristina tat ein paar Schritte, bis sie vor Quirós stand. Sie stützte eine Hand auf die Hüfte. Sie war gut gewachsen. ›Bestimmt könnte sie irgendeinen aus ihrem Büro kriegen‹, dachte Quirós.

»Ich hab Glück«, sagte Quirós lächelnd. »Nicht jeder hat das Glück, wie ich ein hübsches Mädchen zu finden, das einem auch noch die Ausgaben bezahlt.«

»Du hast mehr Glück als manche und weniger als andere. Mir paßt diese Regelung. Andere Frauen geben ihr Geld für Sprit aus. Ich geb's für dich aus.«

»Offenheit gegen Offenheit«, sagte Quirós. »Ich bin ein Typ zum Vorzeigen.«

»Mir gefällst du«, sagte Cristina.

»Du weißt ja, wenn du willst... ganz zu deiner Verfügung.«

»Sei nicht vulgär.«

»Ich bin nicht vulgär. Wenn du von Sprit sprichst. Ich hab's gesagt für den Fall, daß dir der Schwung ausgeht. Bei dir weiß man nie.«

Cristina setzte sich wieder auf den Hocker vor den Frisiertisch. In ihrem Gesicht lag ein zwiespältiger Ausdruck. Als fühlte sie sich gekränkt durch diese Sätze, die in Wahrheit durchaus üblich waren zwischen ihnen. Beide hatten gleich am Anfang beschlossen, daß sie sich nicht belügen würden. Cristina hatte alles oder fast alles allein gesagt. Cristina verabscheute Unaufrichtigkeit. Und bisweilen war sie etwas zu zynisch. Tatsächlich war ein gewisser berechnender und zumindest dem Schein nach leidenschaftsloser Zynismus das beständigste Gefühl zwischen ihnen, das Gefühl, das sie am festesten miteinander verband. »Keiner von uns beiden macht sich Illusionen«, hatte Cristina gesagt, kurze Zeit, nachdem sie sich in einer Diskothek in der Calle de Orense kennengelernt hatten. Das war jetzt schon drei Sommer her. »Du bist kein Kind mehr und ich auch nicht. Das gefällt mir an dir, das gefällt mir am meisten an dir. Ich bin es gewohnt, gut zu leben. Ich hab Geld für meine Wohnung. Und mir gefällt meine Arbeit. Ich mache sie sehr gut und sie gefällt mir. Ich habe keine Lust zu heiraten. Aber an manchen Tagen, an manchen Wochenenden vermisse ich einen Mann. Ich könnte mich mit jedem einlassen, wenn ich Lust hätte. Im Büro oder außerhalb. Aber du amüsierst mich. Und außerdem gefallen mir Männer, die jünger sind als ich. Und du bist intelligent, man braucht dich bloß anzusehn. Und ich bin auch intelligent, man braucht mich bloß anzusehn. Das einzige, woran ich glaube, ist Geld. Aber die Karrieremänner gefallen mir nicht. Die Geschäftsleute, mit denen ich zu tun habe, kommen mir wie lauter Laffen vor. Du gefällst mir, weil dir alles egal ist und weil ich glaube, daß du mir das geben kannst, was ich will. Und ich dir, ohne daß sich einer von uns in irgendwelche Geschichten verwickelt, die sich nicht lohnen.« Diese Rede hatte Quirós gefallen an jenem Abend vor drei Jahren. Und dann klappte es gut im Bett. Und Quirós mit seinen einundzwanzig Jahren fühlte sich geschmeichelt durch die Aufmerksamkeiten dieser Frau, die sehr viel älter war als er, fünf Jahre älter, die zu wissen schien, woran sie sich halten konnte und ein sauberes, hartes Spiel spielte. Und es war herrlich, daß Quirós ihr im Bett noch ein paar Kniffe beibringen konnte. Quirós erinnerte sich, wie sie gelacht hatte, die Zähne ganz weiß, ein perfektes Gebiß, ohne jede Füllung, wie bei einem amerikanischen Mädchen, oder was Quirós sich darunter vorstellte. »Aber was du da sagst, Junge, das ist harter Porno, was dieser Kleine alles weiß!« »Erzähl mir nichts! Willst du mir weismachen, daß du so was noch nie gemacht hast? Du bist doch kein kleines Mädchen mehr.« »Mit dir ist es das erste Mal.« Und Quirós hatte gelacht. Beide hatten sie gelacht. Jeder vom anderen inspiriert, während sie einander nackt im breiten Bett Cristinas bewunderten. »Bestimmt hast du schon tausend Typen hergebracht«, sagte Quirós zu ihr. »Ein paar. Weniger als du glaubst. Du gefällst mir. Ich bin sehr wählerisch, nicht, daß du denkst.« Und Quirós erinnerte sich jetzt, wie er sich vor drei Jahren bei diesen Worten vergöttert gefühlt hatte, bestätigt. Als wäre die sexuelle Anziehungskraft, die er offensichtlich auf Cristina ausübte, ein makelloser, grandioser Spiegel. Und so ging es drei Jahre weiter, ohne daß die Dinge im Bett sich wesentlich geändert hätten, während Quirós sich jedoch mit jedem Mal ein bißchen weniger sicher fühlte. Gerade jetzt, da er Cristina mit jener Kälte reden hörte, die ihm am Anfang so geschmeichelt hatte, fühlte er ein dunkles, kindisches Mitleid mit sich selbst. Cristina wirkte jetzt amüsiert. Als hätte sie die ganze Zeit, da sie beide stumm geblieben waren, von Quirós' Gefühlen, von seinen Erinnerungen, von der leicht ungenauen Vorstellung ihrer Beziehung gewußt, die Cristina in das Bewußtsein von Quirós gepflanzt hatte und zu der sich Quirós mehr als alles andere durch Eitelkeit hatte hinreißen lassen.

»Hast du Hunger? Du siehst hungrig aus«, sagte Cristina jetzt und brach in Lachen aus.

Quirós sah auf die Uhr und stellte fest, daß ihm noch vier oder fünf Stunden blieben, bis er gehen würde. Er fühlte sich allein und unfähig. Und er dachte an Ortega, mit Bitterkeit, mit einem Gefühl, das der Liebe sehr ähnlich war oder dem Ressentiment.

»KANNST DU mal einen Moment herkommen, César?«

Es war Montag morgen. Elf Uhr. Quirós war spät aufgestanden. Er hatte langsam gefrühstückt. Er fühlte sich gutgelaunt. Er würde einen Spaziergang machen bis zum Retiro. Um die Zeitung zu lesen. Dann nach Hause, zum Mittagessen. Ein kleines Schläfchen, vielleicht. Vielleicht Ortega anrufen. Oder besser nicht. Heute nachmittag niemanden anrufen. Die Zeit vergehen lassen bis zum Abend. Und wenn es kühler wird, ausgehen, ein paar Stunden, um zehn oder um elf. Ein anonymer, ruhiger Tag, ohne jedes Gefühl. Nur das Gefühl von Wohlbehagen, das direkt von innen nach außen dringt. Wie ein unbestimmter, reiner Ursprung von Lebensfreude... Ein Tag mehr, ohne Höhen noch Tiefen, wie die Tage sein sollen. Beschäftigt mit den eigenen Gedanken, die stumm dahingleiten... Die Stimme seiner Mutter aus dem Wohnzimmer schreckte ihn unangenehm auf. Sie erinnerte ihn, er wußte nicht, weshalb, an die Stimme Cristinas, gestern abend. An die ganze Cristina gestern abend, die ihn gedemütigt hatte, vielleicht ohne es zu wollen, indem sie ihn lediglich an die Ambivalenz seiner Situation, an seine Abhängigkeit erinnert hatte.

Er trat ins Wohnzimmer. Seine Mutter saß in der üblichen Ecke des Sofas gegenüber dem Fernsehapparat, wie vertieft in eine imaginäre Fernsehsendung. Seine Mutter bedeutete ihm mit der Hand, indem sie auf den Sitz neben sich klopfte, er solle sich zu ihr setzen. Das kam selten vor. Ebenso wie die Tatsache, daß seine Mutter bereits in Straßenkleidung war. Und nicht im Morgenmantel. Seine Mutter zündete eine Fortuna an.

»Ich muß mit dir reden, mein Sohn.« Doña Teresa ließ sich vom Rauch umnebeln, bevor sie fortfuhr. Sie nahm mit dem Daumen und Zeigefinger der linken Hand einen Tabakkrümel von der Zunge, die sie ein wenig zwischen den sehr weißen Zähnen herausstreckte. Quirós bemerkte eine Spur von Lippenstift auf den Vorderzähnen.

»Jetzt?« Quirós schaute auf seine Uhr.

»Hast du es eilig?«

Quirós meinte einen Anflug von Ungeduld in dem Satz zu spüren. Abermals mußte er vage an Cristina denken.

»Nein, ich hab's nicht eilig, warum?«

»Da ich sehe, daß du auf die Uhr schaust...«

»Na ja, eine instinktive Geste. Ich wollte einen Spaziergang machen.«

»Es dauert nur einen Augenblick...«

»Ich hab nichts zu tun. Wir haben den ganzen Vormittag.«

»Na, das nun auch wieder nicht. Ich muß aus dem Haus. Ich hab eine Verabredung.«

»Hast du dich mit Charito verabredet?«

»Nein. Mit Charito nicht. Ich war gestern mit ihr zusammen. Eben darüber wollte ich mit dir sprechen.«

Doña Teresa pflegte keine Umschweife zu machen. Deshalb wunderte es Quirós jetzt, daß sie so lange brauchte, um irgend etwas zu sagen. Sie wirkte in der Tat unschlüssig, oder, um genau zu sein, das Gegenteil von unschlüssig: so entschlossen, daß die Gedanken zu dem, was sie sagen wollte, so zahlreich waren und alle gleichzeitig ausgesprochen werden wollten, daß Doña Teresa *ex abundantia cordis* verstummt war.

»Ich muß dir was sagen.«

»Das merk ich.«

»Du bist nicht gerade gutgelaunt heute morgen.«

»Ich, nicht gutgelaunt? Ich weiß nicht, wenn du meinst...«

»Nein, ich find dich ein bißchen komisch...«

»Also, nun sag's doch.«

»Es ist, also sieh mal, mein Sohn..., ich bin ein bißchen allein. Du weißt ja, seit dein Vater gestorben ist, gehe ich kaum noch aus dem Haus...«

»Na komm, ein bißchen gehst du schon raus.«

»Schön, du verstehst mich schon... Ich fühl mich allein. Ich bin ein bißchen allein...«

Quirós erinnerte sich plötzlich an das Telephongespräch vor zwei Tagen. Seine Mutter hatte den gleichen Ton in der Stimme. Einen entschiedenen und zugleich zuckersüßen Ton. Leicht widerlich wie ein zu süßes Getränk. Quirós erinnerte sich, daß er sich damals gefragt hatte, was zum Teufel seine Mutter im Schilde führen mochte. Jetzt würde er es endlich erfahren.

»Also die Sache ist die, daß ich einen Mann kennengelernt habe, in meinem Alter, auch verwitwet. Na ja, daß wir zusammen ausgehen, ziemlich oft.«

»Ah, meinen Glückwunsch«, murmelte Quirós. »Was ist denn Schlimmes dabei?«

»Nichts, nichts Schlimmes. Das hab ich auch Charito gesagt. Ich freu mich, daß du einverstanden bist.«

»Einverstanden? Wieso sollte ich nicht einverstanden sein?

Du bist alt genug, um auszugehen, mit wem du Lust hast.« Quirós fühlte sich lächerlich und, ohne zu wissen, weshalb, nervös. Als empfände er Scham über dieses Gestammel seiner Mutter. Doña Teresa lachte gezwungen auf.

»Mein Gott! Was für Einfälle du hast! Du bringst mich ja zum Lachen!«

»Ich versteh nicht, was komisch daran ist.«

»Aber es ist komisch, glaub ja nicht, wirklich!«

Quirós verschränkte die Arme.

»Wie du meinst . . .«

»Ich hätte gern, daß du ihn kennenlernst. Daß du siehst, wie er ist, mein ich . . .«

»Ich vertrau deinem guten Geschmack.«

»Ach, darum geht's doch nicht, darum nicht . . . Was ich dir sagen will, ist, also, na ja, daß man nie weiß. Und daß du vielleicht, also daß du ihn als Stiefvater bekommst . . .«

»Ihr habt's ja ganz schön eilig!«

»Na ja, sieh mal, wir beide sind schon in einem Alter, in dem man sich nicht mehr mit Dummheiten abgeben kann. In unserem Alter sieht man die Dinge anders. Es ist keine Brautzeit mehr. Es geht darum, ob ja oder nein. Na? Was sagst du dazu?«

»Wieso, was ich dazu sage? Na, das ist deine Sache. Was weiß ich!«

»Es ist eben nicht meine Sache, mein Sohn, es ist nicht meine Sache! Das ist es nicht!«

»Wenn du ihn heiraten willst, brauchst du mich doch nicht um Erlaubnis zu fragen, tu, was du für richtig hältst.«

»Du mußt verstehen, ich bin nämlich sehr allein, du bist schon erwachsen, irgendwann gehst du weg und dann auf Wiedersehen . . .«

»Das erscheint mir nicht sehr wahrscheinlich, so, wie die Dinge liegen . . .«

»Ich weiß, daß du es sehr gut zu Hause hast, wo wirst du es besser haben als zu Hause?«

»Nirgends . . .« Quirós konnte sich nicht eine gewisse Ironie verkneifen, als er das sagte.

»Aber natürlich, wenn Luis und ich, also wenn wir heiraten, dann ändern sich die Dinge natürlich. Ich kann mich nicht um zwei Haushalte kümmern. Das ist nicht möglich, in meinem Alter ist das nicht mehr möglich. Das verstehst du doch?«

»Willst du mir damit sagen, daß ich hier überflüssig bin?«

»Auf keinen Fall! Aber wir müßten eine andere Regelung finden. Die Dinge anders regeln. Und deshalb will ich, daß ihr euch zuallererst einmal kennenlernt, Luis und du, daß ihr Kontakt habt... Sieh mal, ich glaube, das Wichtigste im ganzen Leben ist, daß man miteinander spricht. Wenn die Menschen nicht miteinander sprechen, dann leben sie nicht...«

Quirós stand auf, um seine Ungeduld zu verbergen. Er drückte die halbgerauchte Zigarette im Aschenbecher aus. Seine schlechte Laune überraschte ihn selbst. Um sie zu verbergen, sagte er so sanft er konnte: »Du willst also, daß wir uns treffen, dieser Luis und ich... Also gut, ich von mir aus hab nichts dagegen – wann du willst! Du weißt ja, ich bin arbeitslos und Zeit ist der einzige Luxus, den ich habe.«

Quirós glaubte, daß seine Mutter etwas hinzufügen würde. Aber anders als Quirós dachte, schien Doña Teresa nur allzu bereit, die Dinge dabei zu belassen. Sie selbst stand ebenfalls auf. Mit einer entschlossenen, agilen Bewegung.

»Ich wußte, daß du es gut aufnehmen würdest. Ich war sicher.«

»Wie sollte ich es denn aufnehmen? Hab ich denn eine andere Wahl?«

Aber Doña Teresa ging schon. Quirós dachte: ›Die Sache geht den Bach runter. Die Sache geht zum Teufel.‹ Und er verließ die Wohnung. Er ging zum Retiro, aber er kaufte keine Zeitung. Er lief von einer Ecke zur anderen, bis zur Mittagessenszeit. Um zwei rief er Ortega an. Das Telephon läutete und niemand nahm ab. Ihm fiel ein, daß er mittags durcharbeitete. Er rief ihn erneut um halb vier an, ohne jedes Ergebnis, und dann noch einmal um vier. Ortega nahm ab. Sie verabredeten, sich am gleichen Abend um sieben Uhr bei Ortega zu Hause zu treffen. Quirós fühlte sich viel besser. Er legte sich zur Siesta hin und schlief ruhig eine Stunde lang. Dann duschte er sich ausgiebig. Ortega war zur richtigen Zeit aufgetaucht.

Quirós kam viel zu früh. Er fuhr, unnötigerweise, mit dem Taxi in die Calle de Ríos Rosas. Und er sah, daß es erst Viertel nach sechs war. Es war heiß, obwohl Quirós es nicht bemerkte. So viel hing von diesem Treffen ab! Er hatte sich geduscht und umgezogen. Eine leichte, weiß-blau gestreifte Hose und ein weißes, kurzärmeliges Sommerhemd, das seine braunen Arme und sein von der Sonne gebräuntes Gesicht betonte. Quirós nahm schnell Farbe an. Nach der Begegnung gestern abend mit Cristina und nach der Unterhaltung mit seiner Mutter heute morgen hatte das Treffen mit Ortega am frühen Abend ihm enormen Auftrieb gegeben. Ortega hatte erfreut geklungen, als er seine Stimme am Telephon hörte. Als hätte er darauf gewartet. Und Quirós hatte sich wirklich erwartet gefühlt, während er sich duschte. Er hatte sich selbst noch keine klare Vorstellung davon gemacht, was die Unterhaltungen mit »seinen beiden Frauen«, wie er sagte, in Wahrheit für ihn bedeuteten. Vorerst empfand er nur ein vages Gefühl von Verdruß, als liefen die Dinge für ihn nicht nach Wunsch, ohne daß man jedoch schon sagen konnte, sie liefen schlecht oder daß sie in Zukunft schlecht laufen müßten oder auch nur sich merklich ändern würden. Er trat in eine Cafeteria und setzte sich an die Bar. Er bestellte einen Eiskaffee. Die Zigarettenverkäuferin hatte nur Winston. Und Quirós kaufte in einer geistig hochtrabenden Geste von Wohlgefühl eine Schachtel amerikanische Winston zu zweihundert Peseten. Er fühlte sich von den Gästen beobachtet. Besonders von zwei Mädchen, die genau hinter ihm an einem Tisch saßen und Kaffee tranken. Quirós wußte, daß sie über ihn sprachen. Und er drehte sich zur Seite, ins Profil, um sie lachen zu hören mit ihrem dummen Schulmädchengekicher. Es blieb ihm noch eine halbe Stunde bis sieben, und Quirós fühlte, daß Ungeduld und Neugier sich in seinem Kopf wie ein ungewohnt starkes Getränk mischten. Schließlich kam ihm der Gedanke: ›Ich könnte letztendlich auf Cristina verzichten.‹ Aber der Grund dafür, daß dieses Unabhängigkeitsgefühl jetzt so ungebärdig in ihm aufstieg, war ihm nicht klar. Quirós hatte mit den Jahren eine gewisse Gewohnheit und ein gewisses Geschick für die Selbstanalyse erworben, das jetzt allerdings versagte, als müßte es einen stärkeren Widerstand als sonst überwinden. Seine gewöhnliche Klarsicht schien getrübt durch ein diffuses Wohlbefinden. Er fühlte sich selbstsicher mit ironischer Sicherheit, wußte Quirós doch, daß seine Selbstsicherheit vor allem aus der Gewißheit rührte, gut auszusehen. Aus der Gewißheit, daß über oder unter allen Dingen, die Ortega gesagt hatte – und die Quirós vollkommen vergessen hatte, als verdichteten sie sich zu einem einzigen unbestimmten, angenehmen Kompliment –, das eigentlich Anziehende für Ortega sein Äußeres gewesen war.

Um fünf vor sieben ging er hinaus. Er fand sich, wie Ortega ihm schon angekündigt hatte, vor dem geschlossenen Portal. Er drückte auf die Klingel siebter Stock links. Er hörte die Stimme Ortegas, die fragte, wer da sei. Er antwortete: »Ich bin's«, und drückte die Tür auf, die gleichzeitig summte. Es war ein altes Portal, aus den fünfziger Jahren vielleicht. Ein metallener Aufzug, eng, mit einem schmalen Spiegel an der hinteren Wand. Als er oben ankam, wartete Ortega auf dem Treppenabsatz auf ihn, mit offener Wohnungstür. Er half ihm, die Gittertür des Fahrstuhls zu öffnen. In Hemdsärmeln wirkte Ortega älter, dickbäuchiger als im Jackett. Ortega ließ ihn in die Wohnung treten. Quirós betrachtete alles neugierig, überrascht. Die Bücher nahmen schon eine ganze Wand der Diele ein. Linker Hand führte eine offene Tür zu einem Zimmer mit noch mehr Büchern, die bis an die Decke reichten. Das Mobiliar war antiquiert, eher spärlich, wenn auch nicht geschmacklos, dachte Quirós, bequem. Ganz anders als das protzige Mobiliar bei ihm zu Hause oder als das unpersönliche, funktionale, sekretärinnenhafte Mobiliar Cristinas. Durch eine glückliche, wahrscheinlich unbewußte Verbindung waren bei der Einrichtung dieses Zimmers, so schien es Quirós, die beiden absurden Extreme des Glatten und Geschmacklosen und des Isabellinischen, Verkitschten und Unechten vermieden worden.

»Was für ein schönes Wohnzimmer«, sagte Quirós.

»Es ist bequem. Abgesehen von den Büchern gibt's nichts Wertvolles.«

»Haben Sie die alle gelesen?«

»Na ja«, sagte Ortega, während er sich ihm gegenüber in einen Sessel setzte. »Hier gibt's in Wirklichkeit zwei Bibliotheken: die von meinem Vater und meine. Ich habe meinen Teil gelesen, sozusagen, vor allem englische Literatur und ein bißchen Philosophie. Mein Vater war Gymnasiallehrer, für Philosophie. Das meiste hier gehörte ihm. Bücher leisten einem Gesellschaft, auch wenn man sie nicht liest, deshalb hab ich sie behalten . . .«

»Hier haben wir's besser als auf der Gran Vía«, sagte Quirós.

»Ja, das denk ich auch.«

Quirós hatte den Eindruck, daß eine gewisse Gespanntheit zwischen ihnen herrschte. Als fühlten sich beide durch die Tatsache gehemmt, daß sie einander gegenübersaßen, umgeben von der größeren Intimität der Wohnung.

»Es ist sehr angenehm hier, schön kühl . . .«

»Ja, ich habe nämlich die Luftströme genau studiert. Diese Wohnung ist auf jeden Fall angenehmer im Winter, jetzt ist sie sehr gut, aber es ist ja auch nicht sehr heiß. Ich weiß nicht, vielleicht werde ich mich im nächsten Jahr dazu entschließen, eine Klimaanlage einbauen zu lassen . . . Wie war's mit deiner Freundin?«

»Gut«, antwortete Quirós knapp. Das Bild Cristinas sprengte den ruhigen Rahmen dieses Zimmers. Sie war hier überflüssig.

»Nur gut?«

»Wie immer.«

Ortega lächelte und wagte nicht, weiter zu fragen. Ihm gefiel dieser junge Bursche, der wie durch ein Wunder hier zu sein schien und ihm Gesellschaft leistete in dieser melancholischen, warmen Stunde der Abenddämmerung. Und daß der Junge sich wohl zu fühlen schien, wie er da in dem großen Lehnstuhl saß, in dem Ortega selbst zu sitzen pflegte, schien ihm ein unzweideutiger Beweis dafür, daß diese Beziehung klarer und befriedigender sein würde als jede vorhergehende. Als die wenigen, die er gehabt hatte. Und auch seine Befürchtungen erschienen ihm unbegründet, geboren aus der Einsamkeit, in der er lebte.

»Du hast deiner Freundin bestimmt erzählt, daß du einen

komischen Typen auf der Gran Vía kennengelernt hast, oder?«

»Nein, um ehrlich zu sein«, antwortete Quirós. Und es gefiel ihm, daß Ortega die Antwort gefallen hatte.

»Warum nicht?« fragte Ortega.

»Und warum sollte ich ihr das erzählen? Unsere Beziehung ist ziemlich speziell. Wir beide sind sehr unabhängig. Eine Freundin ist heutzutage wie ein Gefährte, wie ein Freund. Ich zumindest sehe es so. Es sind getrennte Welten.«

»Hast du kein Vertrauen zu ihr?« Ortega bedauerte, daß er diese Frage gestellt hatte, die ihm entschieden zu persönlich erschien. Quirós hingegen machte nicht den Eindruck, als fühle er sich verletzt. Nicht einmal ausgefragt.

»Doch, wir haben Vertrauen zueinander. Aber jeder hat gern seine eigene Welt. Das ist besser so. Und Sie? Leben Sie hier immer allein?«

»Wirst du mich nie duzen?«

»Ich kann es versuchen, wenn Sie wollen ...«

»Dann versuch's endlich einmal, wenn wir nämlich ...« Ortega geriet ins Stottern. Und Quirós tat nichts, um das Ende des Satzes zu erraten, den Ortega unterbrochen hatte. Er fühlte sich wohl. Und sogar das leichte Gefühl von gezwungener Intimität trug dazu bei, ihn heiter zu stimmen, ihn glauben zu machen, er halte sämtliche Fäden der gerade entstehenden Beziehung in der Hand.

»Lebst du immer allein hier? Na, wie klingt das?«

»Das klingt sehr gut. Wie es sich gehört.« Ortega hielt inne, als ginge es darum, zwischen verschiedenen möglichen Antworten eine auszuwählen. »Ja, immer.«

»Wenn ich so eine Wohnung hätte, würde ich Mädchen mitbringen, was weiß ich, Feste feiern ... Es ist schön hier. Und mit Terrasse ...«

»Na ja, die Terrasse ist sehr vernachlässigt. Vor Jahren habe ich mich mehr um Pflanzen gekümmert. Ich hatte sehr schöne weiße Petunien im Sommer. Aber ich hab das Interesse verloren. Es ist zu heiß im Sommer. Außerdem, wen soll ich mitbringen? Ich bin schon zu alt für solche Sachen ...«

»Von wegen. Ich hab welche gekannt, die waren sehr viel älter und hatten an jedem Finger zehn ...«

»Schon. Das hängt wohl von der Wesensart ab. Mir fehlt die nötige Energie. Denn es ist eine Frage von Energie, glaube ich. Von Lebenslust...«

»Haben Sie denn keine, also, du, hast du denn keine Lebenslust?«

»Na klar. Wie jeder. Aber ich lebe lieber weiter wie bisher. Ein Leben auf kleiner Flamme. Das paßt besser zu allem übrigen...« Ortega machte eine unbestimmte Gebärde.

»Was heißt alles übrige?«

»Alles, ich weiß nicht, die Erinnerung an meine Eltern, mein eigenes Scheitern letztendlich, das alles ein bißchen staubig, irgendwie passiv gemacht hat... Ich weiß es nicht so genau. Tatsache ist, daß ich mich daran gewöhnt habe, so zu leben, allein, in der Stille... Ich fürchte, diese Wohnung kommt dir auf die Dauer ein bißchen deprimierend vor.«

»Mir kommt sie wunderbar vor.«

Und es stimmte, daß sie ihm so vorkam, während er das sagte. Wie eine Zuflucht.

»Sie ist eine Zuflucht«, sagte Quirós.

»Diese Wohnung?« Ortega lächelte. »Das ist sie wirklich ein wenig. Oder sehr, ich weiß es nicht. Manchmal ist sie entmutigend. All diese Bücher, die gelesenen und die ungelesenen, werden zur Anklage.«

»Hast du immer hier gewohnt?« fragte Quirós. Und während er das fragte, dachte er, daß er schon zum zweiten Mal etwas Ähnliches fragte. Es befremdete ihn, daß sie keine lebendigere Unterhaltung führten. Eher wie die vorangegangenen Unterhaltungen auf der Gran Vía. Noch einmal dachte Quirós, daß beide sich durch die gezwungene Intimität dieses Zimmers gehemmt fühlten, durch die Unmöglichkeit, sich mit Blicken auf die hin und her strömende Menschenmenge abzulenken.

»Ja. Ich habe immer mit meinen Eltern hier gewohnt. Sie sind fast gleichzeitig gestorben. Ich habe mehrmals daran gedacht, die Wohnung zu wechseln, aber heutzutage wäre es zu teuer, etwas Vergleichbares zu finden. Und bloß um etwas Vergleichbares zu nehmen, lohnt sich der Wechsel außerdem nicht.«

Ortega war sich bewußt, daß er die Sätze unnötig in die

Länge zog. Triviale Sätze, die ihm gegen seinen Willen lang gerieten und die ihn benommen machten und gleichzeitig befriedigten. Als wollte er einen dichten Kreis aus banalen, belanglosen Sätzen um sich ziehen, die ihn beruhigen sollten, denn er fühlte sich unruhig, als wollte er einen banalen sprachlichen Raum schaffen, eine Art mechanische Vertrautheit, in der sich diese ersten Stunden der Kommunikation ohne Schrecken würden abspielen können. Und Ortega begriff gleichzeitig, daß eine solche Absicht in Wirklichkeit widersprüchlich war, weil das Charakteristische dieser ersten Stunden der Kommunikation eigentlich die Überraschung, die Verzauberung sein müßte. Aber Ortega fürchtete sich vor Überraschungen. Sein ganzes Leben hatte er sich vor Überraschungen gefürchtet. Vom Schrecken der Worte zum noch tieferen Schrecken der Kommunikation. Ihm wurde bewußt, daß er schon eine ganze Weile schwieg. Und um das Schweigen zu brechen, sagte er:

»Woran denkst du? Du bist sehr still . . .«

»Entschuldige. Du bist auch sehr still. Es ist angenehm, irgendwo zu sein und zu schweigen. Mit einem anderen Menschen zusammenzusein, ohne ständig reden zu müssen.«

»Da hast du recht. Übrigens, möchtest du irgendwas? Was trinken?«

»Gut, eine Coca-Cola. Hast du Coca-Cola?«

»Ja, natürlich. Einen Moment.«

Ortega ging in die Küche. Im Türrahmen drehte er sich um und fragte Quirós: »Möchtest du ein bißchen Zitrone?«

»Das ist mir egal. Mit Eis, wenn du hast.«

»Ja, sicher, mit Eis, natürlich . . .«

In der Küche zündete er sich eine Zigarette an, bevor er den Kühlschrank aufmachte. Wie angenehm erschien seinen Augen, hier von der Tür aus, das leicht undeutliche Bild von Quirós im Sessel, im Profil, wie er ruhig in seinem stets leeren Wohnzimmer rauchte! Wie oft hatte er von diesem Türrahmen aus ein solches Bild beschworen! Er beruhigte sich (denn er bemerkte, daß ihm ein wenig die Hände zitterten), während er sorgfältig ein rundes Tablett mit zwei eisgefüllten

Gläsern, einer Zitronenscheibe in einem der Gläser und zwei Flaschen Coca-Cola vorbereitete. Er war versucht, Quirós zu fragen, ob er etwas essen wollte (es war inzwischen acht Uhr geworden), aber er tat es nicht, weil sein Mund trocken war und es ihm schwergefallen wäre, ungezwungen mit lauter Stimme selbst die belangloseste Frage zu stellen. Er trug das Tablett ins Wohnzimmer und goß die Coca-Cola ein. Quirós war auf die Terrasse hinausgetreten. Und er kam wieder herein, als er hörte, daß Ortega ins Zimmer zurückkehrte.

»Man sieht die Dämmerung sehr schön von hier«, sagte Quirós.

»Die Dämmerung erfüllt alles, im Winter. Es ist eine Winterwohnung.«

Ortega spürte plötzlich ein unwirkliches Wiederaufleben der Hoffnung in sich. Es war so viele Jahre her, seit sich das letzte Mal jemand so in seiner Wohnung hingesetzt hatte! Und wie sehr hatte sich seine Einstellung dazu verändert! Vor fünfzehn Jahren dachte Ortega, daß ein Gefährte ihn lähmen würde. Der lethargische Alltag. Und er war in der Tat lethargisch geworden das einzige Mal, da er, wenige Monate lang, einen gehabt hatte. Und doch, die Tatsache, daß er nach dieser einzigen Erfahrung keinen mehr hatte haben wollen (in dem Maße, wie dieses Nicht-Wollen einem Nicht-Können oder einem Nicht-Wagen glich oder er sich nie entschloß, ihn zu suchen), hatte wie eine Schuld aus einer schon fernen Vergangenheit den Wunsch offen gelassen, ihn dennoch einmal in irgendeiner Form oder, wenn möglich, in der idealen Form eines jüngeren Gefährten zu haben, dem Ortega zumindest einen Teil seines Wissens, seiner bloßen Erfahrung des Scheiterns würde vermitteln können. Es ist normal, daß Ortega unter den gegenwärtigen Umständen nicht erkennen konnte, ob Quirós dem willkürlichen, idealen Bild, das sein Bewußtsein in der Einsamkeit geformt hatte, entsprach oder nicht. Quirós sah gut aus: äußerlich war er ihm ähnlich. Das war endgültig das einzige, was Quirós mit dem widersprüchlichen, idealen Gefährten verband, den Ortega in seiner Vorstellung geschaffen hatte. Ein im übrigen sehr gängiges Phänomen. Eine Täuschung, die so alltäglich und trivial war, daß sie eigentlich niemanden mehr täuschen dürfte.

»Ich würde gern hier bleiben, hier wohnen«, murmelte Quirós plötzlich.

Ortega lachte auf, als ließe ihn diese Übereinstimmung zwischen seinen eigenen Gedanken und der Wirklichkeit Freude und nicht Schrecken empfinden. Er selbst wußte es nicht so genau.

»Du kannst kommen, wann du willst...«

»Vielen Dank.«

»Du bedankst dich, als würdest du das nicht ernst nehmen, was ich sage.«

»Wieso nicht? Ich nehme das sehr ernst. So ernst« – und Quirós lachte auf – »daß du noch bedauern wirst, daß du es gesagt hast.«

»Warum sagst du das?« fragte Ortega.

»Warum? Na, aus vielen Gründen. Der erste ist, wenn *du* es ernst meinst, dann werde ich es ernst nehmen. Und du wirst es am Ende satt bekommen. Jeder bekommt mich am Ende satt...«

Ortega spürte eine absurde Zärtlichkeit bei diesen Worten. Eine Zärtlichkeit, die sich mit Ungläubigkeit und Mißtrauen mischte. (Der Satz klang so unglaubwürdig im Mund dieses attraktiven Jungen, daß Ortega sofort Mißtrauen verspürte, als machte sich jemand – sein eigener Dämon – lustig über ihn. Als käme der Satz nicht aus einem anderen Bewußtsein als dem seinen, sondern, wie in einem Traum, aus ihm selbst, der sich in höhnischen Kreaturen vergegenständlicht hatte.) Und er schämte sich fast augenblicklich mehr seines Mißtrauens als seiner Zärtlichkeit. Deshalb fügte er hinzu: »So schlimm wird's nicht sein. Das sagst du nur so. Ich glaube nicht, daß jemand dich schon einmal satt bekommen hat...«

Quirós warf seinem Gefährten einen raschen Blick zu. Einen Herzschlag lang. Lange genug, um das (im übrigen abgeschmackte) Eingeständnis seiner eigenen Befürchtungen zurückzuhalten. Lohnte es sich? Es stimmte, daß Cristina und seine Mutter ihn gestern abend und heute morgen jede auf ihre Weise verunsichert hatten. Aber befand er sich denn jetzt nicht in einer unendlich vorteilhaften Situation? Weshalb sollte er Ortega irgend etwas erzählen? Gab es außerdem etwas wirklich Endgültiges zu erzählen? Nichts Endgültiges, außer seinen eigenen Hirngespinsten. Und hatte Ortega nicht schon genug mit seinen eigenen? Quirós erfaßte das Bewußtsein, das nunmehr klare Bewußtsein der Macht, die er, ohne es zu wollen, erlangt hatte. Und diese Macht hing vor allem von der äußeren Erscheinung ab. Ortega, dachte Quirós, Ortega lebte weitgehend – zumindest in bezug auf Quirós – von der äußeren Erscheinung. Weshalb ihn so rasch enttäuschen?

»Na ja, wahrscheinlich. Ich hab's nur so gesagt...«

»Das glaube ich auch. Aber doch zweifellos getrieben von einer gewissen Eitelkeit«, sagte Ortega lächelnd. »Im übrigen ist das ganz normal. Du selbst hast mir am ersten Tag erzählt, daß du von den Frauen lebst. Und das hat mich amüsiert, das gestehe ich. Das hat mich sehr amüsiert. Im Grunde bist du ein guter Junge...«

»Aber tief im Grunde, laß dich nicht täuschen«, sagte Quirós. Und er meinte es aufrichtig. Er wünschte aufrichtig, Ortega möge diese Warnung ernst nehmen. Es war seine Pflicht, ihn zu warnen, mehr konnte man nicht tun. Mehr konnte man nicht verlangen. Aber Quirós erkannte gleichzeitig ganz deutlich, daß Ortega unter den gegenwärtigen Umständen nicht begreifen konnte, daß diese Warnung wirklich ernst gemeint war. Und auch für Quirós selbst, das muß man sagen, war diese Warnung bei allem Ernst gewissermaßen rhetorisch, da Quirós sich nicht erinnerte, jemals jemandem Schaden zugefügt zu haben. Nur weil er wußte, daß er es tun *konnte,* hatte er diese Warnung ausgesprochen. Seine Verantwortung reichte schon nicht mehr weiter.

»Betrachte dies als dein Zuhause, wenn du willst. Fühl dich wie zu Hause. Komm, wann du willst. Ich bin abends immer da. Auch an den Samstagen und Sonntagen. Ich fahr nie in Urlaub und – wer weiß? – mit dir, wenn ich dich hier sehe, finde ich vielleicht die Inspiration wieder, die Lust zu schreiben, den Willen, mich selbst zu hypnotisieren, den ich brauche, um Erzählungen zu schreiben...«

»Also, du willst, daß ich deine Muse bin, Mayonnaise Muse*!«

* span. Mayonnaise-Marke *(A. d. Ü.)*

»Na ja, ganz so ist es nicht. Es wird mir Auftrieb geben, wenn ich jemanden habe, mit dem ich reden kann, das versichere ich dir.«

»Ich, von mir aus, herzlich gern. Aber vielleicht wirst du dich auf etwas einlassen ... Ich, also ich hab noch nie so eine Beziehung gehabt, ich weiß nicht, wie ich es sagen soll, eine Beziehung mit einem Mann ...«

»Hast du nie eine Freundschaft mit einem Mann gehabt?«

»Ich hab keine engen Freunde, ich meine männliche Freunde. Du bist der erste. Na ja, du kannst es sein, wenn du willst ...«

»Wir müssen weiter über all das reden. Ja? Was meinst du? Es ist ein wichtiges Thema ...«

»Ich weiß nicht«, log Quirós. »Es ist das erste Mal, daß ich darauf stoße, offen gesagt ...«

»Einmal muß es das erste Mal sein«, sagte Ortega.

Es war schon zehn Uhr. Quirós versicherte, daß er am nächsten Tag wiederkommen würde. Ortega brauchte lange, um einzuschlafen. Und er stellte sich sämtliche angebrachten Fragen, die nutzlos waren, da die längst eingefädelte Nadel rasch hin und her flog und das verschlungene, bittere Muster des Lebens schuf.

»ALSO, WIE du siehst, ein verrückter Einfall von mir«, erklärte Cristina.

»Ich seh schon, ich seh schon ...«

»Nein, du siehst nicht, du siehst nicht ... Dich hat ja der Schlag getroffen.«

»Es hat mich ein bißchen überrascht, das ist alles.«

»Also, das ist es eben, was ich nicht verstehe, siehst du: daß es dich *ein bißchen* überrascht. Es hätte dich gewaltig überraschen müssen. Das würde mich viel weniger wundern als ein bißchen.«

»Hast du nicht gerade gesagt, es stört dich, daß mich der Schlag getroffen hat?«

»Ach! Dich hat also der Schlag getroffen?«

»Hast du das nicht eben selbst gesagt?«

»Was hab ich schon gesagt!«

»Wieso auf einmal nicht? Du selbst hast gerade gesagt, daß du nicht verstehst, warum mich der Schlag getroffen hat. Und ich hab gesagt... Ich weiß nicht mal mehr, was ich gesagt habe!«

»Siehst du, wie du dich ärgerst?«

»Mal sehen, ob wir uns klar verstehen! Ich hab gesagt, daß ich ein bißchen überrascht bin, und das bin ich. Ich hab nicht gesagt, daß es mich ärgert oder daß ich nicht einverstanden bin oder sonst was...«

»Aber ein bißchen, César, ein bißchen, ein bißchen überrascht sein, wie du sagst, das ist eine Gemeinheit, das mußt du doch einsehen.«

»Komm, laß es sein, laß es sein...«

»Nein, nein. Ich will es nicht sein lassen. Warum soll ich es sein lassen? Sag mir das mal! Wir sind schon ich weiß nicht wie viele Jahre zusammen...«

»Wir sind schon hundert Jahre zusammen...« Cristina war damit beschäftigt, sich sorgfältig die Fingernägel zu lakkieren. Quirós bewunderte ihre langen Hände mit ihren gesunden Nägeln. Mit ihrem schön gezeichneten Halbmond. Immer hatten ihm diese Hände gefallen. Und sie gefielen ihm auch jetzt, obwohl er schlecht gelaunt und wütender war, als er zugab.

»Egal wie viele! Aber in all den Jahren, die wir zusammen sind, bist du nie auf die Idee gekommen, ein Party zu geben...«

»Es heißt *eine* Party...«

»Scheiß darauf...«

»Aber, César! Was für eine Sprache, was für eine Ausdrucksweise! Party heißt Abendgesellschaft. Und Abendgesellschaft ist, glaube ich, weiblich, wenn der Herr nichts dagegen hat.«

»Was ich wirklich nicht verstehe, Cristina, ist, warum du dich so aufregst.«

»Ich reg mich überhaupt nicht auf.«

»Gut, gut, du regst dich überhaupt nicht auf, gut...«

»So ist es. Ich hab bloß zu dir gesagt: Sieh mal, César, ich hab große Lust auf eine Party hier bei mir zu Hause, eine Mittsommernachtsparty, mit Sangria, Tortilla und mit ein paar Sachen, die wir bei Barreiros in der Calle de Claudio Coello kaufen und die wir dann hier warm machen, und, na ja, so komme ich ein paar Verpflichtungen nach ...«

»Aber das find ich doch prima. Von mir aus kannst du so vielen Verpflichtungen nachkommen, wie du willst!«

»Du wirst schon wieder heftig ...«

»Sieh mal, Cristina, ich find es absolut in Ordnung, daß du ein Party, eine Party oder hundertfünfundzwanzigtausend Partys geben willst ... Was mich ein bißchen wundert, ja, ein bißchen, denn man braucht die Dinge nicht zu übertreiben, ist, daß du plötzlich Lust bekommst, etwas zu tun, was wir noch nie gemacht haben, denn wir haben das noch nie gemacht, etwas völlig Neues, na ja, das überrascht mich eben. Aber an mir soll's nicht liegen, ja?, daß das klar ist, an mir soll's nicht liegen!«

»Nein, an dir wird's auch nicht liegen, das kann ich dir schon jetzt sagen!« Cristina war mit dem Lackieren ihrer Nägel fertig und schüttelte die Hände unter der kleinen rosa Lampe ihres Frisiertisches, mit einer wohlüberlegten, übertrieben flatternden Bewegung. Quirós dachte, daß er nicht wie versprochen zu Ortega gegangen war und daß er das jetzt bereute. Bei Ortega hätte er wenigstens nicht diesen nervösen Zwang zum Widerspruch und zum Streit verspürt, den er in der letzten Zeit empfand, wenn er mit Cristina sprach. Cristina, die ihm bislang den Rücken zugekehrt hatte, wandte sich um und zündete eine LM an. »Zuerst einmal, seit ich dich kenne, sehe ich niemanden mehr ...«

»Aber hast du denn nicht selbst gesagt, daß es dir so lieber ist?«

»Zuerst einmal, ich sehe niemanden mehr ... Nie hab ich so etwas gesagt! Komm mir jetzt nicht mit dem, was ich gesagt habe und was ich nicht gesagt habe, denn da mache ich nicht mit ... Zuerst einmal, ich sehe niemanden. Entweder arbeite ich, und ich weiß, was arbeiten ist, ich weiß, was arbeiten ist ...«

»Du weißt, was arbeiten ist.«

»Allerdings, das weiß ich, ich weiß, was arbeiten ist. Und ich sehe niemanden. Und das ist klaustrophobisch. Unsere Beziehung ist klaustrophobisch, hier drinnen wir beide,

Hand in Hand, am Anfang, meinetwegen, schön... Am Anfang weiß man ja, daß man nicht mehr braucht als man braucht. Und ich bin wirklich die erste, die das zugibt. Was du hast, das hast du da, wo's hingehört, und mich hat's mehr als befriedigt, tausend Dank. Aber, um die Wahrheit zu sagen, César, das kann nicht alles sein... Das langweilt mich irgendwie...«

»Und was soll ich deiner Meinung nach tun? Soll ich dir Witze erzählen?«

»Ach, sieh mal, wie schön! Jetzt stellt er sich auch noch auf die Hinterbeine!«

»Ich versteh dich wirklich nicht, Cristina.«

»Es gibt auch nichts zu verstehen! Es gibt überhaupt nichts zu verstehen! Es ist ein klarer Fall...«

»Du hast die Nase voll von mir.«

»Aber keineswegs, siehst du, keineswegs. Siehst du, wie du nichts kapierst? Wovon ich die Nase voll habe, und das sag ich dir außerdem ganz offen, das ist das Heimliche, wir beide allein, wir beiden Turteltäubchen, wir beide hier drinnen, immer und ewig... Ich habe Lust auf ein wenig Aufregung, ein wenig irgendwas, darauf, daß man uns sieht. Keiner kennt dich...«

»Ich hab gedacht, das gefällt dir so.«

»Ja, es hat mir gefallen, na und? Es hat mir gefallen, na und?«

»Dann weiß ich nicht...«

»Aber du solltest es wissen, siehst du! Du solltest begreifen, daß eine Frau in meinem Alter es schon schwer hat.«

»Komm mir jetzt bloß nicht damit, daß du schon in den Wechseljahren bist! Mensch, du bist doch nur fünf Jahre älter als ich. Das ist doch überhaupt kein Unterschied.«

»Ich bin mehr als fünf Jahre älter als du, etliche mehr.«

»Na, um so besser. Jetzt siehst du toller aus als je zuvor.«

»Das weiß ich. Das brauchst du mir nicht zu sagen. Das sagen mir alle.«

»Das freut mich sehr.«

»Ach, ja? Das freut dich? Also, manchmal scheinst du es zu bedauern...«

Quirós stand auf und tat ein paar Schritte durch das Zimmer, aufs Geratewohl, stieß an das Bett. Ohne Hemd wirkte sein natürlich gebräunter Oberkörper noch dunkler zwischen den sanften Rosatönen in Cristinas Schlafzimmer. Quirós sah wirklich großartig aus an diesem Abend. Und er wußte es. In einem bestimmten Augenblick kam ihm der Gedanke, wie einem Kind, ein milchiger, selbstmitleidiger Gedanke, dessen er sich schämte und von dem er sich distanzieren konnte, ohne ihn deshalb ausschalten oder sich weniger an ihm ergötzen zu können: ›Was würde der arme Ortega nicht dafür geben, wenn er mich so sehen könnte! Und diese dumme Ziege nervt mich schon seit zwei Stunden!‹ Cristina hatte sich wieder zum Spiegel ihres Frisiertisches umgedreht. Jetzt zupfte sie mit einer Pinzette an einer Augenbraue herum. Quirós trat an den Frisiertisch und zeigte ihr die Uhr: »*Darling*, du hast gerade den Sieben-Uhr-fünfunddreißig-Stuß geredet.«

»Mein Gott, was hast du heute bloß für einen Tag! Alles kriegst du in den falschen Hals. Was ich sagen wollte, ist, es ist doch normal nach unserem langen Tête-à-Tête, daß wir ein bißchen den Kopf rausstrecken, die *tête* sozusagen, daß man uns ein bißchen zusammen sieht, das ist doch kein Skandal, schließlich sind wir nicht der Ex-Boyer und die Ex-Griñón . . .«

»Zu simpel, Cristina. Ein dummes Witzchen aus dem *Cambio-16*.«

»Das ist der politische Humor, der politische Humor, mein Lieber. Ich hab nur ein paar Freunde eingeladen, etwa zwanzig Leute. Und Alvaro Pombo kommt –«

»Wer ist Alvaro Pombo?«

»Der Cousin vom Bruder einer Freundin von mir, eine höchst charmante Pomba, Ururgroßenkelin des Marquis von Casa-Pombo, noch mit der ganzen Nase der Familie . . .«

»Ich hab nicht gewußt, daß du solche Freunde hast.«

»Mein Gott, wie dumm du bist! Es ist doch ein falscher Titel!«

»Und wer kommt noch?«

»Es kommen zwanzig, so um die zwanzig.«

»Du mußt jedenfalls zugeben, Cristina, daß dein plötzlicher Drang nach Abwechslung ein bißchen seltsam ist.«

»Aber du weißt ja nicht, daß ich viel Umgang mit Leuten hatte, bevor ich dich kennenlernte. Und das gefällt mir, es gefällt mir. Aber mit dir hab ich mich eingesperrt, und dieses Verhältnis, na ja, *je ne regrette rien*, aber auf diese Party habe ich wirklich eine Wahnsinnslust. Und du wirst sie alle kennenlernen auf diese Weise. Was wirst du anziehen?«

»Was ich anziehen werde? Was weiß ich, zum Teufel, einen Frack, denk nur ... Ein Jackett und eine Krawatte, wie alle.«

»Ui, was bist du altmodisch, César! Das Rührendste an dir sind solche Sachen. Und man kann nicht gerade behaupten, daß du rührend bist ... Krawatte und Jackett, Gott behüte! Man kommt wie man ist, zu meiner Party kommt man wie man ist ... Komm in Jeans, die stehen dir phantastisch, schön eng, diese Wrangler-Hosen, die man jetzt nicht trägt, aber dir stehen sie toll.«

»Ach, ich soll also als der schöne Liebhaber kommen!«

»Das bist du doch, also kommst du als das, was du bist ... Man kommt wie man ist.«

»Und deiner Meinung nach seh ich gut aus.«

»Du bist toll gebaut, aber ja ...«

»Was für ein lächerlicher Satz.«

»Ich finde nichts Lächerliches daran. So was sagt man.«

Cristina schien zufrieden zu sein. Über ihr langes, ausgestrecktes Bein gebeugt, massierte sie sich jetzt mit einer parfümierten Lotion. Sie führte die Hand in rhythmischen Bewegungen vom Knöchel bis zum Oberschenkel. Sie kehrte zum Knöchel zurück, folgte mit der Hand der Form des Beines über die Rückseite und dann das Ganze wieder von vorne. Es war enervierend, ihr zuzuschauen. Quirós dachte, daß ihm diese Bewegung bei einer anderen Gelegenheit verführerisch erschienen wäre. Cristina hatte sehr lange, sehr schöne Beine, wie eine Tennisspielerin. Bei dieser Gelegenheit konnte Quirós jedoch sein Unbehagen nicht zurückdrängen. Das Gefühl der Minderwertigkeit. Und am meisten irritierte ihn, daß ihm gleichzeitig deutlich bewußt wurde (als gäbe es wirklich und nicht nur in metaphorischem Sinne Schichten oder Bereiche verschiedener Tiefe im Bewußtsein seiner selbst; und als müßte er in den oberflächlichsten und unmittelbarsten Schichten dahintreiben, ohne daß es ihm gelänge, energisch einzutauchen, hinunterzusteigen in die allertiefsten, wo sich zweifellos die Erklärung für sein gegenwärtiges Unbehagen finden müßte), daß er außerstande war, in irgendeiner Weise, sei es auch nur entfernt, etwas auszudrücken, das mit diesem flüchtigen und tiefen Gefühl zusammenhing. Deshalb sagte er gleichsam tastend, wie auf der Suche nach einer objektiven Entsprechung: »Dieses plötzliche Bedürfnis, mich zur Schau zu stellen, kann doch nur aus purer Langeweile kommen. Wie in den Dörfern, wenn die Männer ihre Frauen in die Zwölf-Uhr-Messe mitnahmen, in ihrem besten Kleid und bleich, weil sie immer zu Hause saßen und den ganzen Sommer keine Sonne abbekamen. Und nach der Messe brachten sie sie wieder nach Hause und gingen zum Schwätzchen in die Bar. Wir sind schon wie ein Ehepaar. Das Neue ist schon lange vorbei, du hast mich längst satt und ich dich. Das muß es sein ...«

Cristina unterbrach ihre Massage und betrachtete Quirós mit spöttischer Miene.

»Die Arbeitslosigkeit macht dich zur Mimose. Das Nichtstun verweichlicht dich. Ehrlich gesagt, ich hab nie gedacht, daß du das Ganze so auffassen würdest. Ich hab geglaubt, es würde dir Spaß machen, andere Leute zu sehen. Verglichen mit jedem anderen, kommst du doch fast immer am besten weg.«

»Mensch, vielen Dank«, murmelte Quirós.

Er hätte alles mögliche gegeben, um in diesem Augenblick gehen zu können. Aber er besaß keinen Vorwand. Mehr noch: daß er an diesem Abend aus eigener Initiative zu Cristina gekommen war, zwang ihn, bis zum Schluß zu bleiben, es wäre lächerlich gewesen, zu gehen. Und er dachte, daß es auf dieser verdammten Party genauso sein würde. Daß er sich gezwungen sähe, bis zum Schluß zu bleiben und den Gastgeber zu mimen, ob er nun Lust hatte oder nicht. Er dachte wieder an Ortega. Einen Moment lang erwog er die Möglichkeit, Cristina diese Begegnung zu erzählen. Doch wozu? Seine Beziehung mit Ortega hatte kaum begonnen. Es gab kaum etwas zu erzählen. Und Cristina war außerdem ganz offensichtlich nicht in einer sehr aufnahmefähigen Verfassung. Schließlich sagte Quirós, da er das Schweigen, das sich zwischen ihnen ausbreitete (Cristina hatte jetzt begonnen, das andere Bein zu massieren), nicht mehr ertragen konnte: »Du hast bestimmt eine Verabredung gehabt heute abend und hast sie wegen mir verschieben müssen, weil ich angerufen habe ...«

»Aber nein, überhaupt nicht. Ich freu mich, daß du hier bist. Du leistest mir Gesellschaft.«

»Schön, wenn es so ist ...«

›Wir haben uns nichts zu sagen‹, dachte Quirós. ›Merkwürdig, daß es gerade jetzt so kommt, wo ich eben ein neues Abenteuer gefunden habe. Ob Cristina wohl auch ein neues Abenteuer hat?‹ Dieser Gedanke lenkte ihn eine Weile ab.

»Warum fragst du das?« fragte Cristina. »Ich meine, ob ich eine Verabredung habe ... Was soll ich denn für eine Verabredung haben? Du weißt doch ganz genau, daß ich um zehn ins Bett muß, um morgen früh im Büro zu sein.«

»Was weiß ich ... Ich hab's nur so gesagt ...«

»Brauchst du Geld?«

»Deswegen hab ich dich nicht angerufen.«

»Ich hab nicht gesagt, daß du mich deswegen angerufen hast, ich frag dich nur ...«

»Nein, ich brauch keins, danke.«

»Du klingst nicht sehr zufrieden ... Da, nimm.« Cristina hielt Quirós einen ganz neuen Fünftausend-Peseten-Schein hin.

»Ich hab dir doch gesagt, daß ich keins brauche ...«

»Aber es wird dir gelegen kommen.«

»Ja, natürlich. Es kommt mir gelegen. Das weißt du nur zu gut.«

»Deshalb geb ich's dir, weil ich es nur zu gut weiß.«

»Das ist unangenehm.«

»Geld ist nie unangenehm.«

»Die *Art* ... ist unangenehm.«

»Wieso die Art?«

»Deine Art ... Na ja, vielen Dank.«

»Keine Ursache.«

»Und wann ist die Party?«

»In den nächsten Tagen. Ich werd es dir noch genau sagen. Morgen oder übermorgen ...«

»Was mich angeht, mach dir keine Gedanken, mir paßt jeder Tag.«

»Das weiß ich.«

»Eben . . .«

»Es ist besser an einem Wochenende, an einem Samstag abend. Die Leute haben mehr Ruhe am Samstag, weil sie wissen, daß sie am Morgen ausschlafen können.«

»Ja, natürlich.«

»Es wäre allerdings gut, wenn du früher kommen würdest . . .«

»Selbstverständlich.«

»Ja, weil so können wir schon alles vorbereiten . . . Es ist angenehmer, wenn du da bist.«

»Außerdem kann ich die Besorgungen machen.«

»Das auch . . .«

»Und wenn ich nicht komme?«

»Aber wieso denn nicht? Was sagst du da!«

»Ich könnte andere Verpflichtungen haben . . .«

»Könntest du, hast du aber nicht.«

»Nein, natürlich nicht.«

»Eben.«

Quirós kam plötzlich der Gedanke, daß sein ganzes Unbehagen aus ein und derselben Ursache herrührte: aus dem Gefühl, eine Leistung erbringen zu müssen im Tausch für diese höllischen Fünftausend-Peseten-Scheine, die Cristina ihm gab und die ihm schon zur Gewohnheit geworden waren. In Wirklichkeit rechnete er schon mit ihnen. Es war eine Erleichterung. Und es war so natürlich gewesen am Anfang! Quirós erinnerte sich jetzt, wie Cristina ihn das erste Mal, als sie gemeinsam zum Abendessen ausgegangen waren, dazu gebracht hatte, zehntausend Peseten anzunehmen. Aber dann hatten sie nur ein Sandwich und einen Kaffee in einer Cafeteria zu sich genommen und waren danach ins Kino gegangen. Als Quirós sich vor der Haustür von ihr verabschiedete, nachdem sie sich lange geküßt hatten, und ihr den Rest zurückgeben wollte, fast achttausend Peseten, einschließlich des Geldes für das Taxi, hatte Cristina gesagt: »Behalt es besser, für ein andermal. So gibt's kein dauerndes Hin und Her mit dem Restgeld.« Aber als sie sich das nächste Mal sahen, hatte

Quirós diese fast achttausend Peseten ausgegeben. Sie schienen ihm geradezu in der Tasche zu brennen. Er aß zwei Tage nacheinander in einer Cafeteria zu Mittag und zu Abend, ein Tellergericht. Er ging zwei Tage nacheinander ins Kino, er kaufte sich ein Feuerzeug ... Er nahm ein- oder zweimal ein Taxi. Jedenfalls hatte er praktisch alles ausgegeben, als sie sich wieder trafen. Ohne ihn etwas zu fragen und ohne Kommentar gab Cristina ihm weitere zehntausend Peseten, ebenfalls zwei neue Scheine, die knisterten und gut rochen. »Du stellst sie wohl selber her«, hatte Quirós bei dieser Gelegenheit geäußert. »Fast, ja, glaub bloß nicht. Ich verdiene reichlich Kohle.« Und Quirós hatte in diesem Augenblick sehr gefallen, wie sie es sagte, die Ungezwungenheit, mit der Cristina ihrer Situation begegnete und es als selbstverständlich betrachtete, daß sie es war, die das finanzielle Gewicht ihrer Beziehung trug. Ihn wunderte jedoch, daß sie keinerlei Bemerkung über das Restgeld vom letzten Mal machte. Und er selbst schnitt das Thema an: »Ich muß dir sagen, daß ich von dem Geld neulich nichts mehr übrig habe.« »Das weiß ich, deshalb geb ich's dir doch«, hatte Cristina geantwortet. Quirós kam aus dem Staunen nicht heraus. Er war damals einundzwanzig Jahre alt. »Findest du es nicht schlimm, daß ich so viel Geld von dir annehme? Findest du es nicht schlimm, daß ich in zwei Tagen ganz allein fast achttausend Peseten ausgegeben habe?« »Sei nicht kindisch. Begreifst du nicht, daß es mir Spaß macht, dich auszuhalten? Du bist ein Luxus, den ich mir leisten kann, keine Sorge.« »Du könntest ihn dir so oder so leisten«, erinnerte sich Quirós, geantwortet zu haben, »und noch dazu gratis. Typen wie mich gibt's zu Hunderten.« »Sicher, aber du gefällst mir eben. Und es gefällt mir, dich auszuhalten. Ich bin die geborene Millionärswitwe. Mich entzückt der Gedanke, daß zu Hause der Gigolo auf mich wartet, während ich im Büro bin. Das gibt mir das Gefühl, reich zu sein. Herrin der Lage. Und es macht die Beziehung erotischer, wenn man sie bezahlt.« Das war Quirós vor drei Jahren köstlich und erstaunlich erschienen. Warum bereitete es ihm jetzt plötzlich Unbehagen? Seine Zuneigung für Cristina war nicht stärker geworden (obwohl sie ihn sexuell noch immer anzog), aber seine Abhängigkeit von ihr war stärker geworden. Und genau das war es, was Cristina vor allem zu genießen schien. Vielleicht war es das, was ihr von Anfang an das Gefühl gegeben hatte, Herrin der Lage zu sein: die Gewißheit, daß der Tag kommen würde, da Quirós, an die Trinkgelder gewöhnt, nicht mehr ohne sie, Cristina, würde leben können. Und tatsächlich war der konkrete Vorgang, *ihn zu bezahlen*, mit der Zeit zu einem Ritual geworden, das sich halb scherzhaft, aber mit der Präzision eines Uhrwerks, immer wieder zwischen sie schob, sie aneinander fesselte, sie distanzierte, sie zugrunde richtete ...

»Komm, mein Schatz, führ mich ein bißchen aus, da ich nun schon mal angezogen bin. Es macht mir Spaß, mit dir irgendwo reinzugehen, mit unserem deutlichen Altersunterschied. Vor allem jetzt, im Sommer, wo du so blendend aussiehst. Und ich bleicher, reicher und älter erscheine durch die viele Büroarbeit und fast ohne Urlaub ... Unsere Geschichte ist natürlich unbegreiflich ... Erzähl mir nicht, daß so eine Beziehung dir nicht ein hübsches Thema für einen Roman liefern kann, wo du doch so viel für Literatur übrig hast ...«

Und Quirós dachte in der Tat daran. Aber mit Unbehagen, an diesem heißen Abend Ende Juli, während er am Arm Cristinas die Calle de Serrano hinunterging. Er dachte, daß er noch heute abend, bevor er nach Hause ginge, Ortega von einem öffentlichen Telephon aus anrufen würde.

Es SCHIENEN sehr viel mehr zu sein als zwanzig, obwohl es in Wirklichkeit nicht mehr als zwölf oder fünfzehn Personen waren. Sie fanden nicht alle Platz in Cristinas kleinem Wohnzimmer, obwohl die Türen zu dem schmalen, langen Balkon, der auf die Calle de Ayala hinausging, weit offenstanden. Es war schon halb elf. Quirós war seit sieben Uhr da. Wie erwartet, hatte er mehrmals hinuntergehen müssen, um Besorgungen zu erledigen. So als hätte Cristina, die gewöhnlich ein sehr ordentlicher Mensch war, am Tag ihrer Party alles vergessen. Man hätte es nicht schlechter organisieren können, so viele Dinge fehlten in letzter Minute. Und als die

Gäste einzutreffen begannen, stellte sich heraus, daß der Türsummer kaputt war, und Quirós mußte mindestens sechsmal hinuntergehen, um die Tür aufzumachen. Als es so aussah, als wären alle da, kam immer noch einer, und Quirós mußte abermals hinuntergehen. Alles an diesem Abend schien bewußt darauf angelegt, ihn zu ärgern. Die meisten Frauen schienen ihn vom Namen her zu kennen, vom Familiennamen. »Ah, du bist bestimmt Quirós!« sagten alle zu ihm. Und alle begrüßten ihn überschwenglich. Zu überschwenglich, nach der Stummheit zu urteilen, in die sie unmittelbar nach ihrer überschwenglichen Begrüßung verfielen. Quirós hatte das Gefühl, Gegenstand einer Art hämischen Scherzes zu sein. Der sich jedoch nur dem übermäßigen Alkoholgenuß zuschreiben ließ und seine beunruhigenden Auswirkungen durch das viele Rauf und Runter vervielfacht zu haben schien. Das Essen war ihm schäbig vorgekommen. Die Anwesenden waren alle im Alter von Cristina. Sie sahen nach Wohlstand aus. Alle arbeiteten sie in Büros oder hatten ein eigenes Geschäft, wie die zierliche junge Frau, die jetzt mit einem Glas Weißwein in der Hand neben ihm stand und sich mit ihm unterhielt. Das Fest wollte nicht in Schwung kommen. Es gab einen gewissen Mangel an Zusammenhang zwischen den Anwesenden, die unweigerlich dazu neigten, Grüppchen von zwei oder drei Leuten zu bilden, und sich nicht miteinander vermischten. Cristina, die das alles nicht zu bemerken schien, ging strahlend von einer Gruppe zur anderen, aber so, als hätte sie selbst in Wirklichkeit nicht das geringste Interesse daran, daß ihre Gäste über die Grüppchen hinaus, denen jeder angehörte, miteinander kommunizierten. Quirós wußte nicht genau, ob diese Gruppen sich untereinander nicht kannten oder ob sie sich kannten, aber nur auf eine sehr oberflächliche Weise. Oder ob Cristina bei ihren Einladungen gleichsam zufällig verfahren war und alle in der alphabetischen Reihenfolge ihres Adreßbuches eingeladen hatte. Der Zusammenkunft fehlte überdies ein bestimmter Anlaß. Eine bestimmte Daseinsberechtigung. Denn da die Gäste sich untereinander allem Anschein nach kaum kannten, müßte es eigentlich, dachte Quirós, irgendeinen Vorwand geben, der sie zusammenführte, und den gab es nicht. Vielleicht war das Alter das einzige, was ihnen allen gemeinsam war, die Zugehörigkeit zu einer Generation. Die Zeit schien sich nicht zu bewegen, schien öde an einem toten Punkt zwischen zehn und zwölf Uhr erstarrt zu sein. Quirós machte eine Anstrengung, um der kleinen Frau zuzuhören, die neben ihm stand.

»Ich ziehe jeden gern so an, wie er ist. Ich studiere jeden einzelnen. Schneidern ist viel Psychologie. Weil jedem steht etwas Bestimmtes. Es gibt keine zwei gleichen Menschen. Auch das Kleid, das ich trage, hab ich selbst gemacht. Gefällt's dir?«

Quirós betrachtete zum zweiten Mal dieses farblose Gewand zwischen Beige und Taubengrau voller merkwürdiger, unnützer Taschen, Riemen und Besätze.

»Sehr schön, ja. Für den Sommer. Sehr praktisch, die vielen Taschen...« sagte er, um etwas zu sagen.

»Ah, ich find nämlich Taschen ganz toll! Das hier ist ein Hemdkleid, eigentlich eher für vormittags als für abends. Ich zieh mich auch nicht gern übertrieben an, verstehst du? Ich mag es ganz einfach, ich entwerfe ja selbst Modelle, meine Sache ist nicht so sehr das Schneidern, sondern das Entwerfen, ich mag nicht zu dick auftragen. Ah, aber auch nicht das Gängige! Ich sag ihnen immer, für ein *Prêt-à-porter*, da gehst du ins Kaufhaus. Ich wähle meine Kundinnen aus. Ich seh die Stoffe, die sie mir bringen. Was das betrifft, da sag ich ihnen nichts. Was ich in Wahrheit gern mache, sind Abendkleider, Cocktail-Sachen, wo man ein bißchen Phantasie braucht – einen Blick, verstehst du? –, der Stoff an der Person, ein Blick für die Machart. Ich sage ihnen: Mit dem Stoff hier, sieh mal, besser, du machst dir eine kleine Bluse, die steht dir wunderbar, die steht dir phantastisch, damit siehst du toll aus, aber ich nicht, das ist nicht meine Sache. Meine Sache ist die Idee, verstehst du?, zwei Stiche und fertig, die Idee des Kleides... Schneidern ist eine Kunst, natürlich.«

»Natürlich«, sagte Quirós.

»Amüsiert ihr euch?« Cristina war plötzlich neben ihnen aufgetaucht, ohne daß Quirós sie bemerkt hatte. Sie trug schwarze, sehr enge Lederhosen, eine ausgeschnittene weiße Bluse und einen breiten Gürtel, ebenfalls aus Leder.

Sie sah gut aus, obwohl Quirós' Unmut zusammen mit dem monotonen Geplätscher der Gespräche um ihn herum, aus dem sich gelegentlich lautes Lachen und Rufen wie Vogelgeschrei erhob, ihn daran hinderten, irgendeine sexuelle Erregung zu empfinden. Auch der Alkohol, den er getrunken hatte. Und selbst seine engen Jeans, diese ausgewaschenen Wrangler, die anzuziehen Cristina ihn gebeten hatte und die ihm bei anderen Gelegenheiten das Gefühl gegeben hätten, *sex-conscious* zu sein, gaben ihm jetzt das Gefühl, von weitem beobachtet zu werden und lächerlich zu sein. Cristina hatte weitergesprochen, ohne daß Quirós, in seine Trägheit versunken, ihr zugehört hatte. Jetzt aber, wie jemand, der sich bemüht, seine Aufmerksamkeit auf die vieldeutige Gestalt eines rot-schwarzen Tintenflecks zu richten, hörte Quirós sie sagen: »Na, Angelina? Gefällt dir mein Quirós? Benimmt er sich auch gut?«

»Ui, so was, einfach hinreißend find ich ihn! Unglaublich! Was für ein Glück! Wie ein Modell aus *L'Uomo*, total. *Er müßte* sich mehr in Richtung *Adolfo* kleiden! Ihm würde der Stil von Gianni Versace ganz wunderbar stehen. Also ich finde ihn sehr *Gianni*, zum Beispiel mit, es ist nur ein Beispiel, mit einem *Spolverino gommato, camicia a quadri, pantaloni de velluto stampato, completamente classico contro-corriente,* findest du nicht?«

»Ich, ja, natürlich, ich finde ihn sehr gut gebaut, sehr gut, warum uns etwas vormachen?«

»Ich würde unheimlich gern für Männer nähen, unheimlich gern, unheimlich gern . . .«

»Und warum nähst du nicht für Männer?« fragte Quirós.

»Ach, weil es sehr eine Welt für sich ist. Es ist eine andere Auffassung von Mode, ich weiß nicht, ob du mich verstehst, sehr cliquenhaft, irgendwie sehr cliquenhaft . . .«

»Aber für Frauen zu nähen ist doch auch kein Scheißdreck.«

»Ui, was für eine Sprache, mein Gott, was für starke Worte.«

»Ja, mein Quirós ist viel Quirós auf einmal.«

»Deine Hosen find ich vielleicht toll, Cristina. Cris, ganz toll. Bei deinen schlanken Beinen stehen dir die *pantaloni* einfach wunderbar. Und ich sag das so vielen, wenn kein Zwischenraum da ist, dann steht dir keine Hose, mit dicken Beinen, die immer breiter werden, je näher sie dem Becken kommen, da wird die Figur wurstartig. Ich sag immer allen: Zieh dir was Lockeres an, irgendwas Lockeres statt der *pantaloni*, die dich dicker machen, die dich dick machen. Aber nein, meine Liebe, nein. Ich glaube, sie schaun sich nicht im Spiegel an. Ich, wenn ich ein Modell hätte wie dich, ich würde Kohle machen, aber im Nu ... Aber, na ja, beklagen kann ich mich nicht, also nein, Gott sei Dank ...«

»Angelina«, unterbrach Cristina, »erlaubst du mir, daß ich dir meinen Bräutigam entführe, es dauert nur einen Augenblick.«

»Na, hör mal, natürlich. Wieso sollte ich das nicht erlauben? Ich find's hinreißend, euch zusammen zu sehen. Wo ich doch überhaupt nicht egoistisch bin ...«

Cristina führte Quirós am Arm bis zur Tür ihres Schlafzimmers. Quirós zündete sich eine Zigarette an. Cristina legte ihm die Arme um die Taille und küßte ihn auf den Mund. Quirós löste sich mit einer fast brüsken Bewegung von ihr. Er hatte nie geglaubt, daß er sie einmal so sehr verabscheuen und zugleich bewundern könnte. Denn abstrakt spürte Quirós in diesem Augenblick Bewunderung für Cristina. Eine Mischung gegensätzlicher Gefühle, an der auf eine Weise, die Quirós nicht genau zu bestimmen vermochte, das Gefühl der eigenen Unterlegenheit teilhatte.

»Wo ich doch überhaupt nicht egoistisch bin«, begann Cristina mit deutlich sarkastischem Ton, »würde ich gerne wissen, wie's dir gefällt.«

»Na, phantastisch! Was glaubst du?«

»Ach, mein Junge, ich glaub gar nichts, ich glaub alles, was du sagst. Ehrlich gesagt, ich hab gedacht, daß dir meine Freunde gefallen würden ...«

»Das hast du nie gedacht, und es ist dir auch Wurscht, ob sie mir gefallen oder nicht ... Was ich nicht kapiere, ist, warum zum Teufel du mich hierhaben willst.«

»Kapierst du das wirklich nicht?«

In diesem Augenblick kamen zwei junge Männer auf sie zu, die zusammen eingetroffen waren. Quirós erinnerte sich, daß er ihnen die Tür aufgemacht hatte, daß sie mit einem Motorrad gekommen waren, mit einer beeindruckenden Yamaha, und daß er mit ihnen im Fahrstuhl hochgefahren war und von den dreien praktisch keiner ein Wort gesagt hatte. Sie waren die Jüngsten der Gesellschaft. Quirós betrachtete sie mißtrauisch, alles heute abend flößte ihm Mißtrauen ein.

»Cris, hast du nicht irgendeine Kassette, die wir einlegen können, um ein bißchen Leben in die Bude zu bringen?« sagte der besser Aussehende der beiden.

»Genau. Es ist ein bißchen sehr tot«, sagte der andere.

»Natürlich, ich hab haufenweise Kassetten«, rief Cristina aus. »Wieso habt ihr das nicht eher gesagt?«

Die drei gingen zu Cristinas »Stereoturm« auf der anderen Seite des Zimmers. Quirós dachte: ›Jetzt hau ich ab. Ich hab die Schnauze voll von all dem hier.‹ Aber es war leichter gesagt als getan. Tatsächlich schien die Gesellschaft jetzt dank der Kassetten, die Cristina wer weiß wo hergeholt hatte, einen gewissen Zusammenhang zu erlangen (Quirós konnte sich nicht entsinnen, in dieser Wohnung jemals Musik oder auch nur das Radio gehört zu haben. Cristina erfreute sich des Besitzes der neuesten elektrischen Geräte gleichsam abstrakt und benutzte sie kaum. Der Kühlschrank zum Beispiel, Westinghouse, der unveränderlich leer in Betrieb war ...). Zwei Paare tanzten eng, auf sehr altmodische Weise, zu einer sentimentalen Melodie der Beatles. Cristina kam wieder auf ihn zu.

»Was ist? Tanzt du nicht mit mir?«

»Du weißt doch, daß ich nicht tanzen kann. Es liegt mir nicht.«

»Was bist du komisch heute abend!«

»Ich hab die Schnauze voll!«

»Das seh ich, aber ich versteh nicht, warum. Schließlich ist diese Party vor allem für dich, deine Einführung in die Gesellschaft.«

»Diese Leute sind keine Gesellschaft, sie sind niemand. Sie sind nicht mal deine Freunde. Du hast sie aufs Geratewohl eingeladen, um ich weiß nicht wem ich weiß nicht welchen Mist zu beweisen. Du brauchst mir nichts zu beweisen.«

»Da irrst du dich aber sehr, mein Lieber. Zuerst mal, hier

sind viele Leute mit Zukunft, und es ist gewiß ratsam für dich, mit ihnen zu verkehren. Hier gibt's mehr als einen oder zwei, die dir sogar eine Anstellung verschaffen können, also paß auf...«

»Ich brauche keine Anstellung.«

»Nein? Also ich würde sagen ja, stell dir vor. Du mehr als sonst jemand. Deine Arbeitslosigkeit lähmt dich.«

»Man sieht, daß du deine Wut gern an Leuten wie mir ausläßt...«

»Man sieht, daß du betrunken bist.«

»Falsch, ich bin nicht betrunken.«

Aber Cristina hörte ihn schon nicht mehr. Zwei Leute hatten sie zur Seite genommen, um mit ihr zu flüstern, mit viel Gekicher. Quirós schaute auf die Uhr. Es war erst elf. Dennoch war Leben in die Party gekommen. Quirós dachte: ›Was mag Ortega wohl heute abend machen? Ich hab versprochen, ihn anzurufen, und ich hab's nicht getan.‹

Ortega verbrachte den Nachmittag außer Haus, mit Hernández. Juan Hernández war ein Freund, der Ortega zugefallen war. Man konnte nicht sagen, daß sie Freunde waren: die Beziehung war zu einseitig. Ortega beschränkte sich darauf, Hernández einmal im Monat eineinhalb oder zwei Stunden lang zuzuhören. Hernández schien dankbar zu sein für diese Gespräche, die Ortega unveränderlich als langweilig oder belastend empfand. Alles hing von Hernández' seelischer Verfassung ab. Ein gemeinsamer Freund hatte sie vor Jahren zusammengeführt, und die Beziehung hatte bis heute mühsam fortgedauert; mühsam, aber zugleich von einer Art inneren Notwendigkeit getragen, die bewirkte, daß Ortega sich nach so vielen Jahren verpflichtet fühlte, keine Entschuldigung mehr zu erfinden und sich jedesmal mit Hernández zu treffen, wenn dieser ihn am Telephon darum bat. Das letzte Mal war am Abend zuvor gewesen, nachdem Quirós gegangen war. Und Ortega hatte sich bereit erklärt, sich wie gewohnt mit Hernández in Cuatro Caminos zu treffen, nicht nur, weil Hernández verzweifelter oder erschöpfter als gewöhnlich geklungen hatte, sondern auch weil Ortega selbst sich freute, einen Vorwand zu haben, um nicht den ganzen Nachmittag auf Quirós' Anruf zu warten. Etwas im Abschiedsgebaren von Quirós am Abend zuvor hatte Ortega ahnen lassen, daß er ihn wahrscheinlich nicht anrufen würde. Und es verstimmte ihn, den Nachmittag bei sich zu Hause herumzusitzen und auf einen Anruf zu warten, der niemals kommen würde. Daß ihn schon die Aussicht auf dieses Warten verstimmte, hatte Ortega fast mehr erschreckt als die Möglichkeit des Wartens selbst. Warum sich verstimmt fühlen, bevor etwas geschieht? Ortega war sich bewußt, daß seine Unruhe ein Element wissentlicher Schwäche enthielt, von Unfähigkeit, sich über seine augenblicklichen Gefühle hinwegzusetzen, von sich selbst zu abstrahieren, sich selbst in die Gewalt zu bekommen. In diesem Sinne besaß das Treffen mit Hernández eine äußere Gewalt, die ihm die Dinge erleichtern konnte, da sie der Unordnung der Gefühle, in die sein Leben leicht abstürzen konnte, eine äußere Ordnung aufzwang.

Ortega hielt sich also nur so lange zu Hause auf, wie nötig war, um das Jackett abzulegen und sich ein frisches Hemd anzuziehen und zu duschen. Als er in Cuatro Caminos eintraf, war es vier Uhr. Es herrschte drückende Hitze. Hernández war noch nicht da. Er erwartete ihn, wie er es zu tun pflegte, draußen vor der Cafeteria. Er dachte: ›Es wäre anders, wenn Winter wäre oder wenigstens Herbst, wenn die Tage kürzer wären und das honigfarbene Oktober- oder Novemberlicht uns alle beweglicher machte. Aber dieser heiße Übergang zum Abend, der fast bis zehn Uhr dauert, läßt uns keinen Ausweg.‹

Schließlich kam Hernández. Er kam immer sehr pünktlich. Ortega sah ihn von weitem kommen, die schwerfällige, vierschrötige, aufgedunsene Gestalt mit der olivbraunen Haut, den dicken Lippen, der Schildpattbrille, zwanzig Dioptrien. Er machte den Eindruck, als bewegte er sich wie eine Pappfigur in einer Prozession aus Riesen und großköpfigen Masken. Das Bild kam Ortega billig vor, simpel. Denn der Eindruck, den Hernández vermittelte, war nicht der einer Puppe, sondern exakt der eines menschlichen Wesens, das im Spinnennetz seiner Obsessionen gefangen ist. ›Genau wie ich‹, dachte Ortega, während er ihm die Hand gab. Es war eine schlaffe, weiche, verschwitzte Hand. Ortega ergriff immer die Initiative bei diesen Zusammenkünften, er wählte den Tisch aus. Ortega bestellte einen Eiskaffee, Hernández einen schwarzen Kaffee; er zündete eine lange kanarische Zigarre an. Immer sog er an diesen Zigarren, während das Gespräch dauerte, schob sie langsam von einem Mundwinkel in den anderen. Hernández' chronische Depression war ansteckend, wie eine Aura, ein übelriechender Atem. Die schmutzigen Zähne, gelblich vom Tabak. Das Gefühl von Schmutz, von Unbeweglichkeit. Ortega dachte mit Bitterkeit an die idealisierenden Vorstellungen von Geisteskrankheiten. Eine Geisteskrankheit hat nichts Romantisches; sie ist nicht Glanz, sondern Lebensüberdruß. Er versuchte wie gewöhnlich, Hernández dazu zu bringen, daß er über sich sprach. Das war eigentlich sehr einfach. Hernández kam zu diesem Zweck. Wie zur Beichte. Sie hatten nie über etwas anderes geredet. Ortega dachte: ›Seine Einsamkeit ist größer als meine. Seine Verzweiflung ist größer als meine. Nichts von dem, was ich sage oder tue, kann in das Bewußtsein dieses Mannes dringen, kann sich in das Bewußtsein dieses Mannes verwandeln, der wie ein Heranwachsender spricht, der beim Masturbieren an junge Burschen denkt, die er nie berührt hat.‹ »Die Frauen haben mir nie gefallen. Die einzige Frau, die ich gekannt habe, mit der ich Beziehungen gehabt habe, hat mich grausam behandelt. Mir gefallen die femininen Jungen nicht. Ich bin nicht homosexuell. Wie heißt das, was ich bin?« »Es ist doch egal, wie das heißt!« hörte Ortega sich selbst sagen. »Ich seh sie ja nur gern an. Die Schönheit der Jünglinge ist die einzige Schönheit, die ich verstehe. Ich sehe sie gerne an. Ich denke dauernd an sie. Aber nie hab ich Beziehungen mit einem gehabt. Ich bin impotent. Mein Leben ist von Anfang an ein Fiasko gewesen. Ich geh auf die Straße, ich habe nichts zu tun, ich trinke zu viel. Gestern hab ich sechs Bier getrunken und zehn Optalidon genommen. Ich bin den ganzen Tag zu Hause und masturbiere.« »Du mußt versuchen, zu schreiben. Alles, was du mir erzählst, solltest du aufschreiben«, sagte Ortega zu ihm, mit trockenem Mund. Voll Scham darüber, daß er einen Rat gab, den zu befolgen er selbst außerstande war. »Und du darfst kein Schuldgefühl haben, weder wegen des Masturbierens noch wegen der Jungen . . .« »Ich möchte nämlich gerne ihre Brustwarzen anfassen«, wiederholte Hernández. Er sprach leise. Ortega verspürte ein Gefühl von Ekel, als er ihn betrachtete, und zugleich von Mitleid. Würde er ihm einen Gefallen erweisen, wenn er ihm ein-, zweimal pro Woche einen Jungen bezahlte? Würde er ihm einen Gefallen damit erweisen oder das Gegenteil? Damit, ihm einen anständigen schwulen Strichjungen zu suchen, einen guten Jungen, den man Hernández als einen Freund Ortegas vorstellen könnte. Und der zweimal pro Woche zu Hernández nach Hause käme, nach der Siesta, um fünf. Von fünf bis sechs. Das käme auf sechs- bis siebentausend Peseten die Woche, halbstündige und dreiviertelstündige Sitzungen. Man könnte dem Jungen genau erklären, was er zu tun hätte. Sich die verflixten Brustwarzen anfassen lassen. Sich nackt ausziehen. Sich einen runterholen, vielleicht. Wäre das genug? Und wenn es Hernández damit schlechter ginge? Mehr als einmal hatte er mit einer Brutalität, die ihn selbst erstaunte, gedacht, daß dies vielleicht die Lösung wäre. Eine Erleichterung. Hernández Stoff zu geben, damit er die ganze Woche lang phantasieren konnte, bis der Junge käme. Es lenkte ihn ab, solche Dinge zu denken. ›Man könnte ihm sogar eine Liebesgeschichte bezahlen. Ein Junge, der ein bißchen anstellig ist und das Spiel mitspielt. Der keine Angst hat, aber auch nicht versucht, diesen Unglücksmenschen auszunutzen. Andererseits wäre das nur die Hälfte des Problems. Dieser Mann weiß sich alleine nicht zu helfen. Was wird passieren, wenn seine Mutter stirbt? Wer wird sich seiner erbarmen? Was kann ich für ihn tun?‹ »Ein nackter Junge ist das Schönste, was es gibt. Ich mag sie gern ansehen. Einfach nur ansehen.« Ortega wußte nicht, was er antworten sollte. Er wußte freilich auch, daß keine Antwort von ihm erwartet wurde. Seine Rolle bestand nicht darin, zu antworten, sondern nur darin, da zu sein. ›Wenn ich wirklich großmütig wäre, dann würde ich jeden Nachmittag eine Stunde lang mit Hernández reden. Nicht einmal im Monat, sondern jeden Tag. Aber ich spüre nicht das geringste Interesse für seinen Fall. Nur Mitleid, in das sich eine Art Ekel mischt, wie vor Fäkalien. Es ist, als würde er mich bitten, ich solle ihm zuschauen, während er scheißt. Seine Fürze riechen. Seine Taschentücher waschen, die steif sind von Rotz und getrocknetem Sperma. Wenn ich diesen Menschen liebte wie mich selbst, dann würde ich jetzt in den Armen seines Wahns versinken, in der Monotonie seiner Obsessionen. Ich würde mit diesem humorlosen Lächeln lächeln, mit dem er lächelt. Ich würde ihn liebkosen. Wenn ich der Großmut fähig wäre, würde ich ihm die Haare waschen. Ich würde ihn berühren. Ich würde seine Hände fassen. Und all das wäre natürlich sinnlos. Ich kann ihn nicht retten. Ich müßte ihm mein ganzes Leben weihen. Nein, das ist nicht nötig. Nein, ich müßte ihn nicht einmal berühren. Ich müßte ihm keinen Strichjungen suchen, ich müßte ihn nicht auf die Lippen küssen. Es würde genügen, wenn ich jeden Tag, ohne Unterbrechung, an den Nachmittagen hier in diese Cafeteria käme und eine Stunde mit ihm spräche. Denn ich habe nichts Besseres zu tun. Nicht, daß ich keine Zeit hätte. Er interessiert mich einfach nicht. Wenn ich morgen in der Zeitung lese, daß Hernández sich umgebracht hat oder daß ihn um ein Uhr nachts ein Auto überfahren hat, während er betrunken die Calle de Bravo Murillo in der Höhe von Alvarado überquerte, würde mich das nicht aus dem Konzept bringen. Jetzt‹ – dachte Ortega – ›sage ich eine sehr reine Wahrheit über mich selbst. Mein Egoismus ist unendlich größer als der Egotismus dieser armen, wehrlosen Kreatur. Und das einzige, was mir zu seiner Rettung einfällt, ist, mich einmal im Monat mit ihm zu unterhalten.‹

›Ich höre ihm nicht zu‹, dachte Ortega. ›Es stimmt, daß ich alles schon andere Male gehört habe. Viele andere Male. Aber jetzt höre ich ihm nicht zu. Ich beschränke mich darauf, meine Aufmerksamkeit über seine Sätze hinweggleiten zu lassen und von ihrem Widerschein meine selbstquälerischen Spekulationen zu nähren. Ich würde nichts bewirken, wenn ich ihn jeden Tag sähe, weil ich ihm nicht zuhören würde. Merkwürdig, welches Ausmaß an wachem Bewußtsein ich aufrechtzuerhalten vermag, während ich ihm zuhöre. Alles, was er sagt, gleitet an meinem Bewußtsein ab wie ein Alptraum, der mich letztendlich nicht betrifft. Und morgen werde ich ihn längst vergessen haben. Heute abend werde ich ihn längst vergessen haben. Und wenn wir uns am Ausgang der Cafeteria verabschieden und ich zu Fuß nach Hause gehe, werde ich ihn bei jedem Schritt vergessen, bis zum nächsten Monat. Denn im Grunde glaube ich nicht an sein Leiden. Ich würde ihn nur ernst nehmen, wenn er Selbstmord beginge.‹

Und Hernández, als wollte er ihm recht geben, schwieg eine Weile. Er sog gierig an seiner Zigarre. Ortega schaute auf seine Uhr. Es war noch nicht einmal eine Stunde vergangen. Zu wenig, um mit Anstand gehen zu können.

›Ich werde erst ganz spät nach Hause gehen. Ich werde mich in eine Cafeteria setzen und bis sieben *Interviú* lesen. Und um sieben gehe ich ins Kino, bis zehn. Und um zehn gehe ich ins Bett . . .‹

Es WAREN schon zwei Tage vergangen. Ortega hatte sich damit abgefunden, daß Quirós ihn nicht anrufen würde. Alles schien sich auf die bestmögliche Weise aufgelöst zu haben: plötzlich und schlagartig, in nichts. Das Büro wurde wieder seine monotone Zuflucht. Am dritten Tag, als er aus einer der Cafeterias in der Calle de Abascal trat, in die er zum Mittagessen zu gehen pflegte, erblickte Ortega in der Ferne Quirós, der in der Nähe seiner Haustür herumschlenderte. Es war unmöglich, ihm auszuweichen. Und Ortega hätte es ohnehin nicht getan, auch wenn er gekonnt hätte. Es war das Gefühl, einfach auf das Unvermeidliche zuzutreiben: ein Gefühl, das in diesem Augenblick angenehm war.

»Was machst du hier?« fragte Ortega.

Quirós drehte sich überrascht zu ihm um.

»Da bin ich«, sagte Quirós.

»Das seh ich.«

»Wenn ich dich störe, geh ich.«

»Nein, gar nicht. Hast du schon gegessen?«

»Na ja, ich hab ein belegtes Brötchen gegessen, hier in der Bar. Bei dieser Hitze hat man ja keinen Appetit.«

»Nur zu wahr. Kommst du rauf?«

»Ja, gern, wenn du nichts dagegen hast.«

Der Hauseingang war leer, wie immer. Das Haus war völlig still. Als Ortega die Haustür öffnete, hatte er das Gefühl, ans Ende gelangt zu sein. An ein Ende, das gewiß nicht das Ende von irgend etwas Konkretem sein konnte. Vielleicht nur das Ende seiner Zurückhaltung. Als Ortega die Wohnungstür öffnete und den warmen, vertrauten Geruch der vielen Bücher wahrnahm, hatte er das Gefühl, daß er jetzt, zum ersten Mal in fünfzehn Jahren, die Tür zu einem Ort der Erholung öffnete. Wie ein hochgelegener, weiträumiger Garten mit einem großen, dichten Beet von weißen Petunien in der Mitte, mit einem kleinen neoklassischen Palais im Hintergrund. Er hatte das Gefühl, auf einer Reise zu sein und beim Öffnen seiner Wohnungstür einen Unbekannten eintreten zu lassen, einen neuen Aspekt, den er immer hatte erforschen wollen und den er, wie der arme Hernández, niemals erforscht hatte.

»Es ist angenehm, hier hereinzukommen«, sagte Quirós.

Ortega schaute ihn nicht an. Quirós ging in das Wohnzimmer und öffnete das Fenster.

»Besser, du läßt es zu. Jetzt scheint die Sonne auf die Terrasse. Es ist kühler hier, wenn man nur die Jalousie ein bißchen offen läßt. Ich geh mich duschen. Ich dusch mich immer, wenn ich um diese Zeit nach Hause komme. Möchtest du auch duschen?«

»Nein, vielen Dank. Mach, was du immer tust. Ich will dich nicht stören.«

»Ich halte immer ein kleines Schläfchen um diese Zeit«, sagte Ortega.

»Eine gute Idee. Ich warte im Wohnzimmer auf dich.«

Ortega fühlte sich derart gefangen durch die Leichtigkeit, mit der alles ablief, daß er sich darauf beschränkte, stumm zu nicken. Er nahm eine lange, kalte Dusche, wie er es gewohnt war. Danach legte er sich noch naß auf das Bett seines Schlafzimmers. Er schlief fast augenblicklich ein. Als er aufwachte, war es fünf Uhr. Er duschte sich erneut. Dann trocknete er sich ab und zog sich an und ging ins Wohnzimmer. Quirós war noch immer da. Ohne etwas zu tun, der Länge nach ausgestreckt in einem Sessel, den Blick auf die Decke gerichtet.

»Hast du dich schön ausgeruht?« fragte Quirós.

»Phantastisch, ja. Besser als sonst.«

Es stimmte, daß er sich besser denn je fühlte, obwohl er bei diesen Worten dachte, er hätte es nicht sagen sollen. Er dachte, Quirós könnte es falsch interpretieren, wenn er auch nicht wußte, in welchem Sinne. Konnte man einen so einfachen Satz falsch interpretieren? ›Das ist der Dämon der Vorsicht‹, dachte er, ›der vorsichtigen Zurückhaltung.‹

»Entschuldige, daß ich dich neulich nicht angerufen habe.«

»Ich hab nicht erwartet, daß du anrufst«, log Ortega. »Außerdem war ich den ganzen Nachmittag außer Haus.«

»Ich hab gedacht, du arbeitest nachmittags nicht.«

»Nein, ich war nicht bei der Arbeit. Ich hab einen Freund getroffen, einen Bekannten. Und ich war auch im Kino.«

»In welchem Film?«

»Glaubst du mir, daß ich mich nicht erinnere? Ich war in diesem Kino in der Calle de Fernández Villaverde. Gegenüber der Brücke von Cuatro Caminos . . .«

»Gehst du viel ins Kino?«

»Ziemlich oft, ja. Mindestens einmal die Woche. Manchmal auch zweimal. Ich mag es, ins Kino zu gehen. Rauszugehen, ins Kino. Vielleicht habe ich mich deshalb nie entschließen können, einen Fernseher zu kaufen. Auch um eine Trennung zu machen zwischen der Magie der filmischen Bilder und der Magie meiner eigenen Bilder, meiner eigenen Phantasien, wenn ich lese, zum Beispiel. Wenn ich Fernsehen hätte, würde mein natürlicher Hang zur Passivität noch stärker werden, mich würden die Bilder überschwemmen, die ich auf dem Bildschirm sehe, jedes Bild, die Werbefilme, zum Beispiel. Und ich würde jede Initiative verlieren. Wenn ich lese, habe ich die Illusion, die Initiative zu ergreifen, die Illusion, der Handelnde zu sein. Ich habe das Gefühl, daß ich in der Phantasie die Szenen ergänze, die mir im Text nur durch Worte vermittelt werden . . .«

»Meine Mutter lebt vom Fernsehen. Sie trifft sich sogar mit ihren Freundinnen, damit sie alle zusammen fernsehen können. Mir vertreibt das Fernsehen die Zeit, das geb ich zu, aber ich verstehe, was du sagen willst . . .«

»Und wie geht's mit deiner Freundin?«

»Wieso fragst du das?«

»Wieso nicht? Nur so. Eine Frage wie jede andere.« Aber Ortega hatte der Ton in Quirós' Stimme überrascht, und deshalb fügte er hinzu: »Wieso fragst du, warum ich dich nach deiner Freundin frage? Das ist doch ganz normal.«

»Schon. Aber wir sind zur Zeit ein bißchen auseinander...«

»Das tut mir aber leid!«

»Dafür gibt's auch wieder keinen Grund. Und vielleicht ist ›auseinander‹ auch nicht das richtige Wort...«

»Habt ihr euch denn gestritten?« fragte Ortega, der tatsächlich eine gewisse Neugier, eigentlich eine große Neugier für die Beziehung zwischen Quirós und seiner Freundin empfand.

»Nein, wir haben uns nicht gestritten.«

»Was ist es dann?«

»Schwer zu erklären... Ich weiß es nicht mal selbst so genau.«

»Du willst das Glück nicht verlieren? Dann laß das Analysieren, Junge, laß das Analysieren...« sagte Ortega lächelnd.

»Na ja, es geht nicht ums Analysieren oder Nichtanalysieren... Irgend etwas klappt nicht, das ist offensichtlich.«

»Ich gebe zu, ich bin neugierig«, sagte Ortega. »Aber du brauchst mir nichts zu erklären.«

»Ich fühle mich an sie gebunden. In gewisser Weise lebe ich von ihr. Das hab ich dir ja schon am ersten Tag erzählt...«

»Ja. Und ich fand das wunderbar. Ich fand das amüsant.«

»Ist es aber nicht, ist es einfach nicht... Es ist demütigend, zum Beispiel.«

»Demütigend, wieso? Ich würde mich eher geschmeichelt fühlen, wenn ein hübsches Mädchen mich aushielte, wie du sagst. Ist deine Freundin hübsch?«

»Sie ist elegant, ja. Sie ist hübsch. Ein bißchen älter als ich, aber nicht viel. Ungefähr fünf Jahre älter als ich.«

»Abgesehen davon, daß diese Situation nur vorübergehend ist, nehm ich an...«

»Das ist es ja gerade: Sie ist eben nicht vorübergehend. Es war von Anfang an so. So geht es schon mehr als drei Jahre.«

»Es gibt auch keinen Grund, zu übertreiben. Mir kommt das mehr oder weniger normal vor heutzutage.«

»Sie hält mich auch nicht aus. Sie gibt mir ab und zu Geld.«

Quirós verspürte jetzt den heftigen Wunsch, keinen falschen Eindruck zu machen. Nicht schlecht dazustehen. Der Satz, der ihm am ersten Tag genial erschienen war – »Ich lebe von den Frauen« – besaß jetzt, nach den Ereignissen der letzten Tage, einen unangenehmen Beigeschmack. Als würde Ortega denken, daß Quirós sich von zwei Frauen aushalten ließ, weil er nicht fähig war, selbst etwas zu tun. Oder noch schlimmer: Quirós hatte das Gefühl, daß Ortega in diesem Augenblick über eine besondere Hellsichtigkeit verfügte, die erbarmungslos in die Festung seiner Faulheit und damit seiner zahlreichen Unsicherheiten eindringen konnte. Denn eines war jetzt klar: Wie immer die Beziehung beschaffen sein mochte, die Quirós zu seiner Mutter und seiner Freundin unterhielt, er wollte sich um jeden Preis von Ortega bewundert fühlen. Und vor allem weiter in diese Wohnung kommen können.

»Bist du nicht vielleicht sehr argwöhnisch? Ich an deiner Stelle würde mir nicht zu viele Sorgen machen. Ich sag dir ja, ich würde mich sogar geschmeichelt fühlen bei dem Gedanken, daß jemand Interesse genug an mir hätte, um mich auszuhalten oder halbwegs auszuhalten. Um so mehr, wenn es sich, wie du sagst, um ein elegantes und hübsches Mädchen handelt.«

Ortega hatte bei diesen Worten das Gefühl (das schon früher an diesem Nachmittag aufgetaucht war), daß er sich in seiner Unterhaltung mit Quirós in Wirklichkeit weitgehend darauf beschränkte, sich herauszuhalten. In Wirklichkeit wollte er diese Unterhaltung nicht über einen gelassenen, neutralen Ton hinausgehen lassen. Sie noch zwei weitere Stunden verlängern und, wenn möglich, ein Treffen für den nächsten Tag vereinbaren. Denn ihm war nunmehr absolut klar, daß er den Jungen wiedersehen wollte. Der Nachmittag verging still. Eine ganze Weile schwiegen beide. Dann bot Ortega ihm einen Whisky an, den Quirós annahm. Und ein

Gedanke ging Ortega nicht aus dem Kopf: der Gedanke, daß er plötzlich, beinahe rein zufällig, davor stand, das zu haben, was er so viele Jahre gewünscht hatte: einen jüngeren Gefährten, mit dem er friedlich die Nachmittage, die Abende verbringen konnte. Und in diesem Augenblick sagte Quirós, als könnte er seine Gedanken lesen oder als bestünde wirklich an diesem heißen Julinachmittag eine wundersame Übereinstimmung zwischen ihnen: »Ich würde gern ein Buch von dir lesen. Ich hab heute morgen in den Buchhandlungen danach gefragt. Im ›Haus des Buches‹.«

»Ich glaube nicht, daß du sie noch findest. Sie sind vergriffen. Eintagsfliegen.«

»Aber du hast doch noch irgendein Exemplar, oder nicht?«

»Ja, natürlich, das wäre ja noch schöner. Ich habe Exemplare . . .«

»Ich würde sie gern lesen, wenn du nichts dagegen hast.«

Ortega lachte, offensichtlich erfreut. Ihm war sonderbar zumute, so als hätte er die Uhr fünfzehn Jahre zurückgedreht oder als wären keine fünfzehn Jahre vergangen. Die Erwähnung seiner Bücher durch eine fremde Person war schon sehr lange nicht mehr, so wie jetzt, mit einem so deutlichen und bestimmten Gefühl von Freude einhergegangen. Wenn jemand im Büro oder irgendein alter Schriftstellerkollege, den er zufällig auf der Straße traf, dieses Thema anschnitt, zeigte sich Ortega normalerweise ausweichend, ja sogar beschämt darüber, daß man sich in bestimmten Kreisen noch immer seiner schriftstellerischen Person erinnerte. Nicht, daß er sich dieser Bücher schämte. An Tagen mit guter Laune las er sogar mit Vergnügen eine seiner eigenen Seiten wieder. Er versuchte jedoch, sich so wenig wie möglich mit dem zu beschäftigen, was ganz eindeutig ein Kapitel der Vergangenheit war, das keine Rückkehr zuließ. Die Freude, mit der er jetzt auf die Bitte von Quirós reagiert hatte, überraschte ihn daher selbst.

»Ehrlich gesagt, ich glaube nicht, daß es sich lohnt, darauf zurückzukommen. Das ist vorbei und gewesen. Diese Bücher noch einmal zu lesen, hätte nur einen Sinn, wenn ich jetzt neue schreiben würde, wenn ich weiter geschrieben hätte. Aber so, wie die Dinge liegen, ist es besser, man überläßt sie ihrem tiefen Schlummer.«

»Ich glaube nicht, daß du die geeignetste Person bist, um zu entscheiden, ob deine Bücher viel oder wenig wert sind. Am wahrscheinlichsten ist, daß du selbst überhaupt keine Ahnung hast. Und daß die persönlichen Gründe, die dich vor Jahren veranlaßt haben, die Literatur aufzugeben, viel zu sehr die heutige Einschätzung deiner Texte bestimmen. Laß mich wenigstens eines lesen!«

Ortega kam es lächerlich vor, sich bitten zu lassen. Und dieses so einfache Gefühl, verbunden mit dem Wunsch, seinem neuen Freund entgegenzukommen, und sogar mit einer gewissen, neuerwachten Neugier darauf, wie seine alten Erzählungen in neuen Ohren klingen würden, gaben den letzten Ausschlag.

»Schön. Hier hast du sie«, sagte Ortega. Und er fischte aus einem der Regale zwei Romane und einen Band Erzählungen. Quirós nahm sie mit augenscheinlicher Neugier in die Hände. Es waren vergilbte Bücher des Verlages Seix Barral.

»Du bist der erste Sterbliche«, kommentierte Ortega spöttisch, »der sich mit offenem Visier in die Geschichte eines Scheiterns stürzt. Ich wünsch dir eine gute Reise. Viel Glück.«

Quirós lächelte, ohne etwas zu fragen. Es war schon neun Uhr geworden. Es begann schon zu dunkeln. Ortega hatte das Gefühl, daß dem Geschehen an diesem Tag nichts mehr hinzuzufügen war. Nichts, was nicht desillusionierend gewesen wäre. Ortega wollte das Gefühl der Freude, das er empfunden hatte, als Quirós ihn bat, seine Bücher lesen zu dürfen, in seiner ganzen Stärke erhalten. Er wollte nichts mehr riskieren. Er wollte allein einen langen Spaziergang machen. Nicht mehr sprechen. Warten, was der nächste Tag bringen würde. Ortega sagte: »Ich muß runtergehen und Zigaretten kaufen, bevor sie zumachen.«

»Die Tabakläden sind schon zu um diese Zeit«, sagte Quirós.

»Ja. Aber ich kenn einen, der noch aufhat . . .«

Fast überstürzt brachte er Quirós dazu, die Wohnung zu verlassen. Sie fuhren zusammen im Fahrstuhl hinunter. Vor dem Hauseingang verabschiedeten sie sich. Sie vereinbarten, sich am nächsten Tag zu sehen.

»Morgen werde ich dir meine ersten Eindrücke mitteilen«, sagte Quirós beim Abschied.

»Ich hoffe, du langweilst dich nicht zu sehr«, scherzte Ortega.

»Du MUSST es dem Jungen sagen«, flüsterte Charito.

»Ich hab's ihm schon ein bißchen angekündigt.« Doña Teresa antwortete ebenfalls mit Geflüster, während sie sich gleichzeitig eine Fortuna anzündete.

»Meine Liebe, das ist es nicht, ankündigen, du mußt es ihm sagen, ihm die Nachricht mitteilen, siehst du denn nicht ein, daß es dringend ist?« Charito war ehrlich erregt.

»So dringend ist es nun auch wieder nicht, also!«

»Wieso nicht? Erzähl mir nichts! Du bist ja schon dabei, in seine Wohnung umzuziehen! Dringender als das, das ist schon die Taufe, die Taufe...«

»Um Gottes willen, was für Einfälle du hast, wie du übertreibst! Zuerst war nichts zu machen, man konnte dich nicht überzeugen, und jetzt drängst du mich fast...«

»Du mußt dir ein Schneiderkostüm machen lassen.«

»Meinst du?«

»Ein Schneiderkostüm, ein Schneiderkostüm. In deinem Alter, ein Schneiderkostüm! Du wirst doch wohl nicht in Weiß gehen! Und Mantilla! Wie schön, die Mantilla! *Ich* werde mit Mantilla kommen! Ach, wie schön, die Mantilla!«

»Aber nein, was sagst du, Charo! Weder Mantilla noch sonstwas, etwas ganz Einfaches! In unserem Alter kann man nicht mehr irgendwie gehen, verstehst du? Man muß so gehen, wie man gehen muß: ganz normal.«

»Also, ich bin überhaupt nicht einverstanden, stell dir vor! Eine solche Gelegenheit..., der muß man Glanz geben.«

»Glanz geben, ja, meine Liebe, aber in einem gewissen Rahmen. Und ich werde nicht mehr ausgeben, als ich ausgeben kann. Aber ein paar Schuhe aus schwarzem Saffianleder werde ich mir kaufen, das ja. Und, na ja, das Schneiderkostüm. Auch schwarz, glatt...«

»Also«, Charito begann wieder zu flüstern, »der Junge, was sagt er, hm? Was hat er gesagt?«

»Na, was soll ich dir sagen? Was soll er sagen?«

»Nein, ach so, natürlich. Ich meine, wie er es aufgenommen hat. Du wirst mir ja nicht abstreiten, Teresa, daß es ein Schlag ist für den Jungen, ein Schlag.«

»Warum soll es denn ein Schlag sein?«

»Also hör mal, du bist unsensibel, unsensibel bist du, Teresa, mehr sag ich nicht ... Du mußt verstehen, daß es ein Schlag ist für den Jungen, ob du willst oder nicht, das hier wird nicht mehr sein Zuhause sein, und damit ist Schluß für ihn.«

»Aber wieso denn? Es geht doch weiter wie bisher ...«

»Sieh mal, Teresa: was mich am meisten wundert, was mich einfach nicht mehr wundern kann, ist, daß du in deinem Alter, denn du hast schon ein Alter, die Dinge nicht so sehen kannst, wie sie sind, ob sie dir nun gefallen oder nicht. Ich bin deine beste Freundin. Und ich sage dir, für deinen Sohn ist die Hochzeit wie ein Tritt ans Schienbein. Und außerdem, und dazu noch hast du es ihm nicht gesagt!«

»Ich hab's ihm gesagt, ich hab dir doch gerade gesagt, daß ich's ihm gesagt habe!«

»Zwischen Tür und Angel, du hast es ihm zwischen Tür und Angel gesagt ... Als wär's was, was du dir so ein bißchen überlegen würdest.«

»Ich überleg's mir ja auch.«

»Noch was? Ihr habt doch alles beschlossen und tausendmal beschlossen. Und außerdem, schau, Luis selbst hat es mir gesagt.«

»Ach, ja? Und wann hast du mit Luis geredet?«

»Ui, was bist du eifersüchtig und eklig!«

»Das ist es nicht, ich weiß nur nicht, wann du mit Luis hast reden können.«

»Na, am Telephon, jetzt weißt du's, wegen eines Geschenks, das ich dir machen will, so. Da du immer alles wissen mußt, sag ich's dir also jetzt und damit ist es gesagt: wegen eines Geschenks, das ich dir machen will.«

»Ach, Charito, um Gottes willen, du mußt dir doch keine Umstände machen!«

»Warum soll ich mir keine Umstände machen müssen? Außerdem, damit du es weißt, es macht mir nicht die geringsten Umstände. Es macht mir Spaß, und, ja, als ich mit Luis gesprochen habe, also er hat mir gesagt, daß Anfang, daß praktisch Anfang ...«

»Also, ich sag dir, Charo, was Luis sagt, ist mir völlig egal.«

»Na, du fängst ja früh an, meine Liebe, früh fängst du an ...«

»Es ist mir egal, weil mir die Eile nicht paßt, ehrlich, sie paßt mir einfach nicht.«

»Ah, also ich find's romantisch, daß er es in seinem Alter so eilig hat!«

»Er vielleicht, denn ich hab's nicht im mindesten eilig!«

»Was bist du dumm, du lieber Gott, was bist du dumm! Daß er in seinem Alter solche Lust hat, also mich rührt das, offen gesagt.«

»Aber darum geht es doch nicht. Ich bin ja überhaupt nicht vorbereitet. Eine ganz einfache Hochzeit ist eine Sache, aber daß wir noch nicht mal wissen, wo, ist eine andere.«

»Le Petit Paris, das ist das beste. Schau, Alicia, meine Cousine, die übrigens nachmittags geheiratet hat, wir waren im Le Petit Paris, und ich fand's phantastisch, ausgezeichnete Mayonnaisen, ganz frisch, heutzutage mußt du ja bei der Mayonnaise unheimlich aufpassen ... Aber ich weiß nicht, ob ihr Platz finden werdet. Weil nämlich, meine Cousine Alicia, die im Juni geheiratet hat, die mußten im Oktober reservieren, stell dir vor, wie gefragt das Lokal ist. Allerdings, seine Eltern, die Eltern von Antonio Alberto, sind Freunde des Oberkellners. Und weil sie wenige waren, haben sie sie in einen anderen kleinen Salon plaziert, den sie haben, viel gemütlicher, einer dem anderen gegenüber ... Er hat so einen Marmoreingang, also, jetzt rede ich von dem großen Salon, aber der kleine auch, ein paar Statuen, wie griechische, ich sag dir, das macht was her, das macht was her. Und vor allem, du weißt eben, was sie dir geben, sind gute Sachen. Weil heutzutage, Russischen Salat, den eß ich nur noch zu Hause, schon fünfunddreißig Kinder haben sich alle zusammen bei einer Erstkommunion vergiftet, weil die Mayonnaise schlecht war ... Und ich meine, wenn man einmal im Leben heiratet, also du zweimal, ich keinmal, das mindeste, was sie dir geben können, sind die beiden Saucen, beide frisch, weniger kann man nicht verlangen ... Und im Le Petit Paris haben sie alles ganz frisch. Wie viele werdet ihr sein?«

»Tja, ich weiß nicht, so etwa zwölf. Zwölf oder fünfzehn.«

»Aber nein ...«

Quirós räusperte sich und trat ins Wohnzimmer.

»Eine schöne Geschichte, die ihr da ausheckt!«

»Hu, er hat alles gehört!« rief Charito aus.

»Was hab ich gehört?«

»Du hast alles gehört, nicht wahr?, du Gauner?« sagte Charito.

»Aber was glaubst du denn, Charo, glaubst du, ich steh hier hinter der Tür und lausche?«

Die Wahrheit war, daß Quirós genug gehört hatte. Man kann nicht sagen, absichtlich. Er hatte sich in Wirklichkeit nicht aus seinem Zimmer fortgerührt. Aber Charito und Doña Teresa sprachen mit lauter Stimme. In der Wohnung hörte man immer alles. Das wußte Quirós seit jeher. Und Quirós war außerdem in höchstem Grade daran gewöhnt, den Unterhaltungen seiner Eltern zuzuhören. Zu wissen, was sein Vater und seine Mutter im Schilde führten oder seine Mutter und ihre Freundinnen oder die Großmutter und sein Vater oder die Großmutter und die Hausangestellten oder die Großmutter und ihre Freundinnen am Telephon, war in seiner Jugend fester Bestandteil seiner Erziehung gewesen. In dem Augenblick, als er das Wohnzimmer betreten hatte, war er in erster Linie einem humoristischen Impuls gefolgt. Einer Art Wunsch, direkt an dieser monotonen, endlosen Unterhaltung teilzunehmen, an der die beiden Freundinnen bastelten. Vielleicht auch dem Wunsch, diese Unterhaltung abzubrechen, sie nicht länger hören zu müssen, weil sie ihm unangenehm war, ohne daß er bis jetzt genau hätte bestimmen können, in welchem konkreten Sinne er von ihren Folgen betroffen sein würde.

»Schön, ich glaube, ich geh jetzt«, kündigte Charito an.

»Wegen mir nicht«, sagte Quirós.

»Es ist nicht wegen dir, mein Lieber, ich hab zu tun. Wir

werden doch hier nicht den ganzen Vormittag verplaudern. Deine Mutter wird auch zu tun haben.«

»Auf Wiedersehen, Charo.«

Quirós blieb im Wohnzimmer und blätterte *Diez Minutos* durch. Es war zwölf Uhr. Als seine Mutter zurückkehrte, fragte Quirós, während er weiter in der Zeitschrift herumblätterte: »Was führt ihr eigentlich im Schilde?«

»Na, das weißt du doch, das mit Luis und mir...«

Seine Mutter wirkte ruhig. Mehr als ruhig, selbstsicher. Mit einem Anflug von Aggressivität, dachte Quirós. Ihre Augen glänzten.

»Wann ist die Hochzeit?« fragte Quirós.

»Schon bald. Im Herbst.«

»Und wo werdet ihr wohnen?«

»Darüber wollte ich mit dir reden. Das wissen wir noch nicht. Am Anfang hier, wahrscheinlich. Aber später ist es vielleicht besser für uns, das hier zu verkaufen und in die Wohnung von Luis zu ziehen. Die Wohnung von Luis ist dreimal so groß. Und günstiger gelegen.«

»Und ich?« fragte Quirós.

»Du kommst mit mir, natürlich. Auch Luis hat seine Kinder. Die Wohnung ist sehr groß. Wir fünf können dort wie die Fürsten leben.«

»Ich verstehe.«

Seine Mutter stand auf unter dem Vorwand, sie müsse noch einige Einkäufe erledigen, bevor sie mit dem Kochen begänne. Quirós zündete sich ratlos eine Zigarette an und wußte nicht, was er denken sollte.

DASS ER Quirós seine drei Bücher gegeben hatte, wühlte Ortega stärker auf, als er gedacht hatte. Er kaufte die Zigaretten und ging zu Fuß hinunter bis zum Universitätsgelände. Eine grandiose Abenddämmerung mit einer orangefarbenen, spektakulären Sonne. Von der Terrasse der Kapelle des Universitätsgeländes sah man das brennende Guadarrama-Gebirge, entflammt durch den unblutigen Glanz des Zinnobers, dunkelviolett und rosafarben, rosafarbene Flüsse aus überzuckerter, schmutziger Luft, Gebilde aus Wolkenschichten, flüchtig wie die plötzliche Illusion von Fülle und Vollendung, die Ortega in diesem Augenblick empfand. Daß er Quirós seine Romane gegeben hatte, war wie das Öffnen einer Tür nicht zur Vergangenheit, sondern zu einer seltsamen, rückwirkenden Zukunft. Als würde er sagen: Die Vergangenheit ist noch immer gegenwärtig in der Gegenwart. Ich bin noch immer der Autor dieser Seiten. Und dieses Gefühl der Autorschaft, das ihm nie zuvor so lebhaft gegenwärtig gewesen war, ließ ihn verzückt, mit leerem Kopf, eingehüllt in den Sonnenuntergang und den kühlen, feuchten Geruch nach frisch gemähtem und gesprengtem Gras, in den Gärten der Kapelle des Universitätsgeländes innehalten. Er erinnerte sich an die Erregung beim Erscheinen seines ersten Buches. Sein Band *Langsame Erzählungen*, zwölf realistische Erzählungen, die nachgerade Furore gemacht hatten in Barcelona. Er erinnerte sich an den Brief, in dem Jaime Gil de Biedma ihn beglückwünscht hatte. Sie hatten einige Zeit miteinander korrespondiert. Jene Erzählungen mit ihrem verhaltenen Tempo in ihrer Langsamkeit, wie privilegierte Augenblicke, was sie auch waren, gewesen waren. Und Ortega spürte einen gewissen Stolz in diesem Augenblick, fünfzehn Jahre später, im Gedanken an die Meinung, die Quirós ihm vielleicht am nächsten Tag, vielleicht schon morgen, mitteilen würde. Und er spürte die gespenstische Gegenwärtigkeit auch aller anderen Dinge; von allem, worauf Ortega verzichtet hatte, wenn das Wort »verzichten« auch zweifellos übertrieben war. Er betrachtete sich selbst, verdoppelt in diesem vielgestaltigen Licht. Aber . . . hatte er denn auf etwas verzichtet? Ortega hatte zum Beispiel damit gerechnet, seit er mit dem Schreiben aufgehört hatte, daß er sich mit der Zeit in sein asexuelles Junggesellendasein finden würde. Wie würde Jaime Gil de Biedma über ihn lachen, wenn er ihn jetzt sehen könnte! Ortega lächelte bei dem Gedanken, daß er ihn nicht wiedererkennen würde. Und er hatte ihn im übrigen nicht wiedererkannt, im vergangenen Jahr, in der Casa Anselmo. Er hatte sich – von Neugier getrieben, von einer verzehrenden Neugier, die ihn plötzlich in der Bank, in seinem Scheißbüro erfaßte, als er in der Zeitung den Veranstaltungskalender überflog – Jaime Gil de Biedmas Fassung von

Marlowes *Edward II* angeschaut. Und danach, noch im Bann des Schauspiels, das ihm irgendwie mißfallen hatte (ihm waren die Schauspieler zu laut, zu zirzensisch vorgekommen, wie sie da in dieser Zirkusarena, in die sich das Maria-Guerrero-Theater verwandelt hatte, herumhüpften und sich gegenseitig um den Hals fielen), war er zum Abendessen in die Casa Anselmo gegangen. Und dort traf er, Tisch an Tisch, auf Gil de Biedma, der mit einem Freund zu Abend aß. Er war kurz davor, aufzustehen und ihn zu begrüßen. Er konnte hören, worüber sie sprachen. Es war im übrigen nicht erbaulich. Ihm kamen die Tränen. Er war sicher gewesen, daß Gil de Biedma ihn wiedererkennen würde. Weshalb kamen ihm an jenem Tag die Tränen? An diesem Abend glaubte es Ortega plötzlich zu wissen. Diese dumm hervorquellenden, halben Tränen, das war er selbst, der Mitleid mit sich empfand. Eine schlechte Elegie *pro vita sua*. Was er nicht gewollt, was er immer abgelehnt und unbewußt immer ersehnt hatte, weinte jetzt, tränte jetzt. Eine verdammte Scheiße. ›Das Licht der Abenddämmerung‹, dachte Ortega, ›tut mir nicht besonders gut. Es macht mich schlimmer, als ich bin, und das ist nicht einfach.‹ Aber die Erinnerung an jene grotesken Tränen vor einem Jahr war irgendwie mit seiner jetzigen Freude verbunden, wenn er daran dachte, daß Quirós seine Bücher lesen würde und daß er vielleicht schon nach Hause gekommen war und sie schon las. ›Hätte ich mich vor fünfzehn Jahren, als ich mich von dem löste, was ich als meine mittelmäßigen Romane und meine mittelmäßigen Ambitionen betrachtete, doch auch von der Begehrlichkeit der Augen gelöst!‹ Aber das hatte sich erhalten, mit ironischer Lebendigkeit, mit dem Hochmut des Lebens inmitten der toten Hoffnungen, in Erwartung einer skurrilen Wiederauferstehung: einer zweiten Gelegenheit: der zweiten Gelegenheit von Gonzalo Ortega. Und würde es Quirós sein? Und warum nicht? War es nicht egal, ob Quirós oder sonstwer? Das Schlimme war, daß es in Wirklichkeit nicht egal war.

Denn Quirós trug die Bücher wie Beutestücke einer unerlaubten Jagd nach Hause. Quirós empfand ein Gefühl von Unerlaubtheit, das köstlich war. Daß er plötzlich, durch die bloße Kraft seiner körperlichen Reize (denn Quirós war nunmehr überzeugt, daß Ortega ihn mehr als alles andere liebte, weil er gut aussah) eingedrungen war und mit einem Schlag die Jungfräulichkeit des Scheiterns zerstört und das Hymen der Einsamkeit zerrissen hatte (der Einsamkeit, die Quirós auf seine Weise begriff, denn er war schlau, wenn auch gewöhnlich), daß er in weniger als drei Tagen, nach weniger als drei oder vier Begegnungen, ganz ohne sein eigenes Zutun, um seiner schönen Augen willen, wie ein Plünderer in Ortegas Herz eingefallen war, kam ihm wie ein Triumph vor. Und es war ein Triumph, eine blutige Trophäe wie bei den Krokodilen, von denen es heißt, sie schleppen ihre Beute auf den Grund des Wassers. Um sie dort zu verschlingen.

Und die Langsamkeit der *Langsamen Erzählungen* war nicht eben leicht zu verdauen. Quirós erkannte klar, daß er es mit einem Autor zu tun hatte, der trotz seiner Laster Integrität, Redlichkeit besaß. Sie waren gut, diese langsamen *Langsamen Erzählungen*. Aus der Tiefe der Erinnerung geschrieben, mit sorgfältig gewählten Worten, Akzenten und melodischen Linien. Realistische Erzählungen, das ja, aber zugleich kraftvoller und vibrierender als irgendein kurzlebiger Sozialrealismus. ›Warum hat er nicht weitergemacht‹, fragte Quirós sich, ›wenn er doch verdammt gut schreiben kann? Was mochte mit ihm geschehen sein? Vielleicht hat ihn die Einsamkeit angefallen, wie uns ein Virus, eine Grippe anfällt. Ein unverantwortetes Leiden. Wenn ich‹, dachte Quirós, ›halb so gut, auch nur halb so gut schreiben könnte wie dieser Hund, wäre ich nicht in dieser Lage.‹ Und Quirós, auf seinem Bett ausgestreckt, nackt, nachdem er sich an diesem Abend geduscht hatte (der Luftzug zwischen dem Fenster seines Schlafzimmers und dem Flur strich über seine kupferfarbene Haut) dachte an seine desolate Lage fast mit spitzbübischer Freude darüber, daß sie eben das war: desolat. Denn so könnte er sie beschreiben. Nur das Desolate, das Abwegige, das Verlorene, das Unnütze, das Monströse, das Kranke läßt sich begierig beschreiben. Das Gute ist unsichtbar. Und was gab es Desolateres als sein eigenes Leben?

Mehrmals war er kurz davor, aus dem Bett zu springen und sich anzuziehen und an diesem Abend einen Spaziergang zum Bahnhof von Chamartín zu machen, die kleinen zweistöckigen Gärten, auf der Suche nach wer weiß welcher nächtlichen Anbetung. Es gibt Anbeter, die bis zum Morgengrauen um den Obelisken beim Marineministerium herumlungern. Ohne eine Eroberung zu machen! Und so ging Quirós hin und her zwischen dem Text Ortegas und seinen innersten Bildern, die ihm gehörten, Quirós, und nur ihm. Und er fühlte sich gestärkt durch dieses dumpfe Hin und Her morbider Bilder, die ihm, wie eine gute Dosis Amphetamine, ein Gefühl von Macht, von Anonymität verliehen. Und Quirós dachte, daß Ortega bestimmt dachte, daß er ihn bis spät in die Nacht lesen würde. Und er hatte recht. Nur war das, was bei Ortega lächerlich, aber in gewisser Weise noch immer halbwegs zu rechtfertigen war, bei Quirós reine Bosheit, nichts weiter. Aber dieser Bosheit war Quirós sich noch nicht bewußt; nur halb. Letztlich war Quirós sehr jung, und Jugend ist immer eine Entschuldigung. Die Unschuld, gleich ob wirklich oder vermeintlich, ist immer ein Trost.

»Aber, was ist passiert? Warum hast du es so plötzlich aufgegeben?« wiederholte Quirós.

Es war der Nachmittag des nächsten Tages. Quirós hatte *Langsame Erzählungen* schon beendet. Die beiden Romane hatte er noch nicht angefangen. Sie redeten schon eine ganze Weile. Quirós hatte seine Begeisterung für die Bücher Ortegas vielleicht ein wenig übertrieben. Um die Wahrheit zu sagen, diese Prosa kam ihm gelegentlich ein wenig überladen vor, beschwerlich. Aber es stimmte, daß sie ihn beeindruckt hatte. Und daß er infolgedessen nicht völlig unaufrichtig war, wenn er ein ums andere Mal wiederholte, er begreife nicht, warum Ortega das Schreiben aufgegeben habe. Das ging schon eine Stunde so. Und dabei tranken sie Whisky und Soda. Zwischen ihnen stand ein niedriges Tischchen mit einer Flasche Cutty Sark. Und einem kleinen Glasgefäß mit Eisstücken, die sich langsam auflösten und die sie ab und zu selbst mit den Fingern nahmen, und einem neu gekauften

Siphon. Der Cutty Sark war ein Erfolg gewesen, das gelbe Etikett mit diesem Segelboot wie im Kino. Quirós fühlte sich angenehm kindlich, wie im Kino. Auch Ortegas Wohnung war wie im Kino. Ein Ort fernab der Wirklichkeit, wie eine Höhle, wie ein Klub. Nur für Männer. Und es gab viele Dinge in der Wohnung, die Quirós allmählich entdeckte, kleine Porzellanfiguren, silberne Zigarettendosen, Füllfederhalter in den Schubfächern, auf den Regalen, und Photos, wie lauter Leben, eine aladinsche Höhle, die Quirós durchstreifen konnte, Erinnerungen, die ihn an nichts erinnerten, die Ortega jedoch ständig lächeln ließen, wenn er von ihnen sprach. Die ganze Wohnung selbst war eine langsame Erzählung.

»Es war nicht so plötzlich. Es dauerte Zeit. Seine Zeit. Ich bin gescheitert. Später, mit den Jahren, habe ich dem Scheitern neue Namen gegeben, es als alles bezeichnet, nur nicht als das. Aber ich wußte eben nicht weiter, ich hatte keine Lust, weiterzumachen, ich hatte nichts zu erzählen . . .«

»Aber das ist doch unmöglich!«

»Hast du denn was zu erzählen?« fragte Ortega beinahe boshaft.

Die Unterhaltung amüsierte ihn, belebte ihn. Diese Unterhaltung war schließlich und endlich die Unterhaltung, die er sich immer mit einem Freund, einem jüngeren Gefährten gewünscht hatte. Es lag beinahe Erotik in ihr. Und eine ungeheure Leichtigkeit der Worte, die sich zwischen ihnen beiden dehnte wie eine Wiese, leicht ansteigend zu einer Meerlandschaft mit weißen Petunien und Gärten, durch die einsame, von Tamarindenbäumen gesäumte Wege führten mit blau gekachelten Bänken und Rotunden mit altmodischen, moosüberwachsenen Brunnen. Und im Sommer, wie jetzt, in der Dämmerung, langsam der graue und rosafarbene Himmel des Meeres, der Klang des Meeres, ein unauslöschliches, wahrnehmendes Gedächtnis. Ein süßherbes Idyll, am Rande des Herbstes. Was gäbe es Feigeres, als dieser Versuchung nicht mit Leib und Seele zu erliegen? Deshalb amüsierte es Ortega, daß Quirós auf seine Frage reagierte, als sei er pikiert.

»Ich nicht, natürlich nicht.«

»Siehst du?«

»Das eine hat mit dem anderen nichts zu tun. Ich habe nie etwas gemacht. Ich habe nichts vorzuweisen. Ich war von Anfang an zu faul, um anzufangen. Ich habe nie angefangen. Du hingegen ... Du hast so ungeheuer gut angefangen, so brillant. Bei dir versteht man es wirklich nicht.«

»Die Erzählungen haben dir also gefallen, hm?«

»Sie haben mir gefallen, ja.«

»Ich hab's dir schon am ersten Tag gesagt, oder am zweiten. Wir haben doch darüber auf der Straße gesprochen, oder?«

»Ich weiß nicht, ich erinnere mich nicht. Wir haben schon über so vieles geredet!«

»Und worüber wir noch alles reden können«, äußerte Ortega leise, während er sich noch ein bißchen Whisky einschenkte.

»Das hoffe ich«, sagte Quirós mit dem gleichen Ton.

»Weißt du was?« sagte Ortega. Der Alkohol hatte ihn in einen angenehmen Zustand von Vertrauen versetzt. Es war ein Sprechenwollen, alles Sagenwollen, das sich zugleich unmerklich mit dem Gefühl verband, daß es in Wirklichkeit egal ist, was man sagt, ein angenehmes Drauflosreden, dessen Herr und Gebieter man ist. Beinahe eine *sobria ebrietas*. »Ich fühl mich wohl mit dir. Wohl mit meinem Alter, mit meinen Mißerfolgen. Mit der plötzlichen Müdigkeit, die mich damals überkam und die ich, wie ein angenehmes Gefühl, auch jetzt empfinde.«

»Aber was ich nicht verstehe«, sagte Quirós mit gerunzelter Stirn, »was ich wirklich nicht verstehe, ist, von was du mit dreißig Jahren so müde warst.«

»Von nichts. Das ist es eben. Ich fühlte keinen Überdruß. Es machte mir sogar weiter Spaß zu schreiben ..., als ich mit dem Schreiben aufhörte. Es war wie bei jemandem, der gegen jede vernünftige Überlegung und gegen sämtliche Ratschläge fremder Erfahrung einem sehr starken Vorurteil nachgibt. Etwas, was mir von vornherein angst gemacht hätte. Vorzeitig«, präzisierte Ortega spitzfindig, »wenn man denn hier überhaupt zeitliche Begriffe benutzen kann, bevor ich Angst empfand oder auf etwas stieß, das mir tatsächlich angst gemacht hätte... Nein, Überdruß empfand ich nicht.«

»Wie mit den Frauen, nicht? So etwas Ähnliches muß dir mit den Frauen passiert sein«, und Quirós prüfte bei diesen Worten rasch Ortegas Miene; eine lächelnde Miene, ein Lächeln jedoch, das nicht sehr viel ausgeprägter war als die allgemein heitere Tonart, in der das ganze Zusammensein sich abspielte. Ortega antwortete jedoch nicht gleich. So daß Quirós' Andeutung, die Kühnheit, noch immer gefährlich in der Stille des Zimmers glänzte, wie eine Feuerwaffe, immer ein wenig unwahrscheinlich tödlich in ihrer schönen, bläulichen, spielzeughaften Gestalt.

Und Quirós dachte: ›Was macht das schon? Pistolen werden niemals abgefeuert.‹

»Vielleicht ist es das gleiche, ja«, antwortete Ortega schließlich, den Blick in die Luft gerichtet.

»Beides scheint ein bißchen das gleiche zu sein: daß du mit dem Schreiben aufgehört hast und daß du nicht, ich weiß nicht, daß du nie mit Frauen zusammen gewesen bist. Deine Jungfräulichkeit... Entschuldige, ich misch mich da in Dinge, die mich nichts angehen.«

»Ich habe einige Frauen geliebt«, antwortete Ortega mit nachdenklicher Stimme. Er schaute noch immer in die Luft, an die Decke, wo mit der Abenddämmerung und dem indirekten Licht der Schreibtischlampe zitternde, farbige Flecken aufgeblüht waren. »Ich habe sie sehr geliebt. Ich habe Geduld mit ihnen gehabt, und sie auch mit mir. Geduld mit jemandem haben, heißt jemanden sehr lieben, scheint mir.«

»Schon. Aber das meine ich nicht...« Quirós hatte zum ersten Mal in seinem Leben das Gefühl, einen Abzug zu drücken.

»Was meinst du dann?« fragte Ortega weich.

»Hast du mal mit einer Frau geschlafen?«

»Was soll diese Frage?«

»Entschuldige. Du brauchst nicht zu antworten, wenn du nicht willst. Ich hätte dich das nicht fragen sollen. Ich schwöre dir, es ist keine banale Neugier. Da wir davon gesprochen haben, warum du mit dem Schreiben aufgehört hast, ging mir durch den Kopf, also, als du das mit dem

Vorurteil gesagt hast, daß es dir angst machte, weiterzumachen, bevor du überhaupt angefangen hattest, weiterzumachen, also da kam mir der Gedanke, daß es bei manchen Leuten manchmal mit den Frauen genauso ist, da die nun mal so sind, denn sie sind seltsam, sie sind sehr eigen... Manchmal, also ich weiß nicht, manchmal scheint es, als würden zwei Männer sich untereinander besser verstehen als mit Frauen, sogar verheiratete Männer, die sich besser mit ihren Freunden verstehen und sie im Grunde mehr lieben als ihre Frauen, die sie natürlich auch lieben und denen gegenüber sie ihre Pflicht tun, ich weiß nicht. Im Leben geht's letztlich zum größten Teil nicht ums Vögeln, es geht, was weiß ich, um andere Dinge, darum, daß man sich versteht, daß man gern zusammen ist... Aber was ich gedacht habe, ist Unsinn, ich meine, daß ein Zusammenhang zwischen dem einem und dem anderen besteht, als du von Vorurteilen gesprochen hast. Es ist unsinnig...«

»Na ja, so unsinnig würde ich nicht sagen. Vielleicht ist es sogar wahr in meinem Fall. Womöglich hast du ins Schwarze getroffen... Aber im allgemeinen sehe ich da keinen Zusammenhang. Mehr als die Hälfte unserer großen Schriftsteller sind schwul, und das hindert sie nicht, einmal im Jahr ein Buch rauszubringen. Im Gegenteil, es scheint eher, was ihnen auf der einen Seite nicht gelingt, explodiert auf der anderen...«

Aber während Ortega sprach, hatte Quirós schon beschlossen, das Thema fallenzulassen, den Rückzug anzutreten. ›Wir werden schon noch sehen‹, dachte Quirós zynisch, während er, nunmehr endgültig unter den lieblichen Wirkungen des Whiskys, sich dem junggesellenhaften Zauber dieses dämmrigen Zimmers überließ, das bevölkert war von verstümmelten Versuchen und Erinnerungen und Schatten.

Ortega war nachdenklich geworden. Ausgeliefert der bewegenden Abenddämmerung. Diese plötzliche Aggression (aber war es denn eine Aggression?), dieses »wie mit den Frauen, nicht?«, diese Beleidigung, denn das war eine Beleidigung. Nein, es war keine Beleidigung. Es war nur eine harmlose Frage. Eine unschuldige Überlegung und außerdem, räsonierte Ortega, außer unschuldig, vollauf gerechtfertigt. ›Hätte ich in seinem Fall denn nicht das gleiche gefragt, das gleiche angedeutet?‹ Und Ortega lauschte voll Zärtlichkeit der Melodie der Sätze und Gebärden seines neuen Freundes hinterher, denn er wollte sie ins sanfte Reich des Normalen, des Logischen erhoben sehen, dessen, was *jeder* angedeutet hätte, und er weigerte sich, der arme Mann, das Offensichtliche in all seiner Offensichtlichkeit zu erkennen, den Balken im Auge des anderen zu sehen. Ortega sah lieber den Splitter in seinem eigenen. Deshalb, der Begehrlichkeit seiner Augen wegen, aber auch seiner eigenen Bescheidenheit, seiner armseligen Tugenden wegen war Ortega unfähig, Quirós objektiv zu beurteilen. ›Er hat ja ins Schwarze getroffen, der Scheißkerl, der arme Junge. Er hat mir ja die Wahrheit gesagt. Er hat mich nach dem einzigen gefragt, nach dem man mich fragen muß: danach, was mir fehlt. Und was mir fehlt, ist Mumm in den Knochen. Das ist kein Gemeinplatz: Es ist die Wahrheit. Es gibt Fälle, wie den meinen, da ist die Unfähigkeit, die Frau so zu sehen, wie sie ist, in ihrer Schönheit, eine metaphysische Störung, eine ontologische Impotenz, eine Unfähigkeit, der zu sein, der zu werden, der man seit jeher ist. Der arme Junge hat recht: Was mir fehlt, ist Mumm. Und Antonio Machado hatte recht: »Man sagt, der Mann sei nicht Mann / solang er nicht hört seinen Namen von den Lippen einer Frau / das mag sein«. Und ich hier, der ich über mein Leben nachgrüble in dieser Junggesellenwohnung, in dieser möblierten Wohnung, wo ich doch als erstes die Pflicht gehabt hätte, nicht zu sein, das als erstes, zu bereuen, zu sagen, ich bin gescheitert, zu sagen, hier sind die Reste meines Lebens, nimm mich auf in deinen Schoß, Vater, nimm mich auf in deinen Schoß, barmherziges Komplott des Nichts, süße mütterliche Zitzen des Nichts, reines, starkes Herz des Todes, meine Geliebte, ständige Gefährtin, ich bin immer nur das Kind in deinen Armen gewesen, umfange mich jetzt, denn ich fürchte den Tod nicht noch die bereitwillige Begegnung mit dir auf den immer neuen Schauplätzen der Ewigkeit, der Bauch, der Wahn, wie die kleinen Tiere, wie die Katzen, die, in sich selbst zusammengerollt, einschlafen, nabelschnurhaft, und der großen Wiederkehr des Todes zuvorkommen, werde ich keine Angst haben, wenn du kommst, ich werde nicht protestieren und dich nicht verleugnen und nicht vorgeben, du seist nicht meine Mutter, süßer Tod, du weißt, wohin du mich bei diesem Schritt, dem härtesten des Menschen, bringen mußt, mich, den Allerverächtlichsten, und ich weiß, daß du das Rechte triffst, daß wir gut miteinander auskommen werden, dann sind die Leidenschaften sanft und das Elend metaphorisch, und ich werde keine Angst noch Scham mehr empfinden, o jungfräuliche Mutter des Nichts, ich habe also noch Zeit, nicht viel, ein wenig, genug, um leben zu wollen, diese Gelegenheit nutzen zu wollen, die jetzt kommt, diese zweite, ich bin sicher, daß dieser Junge mich nicht betrügen wird, er ist kein Werk meiner Hände, es ist kein Götzendienst, ich vergöttliche keine nutzlosen steinernen oder tierischen Bilder, aber ich träume auch nicht, ich phantasiere nicht, ich lasse mich von der Zärtlichkeit tragen. Was ist schlecht daran? Es ist Zeit, daß ich krepiere oder wiedergeboren werde: Entweder ist all das wahr, meine neue Liebe, oder ich darf nicht weiterleben . . .‹

Und wie berauscht, obwohl er in Wirklichkeit nicht einen Tropfen getrunken hatte, folgte Ortega unaufhörlich dem toten, ungeborenen Lauf seiner neuen Liebe.

QUIRÓS GING zufrieden nach Hause. Aber auch sehr aufgeregt. Darin empfand er wie Ortega: so weit gegangen zu sein. Auf einmal kühn genug gewesen zu sein, um das Thema aufs Tapet zu bringen . . . Das Thema, das Thema, das Thema . . . Quirós hüpfte vor Freude, als er die Calle de Princesa hinunter nach Hause ging! Ortega war schwul und basta. Das hatte er herausgefunden: daß dieser Typ schwul war und sich plötzlich in ihn, in Quirós, in Quirós verliebt hatte. Nur eben mit der Bedächtigkeit und dem Anstand, wie sie einem Alter wie dem seinen (Ortegas) eigen waren. Quirós' Gedankengänge konnten wirklich nicht trivialer sein. Jeder Strichjunge wäre ohne so viel Umschweife auf Anhieb mehr oder minder auf das gleiche gekommen . . . Er blieb mitten auf der Plaza de

España stehen, wie gebannt: ›Ich werde angeschaut‹, dachte er. ›Und es ist wie eine Droge.‹ Und Quirós erinnerte sich in diesem Augenblick an einen Jungen, der etwas jünger war als er und den er zufällig auf der Castellana kennengelernt hatte ... Die Scheißdroge, wie dieser Junge sagte, unterschied sich in nichts von seiner Geschichte: sich zwei oder drei Stunden lang als Herr des Universums fühlen und so Abend für Abend, bis zum Tod. Das Leben bietet uns nicht mehr: die Beschwörung, den Zaubertrank, das Nichts. ›Nur‹, dachte Quirós rasch, ›daß man Talent genug haben muß, um den Zauber genügend zu verlängern.‹ Für wie lange? So lange wie möglich. ›Bei mir ist es schwieriger, subtiler, ich werde mich nicht zerstören, indem ich spritze oder irgendeinen Dreck schnüffle. Bei mir ist es rein spekulativ: Alles geschieht in einem Spiegel. Und dieser Spiegel ist Ortega, und er darf nicht versagen ...‹

ALS ER nach Hause kam, war es schon spät, es war zwölf Uhr. Seine Mutter hatte ihm einen Zettel auf das Kopfkissen gelegt: »Du sollst Cristina anrufen, wenn du nach Hause kommst.«

»MIT WEM warst du gestern abend, gestern nachmittag zusammen?« fragte Cristina. Quirós dachte, daß dies eine müßige Frage sei, hinter der keine wirkliche Neugier stand. Gleichsam Höflichkeit. Und dieser Gedanke ärgerte ihn plötzlich, wie eine Beleidigung oder ein Mangel an Takt.

»Mit niemandem. Warum? Mit einem Typ.«

»Ich glaube nicht, daß es ein Typ war«, erklärte Cristina beiläufig. »Dazu neigst du nicht.«

»Und was weißt du? Wenn du mich immer schlechter behandelst, geh ich eben mit Typen ...«

»Okay, Alter.«

»Was glaubst du, daß es nicht stimmt? Männer sind sanfter als ihr Frauen. Man versteht sich bei allem auf Anhieb.«

»Ja. Aber das ist es nicht. Man braucht eine Neigung. Es geht nicht nur darum, ob man sich versteht oder nicht ...«

»Eine Neigung, genau, woher weißt du, daß ich sie nicht habe?«

»Das merkt man.«

Das Gespräch schleppte sich dahin. Oder besser gesagt: Das Interesse Cristinas an diesem Thema oder jedem anderen schwand zusehends. Quirós rutschte voll Unbehagen auf seinem Stuhl hin und her. Er hätte gern gehabt, daß Cristina sich, wie am Anfang, für das interessierte, was er erzählte, daß sie selbst ihm Dinge vom Büro erzählte, wie früher. Alles wäre besser als dieser tödliche Mangel an Interesse. So ging es nun schon (Quirós konnte nicht umhin, es zuzugeben) fast ein Jahr. Aber die Tatsache, daß Quirós es jetzt deutlicher und mit einem unabweisbareren Widerwillen erkannte, rührte zum großen Teil daher, daß Quirós sich daran gewöhnte hatte (sehr rasch, im übrigen), bei seinen Plaudereien mit Ortega Gegenstand einer ständigen und stets erneuerten Aufmerksamkeit zu sein. Ortega war der Schuldige. Aber seine Schuld, dachte Quirós, war kein Vergehen, sondern die unbewußte Schuld dessen, der sich, ohne es zu wollen und zu erkennen, durch den bloßen Umstand, in einer Beziehung zwischen zwei Personen der Dritte zu sein, als Vergleichsmaßstab anbot. Schließlich und endlich, wenn man einmal den körperlichen Aspekt seiner Beziehung mit Cristina außer acht ließ (ein Aspekt, der im übrigen ebenfalls seinen ursprünglichen Vorrang zwischen ihnen verloren hatte), dann verbrachte man den größten Teil des Lebens mit Reden. Und es war, als würde seine spontane Fähigkeit, sich zu unterhalten, seine Beredsamkeit, von Cristina automatisch neutralisiert. Er wollte ihr sagen, sie fragen: »Amüsiert es dich nicht mehr, was ich dir erzähle? Macht es dir keinen Spaß mehr, mit mir zu reden?« Aber diese Frage war schon für sich allein, gleich, wie Cristinas Antwort ausfiele und fast noch mehr, wenn sie bejahend als wenn sie verneinend wäre, eine Geste des Scheiterns. Kein echter Causeur zweifelt an seiner Fähigkeit, durch sein Sprechen zu verzaubern. Wieder einmal herrschte Schweigen im Zimmer Cristinas. Es war ein unruhiges Schweigen, Quirós fühlte, wie er schwitzte, trotz des erfrischenden Summens der Klimaanlage, trotz des klirrenden Eises in seinem Glas mit Coca-Cola.

Und dieses Schweigen brachte ihn zum Verzweifeln, ließ ihn überstürzt selbstquälerische Schlußfolgerungen ziehen.

»Die Sache ist die, daß ich ein vollkommener Nichtsnutz bin«, sagte Quirós mit lauter Stimme. »Ich tauge zu nichts.«

»Sag nicht so komische Sachen, mein Schatz.«

Quirós spürte wieder die irritierende Welle von Selbstmitleid, wie andere Male: ›Wenn sie mich lieben würde, dann würde sie begreifen, wie mir zumute ist. Ich müßte ihr kein einziges Wort sagen.‹

»Willst du wirklich nicht wissen, was ich gestern nachmittag gemacht habe?«

»Na komm, erzähl's mir. Du hast Lust, es zu erzählen ...«

»Ich hab's dir schon gesagt. Ich war mit einem Typ zusammen, einem gescheiterten Schriftsteller, aber mit Kohle. Er möchte, daß ich mit ihm ins Kino gehe, und er will mich zum Abendessen ausführen.«

»Junge! Was für ein Glück!«

»Also, du siehst ...«

»So gescheitert wird er nicht sein, wenn er Kohle hat ...«

»Na ja, er ist nicht reich, er ist kein Millionär. Er arbeitet in einer Bank, ich weiß nicht wo, er ist Junggeselle.«

»Angelina hat mich vor ein paar Tagen nach dir gefragt. Sie fand dich ganz toll.«

»Und wer ist Angelina?« fragte Quirós mit gerunzelter Stirn.

»Erinnerst du dich nicht mehr? Du hast doch den ganzen Abend mit ihr geredet, neulich.«

»Ach ja. Diese Spießerin. Mir kam sie spießig vor.«

»Also, sie fand dich ganz toll.« In Cristinas Augen lag jetzt ein maliziöses Funkeln.

»Sag ihr, sie soll mich vergessen. Es interessiert dich nicht, was ich erzähle.«

»Und wieso nicht? Natürlich interessiert's mich. Auf, erzähl mir was, du wirst schon sehen, wie's mich interessiert ...«

Quirós seufzte tief auf. Er hatte den Wunsch, irgend etwas zu zerbrechen, eines dieser dekorativen Glasgefäße auf dem Frisiertisch von Cristina. Er begann verzweifelt zu reden, von vornherein überzeugt, daß es egal war, was er sagte, und daß Cristina ihm nur halb zuhörte. Er fühlte sich in die Enge getrieben. Wie verhext durch seine eigene Unfähigkeit, die Situation zu beherrschen. Sich abgelehnt fühlen (und das war es letztendlich, was Quirós Cristina gegenüber empfand), ist auch ein Zustand der Verzauberung; eine gewisse Art von Schwindel.

»Meine Mutter hat einen Freund. Er heißt Luis. So ungefähr um die fünfzig. Sie werden heiraten ...«

»Mensch, das ist doch gut!«

»Das ist gut? Ich find's fürchterlich. Lächerlich.«

»Lächerlich, wieso?«

»Weil es lächerlich ist. In ihrem Alter ist so was lächerlich.«

»Wie alt ist deine Mutter?«

»Was weiß ich! Fünfzig oder älter, fast sechzig ...«

»Ich finde das nicht lächerlich. Im Gegenteil, es ist eine gute Idee. Und wen?«

»Einen in ihrem Alter, er heißt Luis, einer von einer Bank, auch ein Witwer, mit zwei Kindern im Schulalter. Sie will, daß wir alle bei ihm wohnen, und unsere Wohnung will sie verkaufen.«

»Und das paßt dir natürlich nicht ...«

»Es geht nicht darum, ob es mir nicht paßt, es ist lächerlich.«

»Weißt du, manchmal denke ich, ich habe noch nie jemanden gekannt, der sich selbst so sehr täuscht wie du. Niemand, der so felsenfest an seine eigenen Lügen glaubt, wie du. Ich glaube, ich habe in meinem Leben keinen kennengelernt, der so ist.«

»Was soll das heißen?«

»Das soll heißen, daß die Sache mit deiner Mutter dir nicht deshalb gegen den Strich geht, weil sie lächerlich ist oder weil du glaubst, daß sie lächerlich ist oder sonstwas. Es geht dir gegen den Strich, weil dir deine Goldgrube flöten geht ...«

»So golden ist sie nun wieder auch nicht.«

»Nein, so golden ist sie nicht. Aber es ist eine gute Sache, das Essen und die Wohnung und dann mit dem, was ich dir gebe, also, da kommst du zurecht, da kommst du so hin. Im Grunde lebst du nicht schlecht.«

»Aber auch nicht gut.«

»Es gibt Leute, das kann ich dir sagen, die würden gern mit dir tauschen. Viele Leute. Ich selbst beneide dich manchmal. Deine freien Vormittage, deine kleinen Spaziergänge . . .«

»Es ist zu heiß zum Spazierengehen.«

»Ach was! Wenn ich morgens um halb acht rausgehe, ist es herrlich. Ich würde frühstücken gehen und einen schönen Spaziergang machen, die Zeitung lesen und ein bißchen mit irgend jemandem im Retiro reden . . . Übrigens, wo hast du denn diesen Schriftsteller da getroffen?«

»Ach, du hast es also geglaubt?«

»Warum soll ich's denn nicht glauben? Schriftsteller gibt es wie Sand am Meer. Wo habt ihr euch getroffen?«

»In der Calle de Ballesta. Er hat mich mit zu sich nach Hause genommen. Er hat mich in den Arsch gefickt und mir fünftausend Peseten bezahlt. Eine Sache von einer dreiviertel Stunde.«

»Mensch, warum hast du mir das nicht früher erzählt? Dieser Typ ist ja ein geiler Bock! Hast du ihn angemacht oder hat er dich angemacht?«

»Du glaubst, das ist ein Witz, nicht?«

»Ich nehme an, es ist mehr oder weniger eine Erfindung von dir, es ist nicht das erste Mal, daß du mir Märchen in diesem Stil auftischst . . . Aber es könnte wahr sein . . . Es wäre witzig, wenn es wahr wäre.«

»Wie kommst du darauf, daß ich dir Märchen erzähle? Wann hab ich dich je belogen?«

»Es sind keine Lügen, es sind nur Sachen, die du erfindest, die du hinzufügst, während du erzählst, alles ist immer halbe Wahrheit, und du trimmst es zurecht, schmückst es aus, übertreibst es. Du machst das sehr gut. Es ist amüsant.«

»Aber nimm mal an, dieses Mal stimmt es, was würdest du dann sagen?«

»Es kann aber nicht wahr sein, und unwahr auch nicht. Es ist bestimmt eine Anekdote, etwas, was dir mit einem passiert ist, der dich auf der Straße angesprochen hat, und was du dann umgeändert, phantasiert hast . . . Ich achte sehr auf Einzelheiten. Und du bringst alles durcheinander. Nach einer Woche bringst du alles durcheinander. Du sagst, ich hätte das gesagt, ich hätte das nicht gesagt, du hast dies oder das gesagt. Und immer ist was Wahres daran. Die Hälfte mehr oder weniger ist Wahrheit, die andere Hälfte sind Märchen, die du erfindest. Ich finde das gut, daß du das weißt. Ich finde das toll ... Erzähl mir mehr von diesem Schriftsteller.«

»Er wohnt in der Calle de Ríos Rosas. Er hat drei Romane geschrieben. So in den siebziger Jahren war er berühmt ...«

»Phantastisch. Weißt du was? Wir gehen raus zum Abendessen und du erzählst mir alles.«

»Wenn du willst, daß wir essen gehen und wenn du willst, daß ich die heroische Rolle spiele, dich einzuladen, dann mußt du mir Kohle geben.«

»Aber natürlich! Fast hätt ich's vergessen.«

Cristina gab ihm zehntausend Peseten, ohne ihn anzusehen. ›Zuviel des Guten tut sie auch nicht gerade‹, dachte Quirós. ›Sie gibt mir gerade soviel, um mich an der Leine zu halten.‹

Sie gingen zum Abendessen aus. Das gleiche wie immer. Die gleiche Cafeteria. Die gleiche Unterhaltung, gespickt mit Schweigen und toten Punkten. Cristina, die sich ablenken ließ, die schaute, wer hereinkam und wer hinausging. Cristina, die ein Tellergericht nahm. Quirós, der das gleiche nahm. Und sich am Ende »für das nächste Mal« siebentausend Peseten in die Tasche steckte. Quirós dachte: ›Es ist unmöglich, so weiterzumachen, und wir machen so weiter. Vorher war mir das nicht klar. Jetzt ist es mir klar wegen Ortega, der mir die Augen geöffnet hat, ohne es zu wollen.‹ Und Quirós spürte eine krankhafte Welle von Zuneigung für den, der die Schuld trug an seiner Klarsichtigkeit, sein Opfer.

»Bis Donnerstag«, sagte Cristina beim Abschied. »Ruf mich nicht an. Ich werde viel zu tun haben mit allem Möglichen. Ach, übrigens, hast du genug mit dem, was dir von heute abend bleibt?«

»Mehr als genug, mein Schatz«, antwortete Quirós. »Und wenn mir was fehlt, wird mein neuer Beschützer dafür sorgen.«

»Na, wunderbar. Bis Donnerstag!«

Sie trennten sich lachend, ein jeder eingehüllt in sein eigenes Gespinst aus Wünschen und faulen Tricks.

Ortega hatte gerade gesagt: »Sag nicht, daß du mich bewunderst, und, vor allem, bewundere mich nicht. Und ich sage das nicht, damit du mir das Gegenteil sagst oder es denkst, sondern weil ich es wirklich glaube: es lohnt sich nicht.« Und etwas an Ortega, etwas vielleicht nicht sehr Definierbares, etwas wie eine gutgelaunte, bescheidene Traurigkeit, die sich mit den dornigen Erinnerungen an sein letztes Zusammensein mit Cristina verband und mit dem Gefühl von Hast und Druck, das seine Mutter ihn in der letzten Zeit zu Hause empfinden ließ, bewirkte, daß Quirós in genau diesem Augenblick glaubte, daß er wirklich die Bewunderung für Ortega empfand, von der Ortega ihm sagte, er dürfe nicht sagen, daß er sie empfinde und die er nicht empfinden durfte. Es war acht Uhr. In der Höhe dieses siebten Stockwerks mit seinem ausgeklügelten System von Luftströmen strich frische, wohlriechende Luft hin und her, halb städtisch, halb feucht (Ortega hatte gerade die Pflanzen auf seiner Terrasse gegossen und auch den Terrassenboden aus sechseckigen Fliesen). Von seinem Platz aus sah Quirós den sanft geschwungenen Himmel, blau und rosa und weiß, der makellos und leicht der neuen Nacht entgegenreiste. Beide hatten sie ein paar Wermut mit trockenem Gin getrunken und geröstete Mandeln und Oliven gegessen ... Quirós fühlte sich optimistisch und, vor allem, wieder einmal in Frieden mit sich selbst. Er hatte sich betont nachlässig gekleidet. Ein schönes Hemd mit hellen und violetten Streifen. Eine dunkle, enge Hose und weinrote Lederschuhe mit Lasche. Frisch rasiert nach einer Siesta. Nach einer ausgiebigen Dusche. Er war im Taxi gekommen, von der Calle de Hortaleza bis zur Calle de Ríos Rosas, in einem neuen Taxi, und er hatte eine Zigarette geraucht, den linken Arm auf dem Nebensitz ausgestreckt. Und dann, bei Ortega, wie immer das Gefühl, beachtet, geschätzt, nachgerade *genossen* zu werden. Denn Ortega betrachtete ihn verstohlen, nicht ganz von vorne oder von weitem, nicht ganz von nahem, mit vielen

Blicken an die Decke und zur Seite, während er langsam sprach, als spiegle sich Quirós' Gestalt zum Teil am Firmament, zum Teil an der Zimmerdecke, zum Teil in einer schläfrigen Aura, die sie beide einhüllte und weich werden ließ. Die Wirkungen des Martini Rosso sind immer so, leicht italienisch, ein bißchen wie in einem Visconti-Dekor. Quirós fühlte sich ironisch viscontihaft an diesem Abend, die Lippen ähnlich, das süßherbe Geplauder. Und der erfreuliche Gedanke, daß noch drei, vier Stunden vor ihnen lagen, ohne größerer Sorge als der, auf der sanften, dialogisierenden Höhe der Umstände zu sein.

»Du kennst dich selbst nicht«, sagte Quirós. »Ich habe noch nie jemanden gekannt, der sich selbst mehr verkennt, der sich geringer schätzt...«

»Das sind auch Illusionen von dir, ein fester Bestandteil deiner unbewußten Suche nach dem vollkommenen Bild eines menschlichen Wesens, das nur in deinem Kopf existiert. Ich bin im Grunde, und nicht mal im tiefen Grunde, denn man sieht es auf den ersten Blick, ein eitler Mensch... Es liegt Eitelkeit im Scheitern. Und vielleicht scheitert man mehr aus Eitelkeit als aus Stolz. Verletzte Eitelkeit ist tödlich... Es steht dir gut, dieses Hemd...«

»Mir steht einfach alles gut«, sagte Quirós lachend.

»Das stimmt.«

»Du idealisierst mich auch. Deshalb fühl ich mich so wohl hier. Wohler als sonstwo.«

»Hier?«

»Hier. Wie ich es sage.«

»Übertreibst du nicht ein bißchen?«

»Ich übertreibe überhaupt nicht. Wirklich.«

»Bei deiner Freundin fühlst du dich doch wohler.«

»Von wegen! Überhaupt nicht. In der letzten Zeit schlagen wir uns die Köpfe ein.«

»Aber hör mal! Warum denn?«

»Na, weil es mit Cristina das Gegenteil von hier ist, genau das Gegenteil, siehst du...«

»Komm, erklär mir das mal!«

»Da gibt's nichts zu erklären, ich hab's dir schon gesagt. Es ist das Gegenteil. Bei dir fühl ich mich aufgewertet, geschätzt... Also, wie Gott. Und bei Cristina ist es umgekehrt... Es gibt nichts zu erklären.«

»Aber, warum?«

»Ich weiß nicht. Es ist eben so.«

Beide wußten sie, warum. Dieses Wissen verband sie. Der Unterschied zwischen beiden bestand nur darin, daß Ortega daran dachte, warum sie sich liebten, und Quirós daran dachte, warum man ihn liebte. Immer, wenn man ihn liebte, hatte er sich gleich gefühlt: befriedigt und kalt wie ein Eiszapfen.

»Bei dir sehe ich die Dinge anders. Ich bekomme Lust, zu arbeiten, na ja, arbeiten ist vielleicht nicht das passende Wort. Zu denken, zu lesen, sogar zu schreiben...«

»Du solltest es tun, ich meine, schreiben. Alles, was du mir erzählt hast von dir zu Hause, von deinen Eltern, von ihren Streitereien, das alles ist Material, gutes Material. Und du erzählst es gut. Mit Witz.«

»Einem Gegenüber. Ich erzähl es gut einem Gegenüber. Weil du da bist, mir zuhörst, mir Lust machst, zu erzählen. Man sieht, daß du dich amüsierst. Das ermuntert...«

»Und mich ermuntert, daß es dich ermuntert. Es ist ein großer Erfolg, glaub mir, nach so vielen Jahren fähig zu sein, jemanden zu ermuntern. Daß jemand sich durch mich ermuntert fühlt. Du wirst das vielleicht dumm finden: aber wenn ich so viele Jahre allein gelebt habe, dann deshalb, weil ich überzeugt war, daß meine Angelegenheiten, meine Wesensart niemanden interessieren, daß ich niemandem mehr als Ansporn dienen kann, weil ich nicht fähig bin, mir selbst einen Ruck zu geben.«

»Also, bei mir ist es umgekehrt... Bei dir ist alles umgekehrt.«

»Das klingt ja fast negativ. Was meinst du damit?«

»Meine Freundin, Cristina, gibt mir Geld, weißt du, damit ich mein Leben fristen kann. Das ist doch seltsam, oder? Das heißt, ich bin ein unverschämter Kerl, ein übler Typ. Ich nutze sie aus. Ich hab noch nie mit jemandem darüber gesprochen. Glaubst du, daß es richtig von mir ist, Geld von ihr, von meiner Freundin zu nehmen?«

»Wenn sie es dir gibt... wenn sie es dir gibt, dann wird sie es so wollen, oder? Das hast du mir schon am ersten Tag erzählt.«

»Na ja, ich behalte das Restgeld. Wenn wir zum Abendessen gehen oder ins Kino oder was, dann behalte ich das Restgeld.«

»Mann, sag das nicht so, man könnte ja meinen, du raubst sie aus!« rief Ortega lachend. »Sie wird es so wollen.«

»Schon. Aber ich will es auch. Ich nutze die Situation aus.«

»So schlimm wird's nicht sein. Man kann die Dinge auf tausend verschiedene Arten erzählen. Du erzählst es jetzt gegen dich ... Du willst mich überzeugen, daß du ein übler Typ bist. Kein wirklich unverschämter Kerl würde das tun.«

»O doch. Außerdem bin ich kein wirklich unverschämter Kerl. Bei mir ist es viel weniger, alles ist weniger ...«

Wieder schwiegen beide. Es war wie eine Beichte. Ortega dachte: ›Er wirft sich das alles vor, weil er sich schlechter machen will, als er ist. Er will mich nicht täuschen.‹ Und Quirós dachte: ›Ich täusche ihn, ohne es zu wollen. Willentlich und unwillentlich. Weil ich ihm die Wahrheit sage. Aber es ist eine Wahrheit, die er nicht als Wahrheit sehen kann ... Er ist gefangen. Und deshalb fühle ich mich wohl hier, weil ich Herr der Lage bin.‹

»Auf jeden Fall«, sagte Ortega, »ist es vorübergehend. Jetzt hast du wirklich nicht viele Alternativen. Die Situation ist schlecht, es gibt keine Arbeit, oder wenn es sie gibt, dann ist sie wie meine: ohne Bedeutung, ohne Wert, Routine ... Was würdest du gewinnen, wenn du eine solche Arbeit annehmen würdest? Es ist besser, zu warten. Du hast noch so viel Leben vor dir ...«

»*Du* hast noch viel Leben vor dir!«

›Das kann nicht wahr sein‹, dachte Ortega, ›aber der Fehler muß bei mir liegen. Ich bin es, der keinen Nutzen aus dem Ganzen zu ziehen vermag. Ich muß mich beruhigen. Die Dinge nehmen, wie sie kommen. Man muß die Dinge nehmen, wie sie kommen ...‹ Und Quirós dachte: ›Was denkt er wohl? Sicher nichts. Ich beschäftige sein Bewußtsein, ich bin das Ziel seines Bewußtseins, der lichtlose Grund seiner Sinne. Er hat seinen Spaß. Und ich auch. Man muß die Dinge nehmen, wie sie kommen ...‹

»Ich werde dir noch ein bißchen Wermut und noch ein bißchen Gin geben«, sagte Ortega, »und mehr Eis.«

»Nur ein bißchen«, sagte Quirós.

Es war zehn Uhr. Die Dunkelheit war schon hereingebrochen. Es saß sich angenehm im Wohnzimmer Ortegas, dessen Fenster zur wohlriechenden sommerlichen Terrasse geöffnet war. Das Nichts.

»Geh noch nicht, wir müssen miteinander reden.« Das war gegen zehn Uhr vormittags gewesen. Jetzt war es fast elf. Gleich nach dem Frühstück, als Quirós sich anschickte (an diesem Vormittag kam die Putzfrau), die Wohnung zu verlassen. Seine Mutter hatte ihn mit diesem Satz zurückgehalten, als er schon in der Tür stand, fast auf dem Treppenabsatz. An den Tagen, an denen die Putzfrau kam, stand seine Mutter früher auf als sonst und band sich ein seidenes Tuch um den Kopf, auf holländische Art. Man sah die Reihen der Lockenwickler unter dem Tuch. Quirós dachte, daß die Brautzeit mit Luis endgültig dazu beigetragen hatte, die äußere Erscheinung seiner Mutter zu verbessern. Selbst die Hauspantoffeln, mit Keilabsatz, waren heute neu. Und neu war auch das blau-gelb gestreifte Hauskleid aus Perkal. Und Quirós glaubte sogar, ein neues Parfüm zu bemerken, der Geruch seiner Mutter hatte sich verändert, sich verdünnt zu einer weniger ausladenden und robusten Präsenz als vorher, schärfer und frischer, aus einer feinen Parfümerie. Ein besseres Parfüm, vielleicht ein Geschenk von Luis, das auch länger anhielt und wie ein blaugrüner Schmetterling mit der Dame hin und her schwebte. Aber mehr noch als der Satz (schließlich hatte sich Quirós von Kind auf daran gewöhnt, Nachrichten zu überbringen und im letzten Augenblick zurückgehalten zu werden, Augenblicke, bevor er just zu diesem Zweck hinausgehen wollte; Nachrichten überbringen war mit den Jahren, auch nach dem Tod seines Vaters, fast die einzige Aufgabe geblieben, die er zu Hause unzweideutig erfüllte) hatte ihn der beiläufige und zugleich knappe, gebieterische Ton überrascht, mit dem er ausgesprochen wurde. Es war nicht der Ton von jemandem, der es etwa eilig hat, der dringend etwas ausgerichtet haben muß, sondern der Ton von jemandem, der etwas Wichtiges zu sagen hat und verlangt, daß man alles stehen und liegen läßt und ihm zuhört, bevor man sich zu irgend etwas entschließt. Was seine Mutter verlangt hatte, war, daß Quirós nicht spazierenging, daß er an diesem Vormittag jede Tätigkeit einstellte und abwartete, was sie ihm jetzt oder später zu sagen haben würde. Und es lag etwas in diesem Ton, dachte Quirós, das auch den Aufschub als wesentlichen Bestandteil des mitzuteilenden Inhalts einschloß. Ein destillierter Inhalt, dem bereits Stil eignete, der seitens des Empfängers so etwas wie Vorbereitung oder zumindest ein relativ unbegrenztes Warten erforderte. Quirós dachte, daß seine Mutter, was immer es auch sein mochte, der Ansicht war, daß die Mitteilung einer feierlichen, leeren Einleitung bedurfte, um erfolgen zu können. Daher fühlte sich Quirós gereizt und, gegen seinen Willen, besorgt. Es war nicht schwer zu erraten, daß seine Mutter so gut wie sicher die Angelegenheit ihrer Hochzeit aufs Tapet bringen würde. Aber es lag etwas in diesem Ton (Quirós hörte womöglich das Gras wachsen), das die Definition oder die Erklärung von etwas Unvermeidlichem einschloß. Schließlich trat Doña Teresa ins Wohnzimmer und schloß sorgfältig die Tür hinter sich. Von der anderen Seite der Tür, aus der Diele und aus dem hohlen, hohen Flur, der Quirós jeden Tag in rascher Verkürzung seine ganze Kindheit und die Liebe wachrief, die er für das elterliche Zuhause sehr viel stärker als für seine Eltern empfunden hatte, kam das Summen des Staubsaugers und die energischen Stöße, mit denen die Putzfrau an die Wandleiste fuhr, während sie sich hin und her bewegte. Auch dieser Lärm war vertraut; nur enthielt er heute, wie ein zu scharf gewürztes Schmorfleisch, ein unangenehmes Erschrecken.

»Sieh mal, César«, begann Doña Teresa, »uns bleibt nichts anderes übrig, als zu reden, den Dingen ins Gesicht zu sehen ...« Doña Teresa zündete eine Fortuna an und atmete mit nachdenklicher Entschlossenheit, mit Genuß einen Mundvoll Rauch ein. Sie schaute auch mit einer koketten Geste auf die frisch erdbeerrot lackierten Fingernägel.

»Du bist ziemlich aufgedonnert«, sagte Quirós, »für einen

Tag, wo die Putzfrau kommt. Dir wird der Lack von den Nägeln platzen.«

»Ich muß später aus dem Haus, gleich wenn Evangelina gegangen ist. Außerdem bin ich so normal. Mein Sohn, du tust ja, als wäre ich das ganze Jahr eine Vogelscheuche! Wann hast du mich je schlampig gesehen?«

»Nein, ich sag ja nichts«, murmelte Quirós.

»Du sagst es nicht, aber du denkst es, so einer bist du. Ihr Kinder urteilt immer schrecklich über die Eltern, das weiß ich. Alles erscheint euch schlecht. Und erzähl mir nicht, daß das nicht stimmt, weil es stimmt!«

»Ist ja gut, also, worüber sollen wir reden?«

»Was heißt hier also, also? Was soll das, also?«

»Na, *also,* was soll's sein?«

»Mir kommst du nicht mit *alsos,* das dulde ich nicht...«

»Aber Mama, ich komm dir doch nicht mit *alsos,* verdammt noch mal! Du sagst mir, ich soll warten, und ich bin schon eine Stunde hier.«

»Eine Stunde schon? Mein Gott, die Zeit vergeht ja im Nu! Du wirst es ja auch nicht eilig haben. Oder hast du es eilig?«

Quirós fixierte seine Mutter. Dann zündete er sich eine Zigarette an. Er rutschte zum Rand des Sessels vor und stützte die Ellbogen auf die Knie. Er sprach mit bewußter Sanftheit, fast leise: »Nein, ich hab's nicht eilig.«

Doña Teresa glättete mit der Hand ein wenig den Rock. Sie zog den Rock über die Knie, schlug die Beine übereinander, setzte sich wieder gerade hin, legte die Hände um die Knie.

»Die Sache ist nämlich die«, sagte sie schließlich, »daß wir miteinander reden müssen. Wir können es nicht länger, na, verschieben. Wir haben es verschoben... und verschoben und verschoben, von einem Tag auf den anderen, und, schau mal, man muß über die Dinge reden...«

»Genau. Man muß über sie reden. Warum fängst du nicht endlich an?«

»Weil ich finde, daß du angespannt bist, deshalb. Weil ich finde, daß du nicht natürlich bist, sondern angespannt. Ich weiß schon, daß du dagegen bist, ich weiß schon.«

»Aber, wogegen denn? Wovon redest du?«

»Siehst du? Siehst du, wie angespannt du bist? Weißt du, uns Frauen entgeht so was nicht. Ich finde dich angespannt. Wie unter Spannung. Und zwar, weil du dagegen bist.«

»Aber, wogegen denn, Mama?« sagte Quirós seufzend. »Wogegen bin ich denn?«

»Gegen unsere Pläne.«

»Ich bin nicht gegen eure Pläne. Das hab ich dir schon gesagt. Mehr als einmal. Ich freu mich sehr. Wirklich. Ich freu mich. Ganz einfach, ich freu mich, ich freu mich, und dabei bleibt's.«

Doña Teresa schniefte auf. Mit dem geschmückten Ringfinger zerdrückte sie ein wenig Wasser, das ihr aus dem rechten und linken Augenwinkel hervorgequollen war. Sie zündete eine weitere Fortuna an: Sie freue sich, daß er sich freue, wo es doch so aussah, als hätte sie quasi keinen Sohn und gar nichts, immer habe sie sich allein geholfen, das war die Wahrheit, immer allein, sie wolle ihn nicht beeinflussen, nie habe sie das gewollt, um ihn nicht zu beeinflussen, habe sie es verstanden, allen Kummer fest in sich zu verschließen, das war die Wahrheit, die reine Wahrheit, wer könnte das besser bestätigen als Charito, ihre Freundin, nie habe sie an sich gedacht, immer habe sie ihren Sohn allem und jedem vorangestellt, immer als erstes, Kummer und Schmerz, Einsamkeit und Kummer habe sie hinuntergeschluckt, Luis sei nämlich sehr gut, weil er sehr gut sei, einen besseren gebe es nicht, deshalb hätten sie gewartet und gewartet, sie könnten nicht mehr länger warten, das müsse Quirós doch verstehen, schließlich und endlich sei auch er ein Mann ... Doña Teresa, in Fahrt geraten, hatte schwärzliche Tränenkügelchen in der Wimperntusche hängen. Sie zog ein Taschentuch und eine kleine perlmutterne Puderdose, die Quirós nicht kannte, aus dem Hauskleid hervor. Und mit Hilfe des Taschentuches und des Spiegels und viel Gezwinker behob sie den Schaden, tupfte sich mit der Puderquaste leicht über beide Wangen. Und sie schickte sich an, fortzufahren, wiederhergestellt. Aber Quirós sagte: »Worüber sollen wir reden, Mama? Bis jetzt bin ich mit allem einverstanden, was du gesagt hast. Also, mit allem. Ihr werdet heiraten. Ich freu mich sehr. Worüber wolltest du reden?«

Doña Teresa fuhr auf. Es war wie ein kleiner Hüpfer. Sie hüpfte keß ein wenig von dem kleinen Lehnstuhl hoch. Sie zupfte an ihrem Rock, stieß den Rauch der Fortuna aus, atmete ihn ein.

»Also mir scheint«, erklärte sie trocken, »daß wir dabei sind, zu reden, daß ich dabei bin, zu reden. Etwas anderes ist, daß du kein Herz hast und mich nicht verstehst oder mich nicht verstehen willst, was nicht das gleiche ist. Ja, schau mich nicht so an, mit diesen Augen von deinem Vater, genau gleich. Weil in einigen Sachen, da seid ihr gleich. Die gleiche geistige Beschränktheit, hundsgemeine Kerle. Weil ihr seid beide hundsgemeine Kerle. Ja, schau mich nicht so an. Ich hab's dir nie gesagt, aber jetzt siehst du mich so vor dir und nicht eine einzige nette Geste. Deine Mutter, die weint, die hier weint, eine Frau, wie ich, nie hast du auch nur eine Träne bei mir gesehen, alles hab ich auf mich genommen und tu es immer noch, und zuallererst, damit du es weißt, zuallererst dir zuliebe...« An diesem Punkt angelangt, hatte Doña Teresa ihre Zigarette ausgedrückt, sie materiell zerstört, aufgelöst, und jetzt klopfte sie mit zwei Fingern der linken Hand, beide dicht zusammen, rhythmisch und kräftig auf den Kaffeetisch. (Ein Dragoner, Gott steh uns bei.) Quirós erlebte eine Überraschung. Tatsächlich hatte er seine Mutter noch nie so erlebt. Bedenkt man, daß es nur eine Mutter gibt, dann war diese Überraschung die unangenehmste seines Lebens. Seine ganze anfängliche Gereiztheit (die ihm durch die Distanz, die sie zum auslösenden Gegenstand schuf, eine gewisse Freiheit und Klarsicht verliehen hatte), war daher verflogen. Es gab nur eine böse verjüngte Doña Teresa, die durchdrungen war von Gefühlen, die mehr als alles andere solche des Ressentiments zu sein schienen. Und besessen, wie ein Dämon von der Menstruation, von Absichten oder einer heimlichen Absicht, die Quirós nicht zu erraten vermochte. So groß war seine Überraschung, daß es ihm auch nicht gelang, etwas zu denken oder etwas zu sagen. Und so schwieg er. Was sollte er tun? »Schau, César, es ist Zeit, daß wir Klartext miteinander reden, nicht wegen mir, sondern wegen Luis. Ich für mein Teil hätte den Mund gehalten, wegen mir hätte ich's sein lassen. Ich bin deine Mutter, und eine Mutter ist eine Mutter, und Gott weiß, daß es nicht viele wie mich gibt, weder viele noch wenige, fast keine. Und guck mich nicht an wie Mamas kleiner Liebling, denn ich werde mich nicht erweichen lassen, genau das gleiche hat auch dein Vater getan. Und ich hab schon gesagt, es reicht, ich hab gesagt, es reicht und es reicht, also ich werde mich nicht erweichen lassen. Weil außerdem, ich tu es nicht für mich, sondern es ist für Luis. Für Luis, ja, für Luis, so seltsam findest du das? Ihr, die Jugend, ihr liebt ja niemanden, ihr habt niemanden gern, weil alles für euch nur irgendeine Scheiße mit ein paar Küssen und ein paar Schweinereien ist. Oder glaubst du vielleicht, ich bin dumm? Also dumm bin ich nicht gerade, und sieh mal, wenn dein Vater, Friede seiner Asche, zu mir sagte, du, Tere, du bist halt dumm und obendrein ein aussichtsloser Fall, so, wie ich's dir sage, na ja, du weißt ja, weil du ja weißt, wie dein armer Vater war. Dann hab ich gedacht: Ja, ja, dumm, stirb nur und du wirst schon sehen. Und er ist gestorben, sieh mal einer an. Der Kluge ins Grab, die Dumme zur Hab . . . Also schau, César, wir werden heiraten und fertig ist die Sache.«

»Herzlichen Glückwunsch, Mama.«

»Vielen Dank, mein Sohn. Und die Flitterwochen, also, um die Wahrheit zu sagen, wir wollen kein Geld für Dummheiten ausgeben. Weil, täusch dich nicht, das sind doch alles Spinnereien, also ob nach Marbella, ob nach La Toja, ob nach Santander, ob nach Paris. Ich hab nein gesagt und es ist auch nein. Zum Kuckuck mit Santander! Die Calle de Hortaleza. Da wird's sein. Der Empfang wird gemacht, dann sagt man auf Wiedersehn, auf Wiedersehn, auf Wiedersehn. Dann wird ein Taxi genommen, wir beide steigen in unser kleines Taxi, und aus den Augen, aus dem Sinn, in die Calle de Hortaleza und zum Abendessen ins California, ein Tellergericht und Vanilleeis mit heißer Schokolade, das mögen wir, Luis und ich. Und mit dem, was man spart, denn wir sparen, auf diese Weise sparen wir, kauft Luis mir einen Solitär für den kleinen Finger, der mir wahnsinnig gefällt, und damit hat es sich.«

»Ihr macht also keine Hochzeitsreise.«

»Laß mich ausreden, mein Lieber, laß mich zu Ende kommen, laß deine Mutter sich erklären... Die Flitterwochen hier hübsch zu Hause, was werden wir beide glücklich sein und wie süß die Küsse. Was werden wir denn brauchen? Nichts! Luis mit seiner großen Erwartung, der Mann ist ja ganz hin, wie auf glühenden Kohlen, der Arme... Und ich, also gut, warum soll ich es abstreiten, ich freu mich sehr drauf, weil ich mich drauf freue, weil ich nicht anders kann, weil er ist ein Wunder an liebevoller Aufmerksamkeit von einer Ausdauer, daß du denkst, es gibt keine andere, denn ich sage ihm, ich selbst sage ihm, schau die anderen an, Mann, sieh sie dir an, man kann ja fast glauben, du bist schwul, schau sie dir an, die süßen Früchtchen, die Gran Vía wimmelt doch nur so davon. Und er, nichts, er schaut mich an und frißt mich mit den Augen, er frißt mich mit den Augen, als wär er ein Junge von zwanzig Jahren... Also, ich freu mich eben drauf. Warum uns etwas vormachen. Aber, natürlich, eines allerdings, du mußt gehen...«

»Ich muß gehen...« wiederholte Quirós.

»Du mußt gehen, ja, mein Sohn. Nur genau für die Dauer der Flitterwochen. Danach kommst du wieder. Eine Sache von einem Monat oder anderthalb. Wir werden dir schon Bescheid sagen...«

Ortega stand beschwingt und ausgeruht auf, mit Lust, zu frühstücken und einen langen Spaziergang zu machen. Es war Sonntag. Er hatte vor, bis zum Retiro zu gehen. Schon seit Jahren ging er nicht mehr dorthin. Es war acht Uhr. Die Straßen leer. Nicht einmal die Zeitungskioske waren geöffnet. Er fühlte sich leicht. Er schritt kräftig aus. Die Sonne schien ihm ins Gesicht. Er war mitten aus einem wirren Alptraum aufgewacht, an den er sich jetzt nicht mehr erinnerte. Das Gespräch am Abend zuvor bildete eine verschwommene Erinnerung, die seinen Überschwang, sein Vergnügen an sich selbst gleichwohl fortdauern ließ. ›Könnte ich diesen Zustand der Gnade bewahren, dieses Gefühl der Unsagbarkeit, das sich mit Redelust verbindet, dann könnte ich wieder schreiben. Es war Ungeduld, die mich diese ganzen Jahre gefangengehalten hat. Ein Ballast an Melancholie und Bitterkeit, der alles negierte, was ich tat. Und wenn es damit nun ein Ende hat?‹ Daß jemand sich für ihn interessierte, so plötzlich, wie Quirós sich zu interessieren schien, versetzte ihn in einen Zustand unaufhörlichen Erstaunens. Jemand, der fähig schien, ihn nur mit halben Worten zu verstehen und der zugleich so jung war, wie man es sich nur wünschen konnte ... Als er zur Puerta de Alcalá gelangte, entschloß er sich, den ganzen Park entlang zu gehen, die Calle de Alfonso XII hinunter. Der ausgeglühte, kahle, aber klar sichtbare Engelsberg, der am Ende der Straße am Horizont auftauchte, erinnerte an einen Meereshorizont. Und die muskowitische Kuppel des Hauses an der Ecke der Cuesta de Moyano ließ ihn an eine fremde Stadt denken, nirgendwo, an eine fremde Straße mit stillen, geschlossenen Häusern und hohen, breiten Portalen für die Einfahrt der Kutschen, geschlossenen Portalen ... Er ging langsam und wünschte, daß dieses Gefühl friedlichen Abenteuers, das ihn bewegte, so lange wie möglich anhalten möge. Er dachte, daß er seinen Spaziergang auf den ganzen Vormittag ausdehnen und *El País* später kaufen und gründlich im Schatten der Kastanien lesen könnte. ›Es ist angenehm, unbedeutend zu sein und allein einen ganzen Tag mit Spaziergängen durch einen Park mit dichtbelaubten Bäumen zu verschenken und dann zum Mittagessen in eine Cafeteria zu gehen. Ein ruhiges Mittagessen mit Zeitungslektüre. Und nach dem Essen lange sitzen bleiben, bis vier. Und danach ins Kino um halb fünf und einen unterhaltsamen Film anschauen, fast egal, welchen. Und dann nach Hause, wieder zu Fuß, zurück zu dem gerade begonnenen Roman von Angus Wilson, *The Middle Age of Mrs Eliot,* bis zum Abend, und früh schlafen gehen. Schon um zehn Uhr schlafen ...‹ Er mußte lächeln über diese Lebensvorstellung, die, obwohl theoretisch absolut möglich, immer unpraktikabel gewesen war. Dieses friedliche Bild eines anständig gekleideten Mannes von sechsundvierzig Jahren, der vielleicht wie fünfzig wirkt und, fast unsichtbar, auf einer Bank im Retiro die Zeitung liest und allein zu Mittag ißt und um halb fünf ins Kino geht, enthielt etwas leicht Beunruhigendes. Sein ausgeprägter Friede war seine ausgeprägte Beunruhigung. Als könnte Ortega sich trotz aller Bemühungen nicht nur an diese bescheidenen, einfachen Vergnügungen halten, zurückgeworfen auf sich selbst.

Er blieb stehen, kurz bevor er zum Denkmal des Gefallenen Engels kam. Er setzte sich auf eine Bank. Eine unnennbare Traurigkeit, ein undefinierbarer Überdruß, der von den Buchsbaumhecken und den namenlosen Bäumen in seinem Rücken auszugehen schien. Das Gefühl seiner Bedeutungslosigkeit, das ihn vor wenigen Momenten noch erheitert hatte, lastete jetzt wie eine heftige Anklage auf ihm. Es war schon zehn Uhr geworden, ohne daß er es bemerkt hätte. Ein ganzer langer einsamer Sonntag lag vor ihm. Ortega machte sich den Hemdkragen auf, lockerte die Krawatte, schweißnaß, bestürzt, entsetzt über das monotone Profil seiner unüberwindlichen Einsamkeit.

Ortega verbrachte einen schlechten Sonntag. Das Gefühl der eigenen Einsamkeit, das um elf Uhr im Retiro plötzlich wie eine Bombe in ihm explodiert war, verfolgte ihn den ganzen Tag und vergiftete seine sämtlichen minuziösen, friedlichen Gewohnheiten, machte alles unbefriedigend, wie Zahnschmerzen. Und sosehr Ortega auch sich selbst solche Überlegungen entgegenhielt: ›Es ist wie Zahnschmerzen. Ein vorübergehendes Unwohlsein‹, das Gefühl der Einsamkeit wich nicht, sondern wuchs mit der Hitze des Tages, mit dem Mittagessen in der klimatisierten Cafeteria, mit dem so oft verachteten Anblick scheinbar glücklicher Paare, die in seinem Umkreis lebhaft redeten, beim geringsten Anlaß lachten. Er beschloß, nach dem Essen nach Hause zu gehen, sich zu duschen, den Ventilator anzustellen, eine Siesta zu halten. Er versuchte sich mit dem Gedanken zu beruhigen, daß es sein freier Tag war, daß er noch über einen ganzen Abend verfügte, daß es angenehm war, bis halb sieben Siesta zu halten und dann ins Kino zu gehen. Aber all diese Bilder mit ihrem Gefolge kleiner möglicher, von der Einsamkeit vergifteter Belohnungen, kamen ihm schal vor. Alles verband sich mit der Einsamkeit in einem gigantischen, lautlosen Getöse, in einer Brandung erloschener Gesten, wie eine einzige, endlos wiederholte Geste. Wie ein Kranker, auf dem Bett ausgestreckt, sagte sich Ortega: ›Das geht vorbei. Das muß vorbeigehen. Es geht schon vorbei. In ein paar Stunden, wenn ich einschlafe und morgen früh, wenn ich aufstehe, wird das alles vorbei sein. Ein Sommersonntag, den ich mir von den Teufeln habe entreißen lassen, die wir alle im Leib haben.‹ Aber diese Überlegungen (schließlich hatte Ortega schon vorher oft unter Einsamkeitsanfällen gelitten) vermochten nicht, ihn von dem stärksten Gedanken abzubringen, an dessen direkte Erklärung er sich am wenigsten wagte: daß all dies letztendlich direkt von Quirós' Erscheinen herrührte und von dem Trost, den seine Gesellschaft ihm geschenkt hatte. ›Ich darf diesen Jungen nicht in einen Trost verwandeln, in ein Gegengift gegen meine Einsamkeit, die substantiell ist und die niemand aufheben kann.‹ Aber das Wiederholen dieser Sätze diente nur dazu, die Gesellschaft des Jungen noch wünschenswerter zu machen.

Als Quirós ihn am nächsten Tag anrief, gleich nachdem Ortega aus dem Büro gekommen war, ergriff ihn daher eine maßlose Freude. Schon als er das Telephon hörte, durchzuckte ihn ein Jubel, wie ein konditionierter Reflex. »Ich hab gedacht, jemand hat sich verwählt«, sagte er zu Quirós, nach den ersten Grußworten. »Wieso sollte sich jemand verwählt haben?« wollte Quirós wissen. Und Ortega lachte, da er sich außerstande fühlte, in einem einzigen Satz am Telephon die ganze Komplexität und zugleich die ganze Einfachheit seiner Gefühle in diesem Augenblick zusammenzufassen. Sie verabredeten, sich gegen sieben Uhr in der Calle de Ríos Rosas zu treffen. Aber etwas in der Stimme von Quirós am Telephon, eine Art teigige Sprechweise, wie von jemandem, der einen leichten Schwips hat oder gerade aus dem Mittagsschlaf erwacht war, kontrastierte nach Ortegas Empfinden ein wenig unvermittelt mit seiner kindlichen Freude. Er fragte nichts, weil er fürchtete, daß Überreste des sentimentalen Katzenjammers vom Vortag sich in Form von Argwohn in jede mögliche Frage nach dem unzweifelhaft ungewöhnlichen Ton einschleichen könnten, der in der Stimme des Jungen lag, als er sich mit ihm verabredete. Allerdings legte sich über die Freude, ihn zu sehen, ihm die Tür zu öffnen, ihn eintreten zu lassen, ihm einen Gin Tonic anzubieten, wie ein ganz leichter geistiger Vorbehalt seitens Ortegas die Bereitschaft zur Verstellung, eine gleichsam ausdrückliche Vorsicht. Und tatsächlich konnte Ortega sehr rasch, gleich nachdem sich die beiden einander gegenüber gesetzt hatten, feststellen, daß seine Vorsicht zumindest gerechtfertigt war. Quirós war nicht sehr gut gelaunt.

Das war etwas Neues. Ortega hatte Quirós nie schlecht gelaunt erlebt. Mehr noch: Selbst angesichts der sichtbaren, unleugbaren Tatsache, die für das Gegenteil sprach, fiel es ihm sehr schwer, sein glänzendes, überhöhtes Bild von dem Jungen mit dem deprimierenden Grau einer mit Mühe und Not zurückgehalten schlechten Laune zu vereinbaren. Denn Quirós vollbrachte sichtlich eine Anstrengung, um seine schlechte Laune vor Ortega zu verbergen. Darin, in diesem ursprünglichen Ringen zwischen Quirós' guter Erziehung und seiner offensichtlichen Lust, eine mürrische Miene aufzusetzen und mit den Füßen aufzustampfen, wurde am deutlichsten, daß trotz der vielen Vertraulichkeiten, die sie ausgetauscht hatten, Quirós sich letztendlich noch nicht wirklich wohl und, wie es heißt, bei Ortega »wie zu Hause« fühlte. Und Ortega spürte, wie seine Freude sich steigerte, als er dies erkannte, denn er sah darin eine einzigartige Gelegenheit, dem Jungen Vertrauen einzuflößen und zu bewirken, daß er sich »wie zu Hause« fühlte. Und darin handelte Ortega, von anderen Erwägungen abgesehen, nicht nur ein wenig leichtsinnig, sondern auch gegen seine eigenen Überzeugungen als reifer und altmodischer Mann, der dafürhielt, daß in einer Beziehung zwischen Freunden keine auch noch so berechtigte schlechte Laune sich über den Anstand und die äußerste Höflichkeit hinwegsetzen durfte. Ortega war überzeugt, daß schlechte Nerven und üble Laune in Gegenwart der Freunde wenn nicht völlig verhehlt, so doch auf jeden Fall beherrscht werden mußten. Als er daher sagte: »Ich hab den Eindruck, du bist nicht gerade gut aufgelegt. Was hast du?« handelte Ortega mit sehr wenig Bedacht und noch geringerem Geschmack, wenn auch vielleicht, armer Ortega, mit rührender Unbefangenheit. Eben deshalb bestürzte ihn Quirós' Antwort sogar über Gebühr.

»Ich bin stocksauer, ja! Na und? Darf ich vielleicht nicht stocksauer sein?«

»Aber natürlich, aber ja«, stotterte Ortega. Quirós machte sogleich einen Rückzieher (Ortegas Bestürzung war allzu offensichtlich, selbst für Quirós), aber er tat es ungeschickt, weil seine Gefühle und seine Absichten an diesem Abend arg durcheinandergeraten waren. »Entschuldige, aber ich hab die Schnauze voll davon, daß man mir in den Arsch tritt!«

»Wer?« fragte Ortega, der seine Bestürzung nun zumindest oberflächlich überwunden hatte und fast unwillkürlich von dem Wunsch erfaßt wurde, eine gewisse, kaum maliziös zu nennende Ironie in seine Frage einfließen zu lassen: »Wer tritt dir in den Arsch?« Und Ortega betonte übertrieben die Worte »in den«.

»Okay. Ich hab mich vergessen. Jetzt wird's mir klar. Entschuldige.«

»Es gibt nichts zu entschuldigen. Wenn du willst, erzählst du mir, was los ist, und wenn du nicht willst, dann nicht, und wir trinken in aller Ruhe unseren Gin Tonic. Wir alle haben Tage mit saumäßiger Laune. Ich hab gestern gerade ...«

»Es ist meine Scheißmutter«, unterbrach ihn Quirós, »sie heiratet, und mir würgt sie einen rein. Man kann es nicht anders nennen ...«

Ortega dachte: ›Das mißfällt mir. Dieser Ton. Diese Heftigkeit. Diese Heftigkeit vor jeder Erklärung, die er mir natürlich jetzt geben muß. Aber ist nicht auch an mir etwas Schlechtes, ein heuchlerischer, höflicher Rest, der mich einfach Unbehagen empfinden läßt angesichts der fremden Heftigkeit, wo ich doch in Wirklichkeit nach ihrer Ursache und ihrer Berechtigung bei dem Jungen fragen sollte?‹ Ortega dachte dies sehr ausführlich und beinahe Wort für Wort, so daß Schweigen zwischen den beiden entstand, das erste verwirrte, rissige Schweigen dieser Beziehung, in der für Ortega bislang alles, Anwesenheiten, Abwesenheiten, Momente des Schweigens und Dialoge, sanfte, goldene und gleichförmige Räume gewesen waren. Deshalb dachte er: ›Statt mich zu erschrecken wie eine alte Glucke, muß ich ihm helfen und ihn sogar zwingen, daß er sich ausdrückt so wie er ist, daß er alles sagt, was er fühlt, so unangenehm es auch sein mag.‹

»Also sehen wir doch mal, mein Freund, sag, was du willst, trampel rum, soviel du willst, das ist gesünder als den Mund zu halten oder so zu tun, als ob nichts wäre . . .« Ortega lächelte und zündete sich eine Zigarette an.

»Du bist also neugierig, was? Dir gefällt das Kranke . . .?« murmelte Quirós roh.

Ortega konnte nicht verhindern, daß er sich verletzt fühlte. Aber gleichzeitig dachte er, daß sich verletzt fühlen bedeutete, sich selbst gegenüber nachsichtig zu sein und dem Jungen im Innersten seines Herzens das zu versagen, was er ihm eben noch hatte gewähren wollen: Nachsicht. Eine uneigennützige Aufmerksamkeit, imstande, über die sichtlichen Unhöflichkeiten und Schroffheiten eines Abends mit schlechter Laune hinwegzugehen, um sich dem zu öffnen, was wirklich wichtig war: dem, was Quirós nach Meinung Ortegas mit seinen brüsken Ausfällen eher verbarg als zu erkennen gab und was ihn offensichtlich quälte. ›Am Grunde dieser Heftigkeit‹, dachte Ortega, ›muß es etwas geben, das sich mir entzieht, weil ich in meiner Freude, ihn zu kennen, völlig das Bemühen außer acht gelassen habe, ihn zu kennen, wie er wirklich ist.‹ Und dieser ganze ausführliche Gedankengang, der wie ein blitzhaftes, blendendes Kauderwelsch war, bewirkte, daß Ortega in seinem Sessel nach vorn rutschte und mit der rechten Hand auf Quirós' Knie klopfte. Quirós zog das Bein jäh zurück. Ortega sagte: »Wir wollen in Ruhe über all das reden, ja?« Während Quirós das Bein zurückzog, hatte Ortega sich wieder in seinem Sessel zurückgelehnt und beide Hände hinter dem Kopf verschränkt, eine entspannte Geste. Entspannter nach außen hin, als Ortega sich wirklich fühlte. Sein Handeln, seine freundschaftlichen Klapse auf Quirós' Knie, war nicht überlegt gewesen, sondern spontan, eine Geste, rascher als das Denken und gewissermaßen den Begriffen und Anschauungen, den Urteilen äußerlich, anhand derer Ortega *geistig* versuchte, sich in die Lage zu versetzen, den Jungen zu verstehen. Das soll heißen, daß eine unkontrollierte körperliche Bewegung das Bewußtsein begleitete oder ihm voraufging, das Ortega die ganze Zeit von der Anwesenheit seines Freundes besaß. Es war in diesem Augenblick, als er ihn berührte, daß Ortega zum ersten Mal das sexuelle Bedürfnis verspürte, ihn zu streicheln, ihn mit Streicheln zu trösten, ein Bedürfnis, das Ortega bislang nicht verspürt hatte. So seltsam es auch erscheinen mag, Ortega hatte es bis jetzt nicht verspürt. Daher verband sich in seinem entspannten Äußeren ein unverhofftes Element von Wonne und Rausch (deshalb war die äußere Gelassenheit so deutlich und strahlend, leicht theatralisch) mit einem Element raschen Rückzugs (als hätte er sich die Finger verbrannt) und einem Element bewußter Theatralität.

»Es gibt nichts zu reden«, sagte Quirós in etwas sanfterem Ton. »Es ist ein Scheißdreck.«

»Das bezweifle ich nicht. Aber es macht auch nichts, wenn du statt dieser emotionalen Sprache wie ›Scheißdreck‹ und ›Hundsgemeinheit‹, die allerhöchstens dazu dient, deinen Gemütszustand auszudrücken . . .«

»Entschuldige. Also, entschuldige«, unterbrach ihn Quirós.

»Laß mich ausreden. Es macht auch nichts, wenn du mir das alles mal erklärst. Was ist mit deiner Mutter?«

»Sie will die Wohnung frei haben für ihre Flitterwochen. Das mit den ›Flitterwochen‹ ist eine wörtliche Wiederholung von dem, was sie gesagt hat, wie du dir denken kannst. Flitterwochen, hast du Töne!«

Ortega lachte laut auf. In dieser Heiterkeit lag ein willentliches Moment (der Wunsch, der Angelegenheit um jeden Preis ihren Ernst zu nehmen und den Jungen die komische Seite dessen sehen zu lassen, was er erzählte) und ein unwillentliches (das heftigste und sichtbarste dieser Heiterkeit), das mehr als mit irgendeinem objektiven Aspekt dessen, was Quirós erzählte, mit der Liebeseuphorie zusammenhing, in der Ortega, fast ohne es zu bemerken, an diesem Abend versank.

»Ich finde nichts Komisches daran«, sagte Quirós frostig.

»Es war komisch, wie du's gesagt hast. Deine Art, ›Flitterwochen‹ zu sagen. Ich fand das komisch.«

»Alles, was ich sage, findest du komisch, das sieht man.«

»Mensch, alles, alles nicht. Es ist doch ziemlich normal, daß deine Mutter eine Zeitlang mit ihrem neuen Ehemann allein sein möchte . . .«

»Und wo, glaubt sie, soll ich bleiben? Das würde ich gern mal wissen. Man kann doch nicht zu jemandem sagen, auf, mein Lieber, jetzt haust du mal ab von zu Hause, wir werden dir dann irgendwann schon Bescheid geben... Als wäre man ein Hund... Na ja, ich nehme an, ich hab's nicht anders verdient. Ich hätte mir längst was einfallen lassen müssen. Seit Jahren schon hätte ich mir was einfallen lassen müssen. In meinem Alter haben die meisten schon ihre Anstellung, ihre Freundin, stehen vor der Heirat, alle haben sie ihr Leben schon eingerichtet...«

»Du hast auch eine Freundin«, sagte Ortega.

»Ja. Ich hab auch eine Freundin.« Quirós' Ton war jetzt düster. Als hätte ihn die Aufzählung dessen, was ihm fehlte, plötzlich bedrückt. Ortega fühlte sich überschwemmt von einem genußvollen Mitleid. Er hätte sich gern neben Quirós gesetzt und ihn umarmt. Da dies undenkbar war und da Ortega in seinem Mitleid etliche Unreinheiten, etliche egoistische Gedanken gewahrte (tatsächlich fühlte er jetzt Scham über sein Mitleid wie über etwas Unwürdiges), sagte er nur: »Entschuldige, aber ich sehe nicht, wo das Problem ist. Ich meine, und entschuldige, daß ich mich da einmische, daß ich nicht verstehe, warum du nicht eine Zeitlang, solange diese verflixten Flitterwochen dauern, bei jemand anderem wohnen kannst, bei deiner Freundin, na ja, sogar hier...« Ortega hatte eine winzige Pause gemacht, bevor er »sogar hier« hinzugefügt hatte.

»Vielen Dank.«

»Keine Ursache, nicht nötig.«

Beide schwiegen. Ortega hatte das Gefühl, ohne Deckung zu sein, alles auf eine Karte gesetzt zu haben. Er fühlte sich wie jemand, der soeben alles, was er nach gutem Wissen und Gewissen über eine Angelegenheit wußte, vor einem Richter erklärt hat und jetzt mit leerem Kopf, ruhig, fast wie im Traum, darauf wartet, daß das Urteil, das Unwiderrufliche über ihn hereinbricht. (Aber zugleich, gleichsam unter dieser Haltung eines Menschen, der das Urteil eines Richters erwartet, spürte Ortega das köstliche Kribbeln der Hoffnung, die Gewißheit, sich klug im richtigen Augenblick vorgewagt zu haben und kurz vor dem Sieg zu stehen. Und trotzdem – aber ebenfalls gleichzeitig – spürte Ortega die Angst jedes Einsamen davor, jemand könne in seine Einsamkeit eindringen und seine armselige beruhigende Routine durcheinanderbringen. Und diese Angst war stechend, und sie war nicht neu, sondern sehr alt, wie auch die Verachtung sehr alt war, die Ortega für sich selbst empfand, wenn er fühlte, daß diese scharfe Angst des furchtsamen Junggesellen ihn erfaßte.)

»Du würdest mich nicht aushalten. Nach ein paar Tagen würdest du mich zum Teufel schicken.«

»Das glaub ich nicht. Es kostet Mühe zu glauben, daß du so widerwärtig bist, wie du dich selbst darstellst.«

»Vielleicht bin ich schlimmer, viel schlimmer. Außerdem hast du keinen Platz hier.« Quirós' Ton war sehr viel sanfter geworden. Er sah jetzt schöner aus. Die schlechte Laune hatte ihm Jahre aufgebürdet, die jetzt verschwunden waren.

»Es gibt keinen Platz? Platz gibt's mehr als genug ...«

»Es gibt kein Bett außer deinem.«

»Aber ja. Es sind noch zwei Betten da, für den Fall, daß meine Schwester kommt, die schon seit Jahren nicht mehr hier war ... Platz gibt's mehr als genug ...«

Quirós dachte: ›Paßt mir das oder paßt es mir nicht?‹ Und Ortega dachte: ›Paßt mir das oder paßt es mir nicht?‹ Jetzt, da der Vorschlag gemacht war und es nicht mehr von ihm abhing, ob er akzeptiert würde, empfand Ortega große Ruhe, und es gelang ihm, sich so weit von seinem Liebeseifer zu distanzieren (denn es handelte sich jetzt mehr um Liebeseifer und Liebesbesorgnis als um bloßes Verliebtsein), daß er blitzschnell erkennen konnte (alles geschah in einem winzigen Augenblick), daß Quirós' ständige Anwesenheit bei ihm zu Hause, den ganzen Tag in völliger Untätigkeit, Anlaß zu Verdruß sein könnte. Die Gesellschaft eines jungen, gutaussehenden Burschen eine Weile an vier oder fünf Abenden in der Woche zu genießen, ist eine Sache, und ihn ständig um sich zu haben, ist eine andere. Und wieder einmal schämte Ortega sich jetzt dieser erbärmlichen Gefühle, dieses hedonistischen Kalküls, das zu seiner Wesensart gehörte, aber letztlich nichts weiter als niederer Egoismus war. Aber Ortega dachte auch dunkel (fast mehr als ein Gedanke war es ein trostloses Bild, wie ein Vogel, der über eine Wüste hinwegfliegt und plötzlich schreit), daß etwas Vernünftiges und Angemessenes in diesem Egoismus lag und nicht nur bloße Furcht vor einer Veränderung der Gewohnheiten: ein Bewußtsein der eigenen Grenzen und der fremden, das durchaus dem wirklichen Verständnis für den anderen nahekam. Aber während er all diese Gefühle, Gedanken und Bilder überflog, spürte Ortega gleich einer beschämenden Ohnmacht die Scham des Kalkulierenden, der in dem Maße, wie er kalkuliert, sich entzieht und nicht fähig ist, Leidenschaft um der Leidenschaft willen zu empfinden, und niemals auf Leben und Tod wagt, sich völlig zu verlieben. Daher antwortete Ortega auf die anfängliche Frage, ob es ihm paßte oder nicht, daß sein neu gefundener Freund einen Monat lang bei ihm zu Hause leben würde, indem er sich sagte, daß es ihm vielleicht auf kurze Sicht nicht paßte und ihm zur Last fiele, aber daß es mit Sicherheit auf lange Sicht beiden zum Wohl gereichen würde. Deshalb wiederholte er: »Platz gibt's mehr als genug. Ich bin jeden Vormittag außer Haus. Du hast die ganze Wohnung für dich, und, na ja, du weißt ja nur zu gut, daß ich hocherfreut bin, wenn du bleibst. Das Frühstück und das Bett mußt du dir allerdings selbst machen. Einmal pro Woche kommt eine Putzfrau. Aber man kann ihr nicht mehr Arbeit aufladen, als sie schon hat ...«

»Ich weiß nicht ...« Quirós schwankte. Während des Schweigens hatte auch Quirós rasch das Für und Wider der Sache abgewogen und war zu keinem Schluß gelangt. »Ich weiß nicht, ob es mir paßt oder nicht, ob es *dir* paßt oder nicht ...«

»Wenn es das ist ...« schob Ortega ein, sogleich erfreut, daß der Junge Sorge um sein Wohlergehen zeigte. Trotz all seiner Jahre verfügte Ortega über keinerlei Kriterium, um zwischen so überaus ähnlichen Dingen wie dem Ausdruck eines echten und dem eines unechten Gefühls zu unterscheiden. In formeller Hinsicht gibt es keinen Unterschied. »Wenn du dir wegen mir Gedanken machst, kannst du unbesorgt sein. Ich sage es dir und basta. Ich würde mich freuen, wenn meine Wohnung zu etwas nütze wäre ...«

»Schließlich kennst du mich kaum. Ich meine, wir kennen

uns gut und gleichzeitig wenig. Wir haben viel geredet... Aber Reden und Handeln ist zweierlei...«

»Die angebliche Weisheit der Sprichwörter ist mir nie weise vorgekommen...« Ortega sagte das, um etwas zu sagen, ohne allzusehr auf den zweifelhaften Inhalt von Quirós' Sätzen zu achten. Und Quirós war sich bewußt, daß Ortega immer das Gegenteil jeder Behauptung akzeptieren würde, die Quirós ausdrücklich gegen sich selbst aufstellen mochte. Es war ein sehr leichtes Spiel. Und es wunderte Quirós, daß ein Mann im Alter Ortegas so leicht in die Falle ging. Und es wunderte ihn nicht nur, sondern flößte ihm im Grunde eine gewisse Verachtung ein (Quirós war, nebenbei gesagt, in der Verachtung erzogen worden wie andere in der Liebe oder in der Angst und neigte daher dazu, geringzuachten oder zu verachten). Deshalb wiederholte er, was er gesagt hatte, mit anderen Worten, um zu sehen, wie weit Ortegas Naivität ging, sein befremdender und leicht verachtenswerter Mangel an Scharfblick: »Hierher kommen und eine Weile reden, ist eine Sache, hier bleiben und wohnen, eine andere. Ich hab meine Ticks, meine Eigenarten...«

»Wir haben alle Ticks und Eigenarten. Ich auch...«

»Und ich erst. Unheimlich viele. Und ich habe einen schlechten Charakter... Heute abend hast du es ja gerade gesehen. Ich bin eben sehr bockig. Hinterher tut's mir leid, aber dann ist nichts mehr zu ändern.«

»Es ist doch normal, daß du in so einem Fall wütend wirst. Das normalste von der Welt. Ich sage nicht, daß deine Mutter nicht ihre Gründe hat. Ich glaube, sie hat sie. Die Frau hat schließlich und endlich das allergrößte Recht, ein paar Tage ausschließlich ihrer neuen Ehe widmen zu wollen. Aber gleichzeitig ist dein Zuhause eben dein Zuhause. Und von zu Hause weggehen zu müssen, ist eine dumme Sache... Mir hätte das was ausgemacht.«

»Du bist zu gutmütig. Vorhin bin ich bockig gewesen, und jetzt tut's mir leid. Es tut mir sehr leid...«

»Dazu gibt's keinen Grund.«

»Ich weiß einfach nicht. Sieh mal, das mit dem Herkommen, also, ich weiß es nicht. Meiner Freundin könnte das was ausmachen.«

»Daran hab ich nicht gedacht«, gestand Ortega.

»Also ich ja. Mir bleibt nichts anderes übrig, als daran zu denken. Bei jemandem wohnen, ist schließlich etwas irgendwie sehr Intimes. Sie könnte alles mögliche denken.«

»Schön, aber deine Freundin weiß doch schon, daß du ab und zu herkommst. Das wirst du ihr doch schon erzählt haben.«

»Na ja, nein, nein. Ich hab praktisch nichts über uns erzählt. Es ist sehr speziell. Es ist eine sehr spezielle Beziehung. Also, ich sehe es so, als sehr speziell. So sehe ich es. Nein, sie würde es nicht verstehen. Was weiß ich ... Ich hab ihr gesagt, ja, daß ich dich kennengelernt habe und so, aber sehr oberflächlich ...«

»Es gibt ja auch nichts zu verbergen«, rief Ortega aus, der, während Quirós sprach, nicht ein Gefühl vagen Unbehagens hatte unterdrücken können, etwas, was bei jedem anderen Menschen Empörung gewesen wäre. Aber Ortega konnte keine Empörung empfinden, weil er in Wirklichkeit schon selbst ähnliche Zweifel gehegt hatte, wie Quirós sie seiner Freundin unterstellte. Ortega war der erste, der zugab, daß seine Beziehung zu Quirós nicht ganz klar, nicht ganz präsentabel war. Wie sollte er es nicht zugeben, wenn er alle Augenblicke spürte, wie er sich immer mehr in den Jungen verliebte! Und Quirós war bewußt, daß Ortega bewußt war, daß Cristina die Beziehung zwischen den beiden wahrscheinlich befremden und beunruhigen könnte. Deshalb fügte er triumphierend hinzu: »Schon. Es gibt nichts zu verbergen, aber ich weiß nicht ... Ich weiß es wirklich nicht. Laß mich überlegen ...«

»Ich versteh nicht, was du zu überlegen hast!« fuhr Ortega plötzlich schlechtgelaunt auf.

Es war eigentlich keine schlechte Laune. Es ist sehr gut möglich, daß dieser Ausruf (abrupt und alles) ebenfalls zu dem Glück gehörte, das ihm an diesem Abend wie ein Juckreiz zu schaffen machte. Es ist sehr gut möglich, daß, wäre Quirós in Wirklichkeit nicht Quirós gewesen, sondern, wenigstens zum Teil, dem halbheiligen und besorgten und friedlichen Bild ähnlich, das Ortega sich von Quirós machte, dieser Ausruf sich in die Wortkette eines angenehmen Drumherumredens eingefügt hätte (das um so angenehmer wäre, je weitschweifiger und riskanter es ausfiele). Aber Quirós war Quirós, und es gab nichts im Reich der unveränderlichen Wesenheiten, das fähig gewesen wäre, sich auf ihn zu übertragen und ihn weniger brutal oder zärtlicher oder bescheidener zu machen. Und es war außerdem ein sehr schlechter Abend, weil Quirós Wut empfand wegen der boshaften Gemeinheit seiner Mutter und sein Bewußtsein immer wieder zu ihr zurückkehrte wie eine gemeine Bremse zur Wunde eines Maulesels. So daß die schlechte Laune nur ein wenig von seiner Stirn und seinen Lippen gewichen war, aber noch immer wie eine Nadel in sein Herz stach, in die schwarzen, bauchrednerischen Zitzen der saumäßigen Laune. So daß er sagte: »Und ich verstehe nicht, warum verdammt noch mal du das nicht kapierst! Es ist kinderleicht, das zu kapieren. Unsere Geschichte, also diese Freundschaft ist nichts für Frauen. Es ist nichts zwischen uns, gut, aber es sieht so aus, als wär was. Und in gewissem Sinne ist es ja auch so, oder nicht?«

Ortega kam aus dem Staunen nicht heraus. Und zugleich konnte er nicht ganz in das Innere seines Staunens vordringen. Er konnte sich in eben diesem Augenblick nicht aufteilen und in Quirós' Worten das Gesunde und Wahrhaftige vom Wertlosen scheiden. Und das wäre erforderlich gewesen, denn gegen Quirós' eigenen Willen lag in seinen Sätzen eine bestimmte Art von Wahrheit, von Kraft, von Bereitschaft, die Dinge beim rechten Namen zu nennen, aus denen Ortega, warum nicht?, hätte Nutzen ziehen können. Aber Ortega war an diesem warmen, prekären Abend dazu verurteilt, sich der schwammigen Herrschaft der Sanftmut zu unterwerfen, die ihn gefangennahm und ihn hartnäckig zwang, Quirós nur als Bild und Schatten seiner grenzenlosen Wünsche nach Wirklichkeit, Verständnis und Gesellschaft zu sehen. Deshalb sprach er wenig, statt klar zu sprechen, sprach er sehr leise. Deshalb sagte er: »Es gibt eine Zuneigung zwischen uns, die nicht auf Teufel komm raus definiert werden muß. Es besteht keine Eile. Ich will nur sagen, wenn es dir paßt, dann steht dir diese Wohnung zur Verfügung ..., während deine Mutter einen oder zwei Monate mit ihrem neuen Ehemann Händchen hält . . . Entschuldige diesen kleinen Scherz auf ihre Kosten. Du kannst nicht abstreiten, daß deine Erzählung eine gewisse Komik besitzt.«

»Ich meine nur«, sagte Quirós, »daß eine Sache wie diese . . .« und er vollführte mit dem rechten Arm eine ausholende, halbkreisförmige, absurde Bewegung, die alles und nichts bezeichnete und Ortegas Schuldgefühl auf heimtückische Weise in ihren Verlauf einschloß, wie ein vernunftbegabtes Wesen *cum fundamento in re.* Und diese Geste besaß viel von Magie, von einer lähmenden Magie, die der Verzauberung entsprach, die Ortega an seine Wünsche kettete – »so eine Sache ist nicht leicht zu begreifen, wenn man sie von außen sieht. Von außen betrachtet, würde jeder denken, und Cristina würde es mit Sicherheit denken, daß wir was miteinander haben. Und es ist normal, daß ihr das was ausmacht.«

»Ich sehe es nicht ganz so«, murmelte Ortega, der sich eindeutig auf dem Rückzug befand. »Schließlich und endlich ist alles völlig normal gewesen. Ein Zufall, weiß Gott . . .«

»Das glaubt niemand. Bei solchen Dingen gibt es keine Zufälle. Es ist wie es ist, und wenn es uns gefällt, wenn wir Bock darauf haben, dann ist das beste, bis zum Ende weiterzumachen . . . Alles, nur keine Erklärungen abgeben. Habe ich mich deutlich ausgedrückt oder nicht?«

»Also, ich weiß nicht. Ich würde die Sache gern einfacher nehmen . . .«

»Einfacher? Einfacher, eine Beziehung wie unsere? Du bist ja verrückt!«

»Ich sehe sie sehr einfach«, log Ortega.

Auch er glaubte nicht aufrichtig, daß es so einfach war. Er dachte: ›Wenn ich nur sanft mit ihm sprechen könnte, diesen Sachverhalt in etwas Verständliches verwandeln könnte . . .‹

»Schau, es ist besser, wir lassen das Ganze. Ich werde ehrlich sein, nach dem vielen Reden brauche ich, und das glänzt hier durch Abwesenheit, das mußt du zugeben . . .«

»Was glänzt durch Abwesenheit?«

»Etwas Weibliches. Eine Frau, verdammt, eine Frau. Ich hab die Schnauze voll von dieser Geschichte. Davon, nicht deutlich zu reden. Du bist daran gewöhnt, nicht deutlich zu reden. Du schämst dich. Du sprichst ein bißchen, du schweigst, dann fängst du wieder an. Das ist nicht normal. Das ist . . . das ist . . . Jetzt zum Beispiel kommst du damit, daß du entzückt wärst, wenn ich ein paar Tage bei dir zu Hause verbringen würde. Und wenn ich dir sage, daß es meiner Freundin vielleicht was ausmacht, wirst du sauer.«

»Mensch, sauer nun wieder auch nicht . . .«

»Auf diese Weise kommen wir nicht weiter.«

»Wir brauchen nicht weiterzukommen.«

»Ich gehe. Morgen komm ich wieder. Wir haben uns völlig verfranst. Du bringst mich durcheinander . . .«

Quirós stand auf. Beide standen sie auf. Quirós ging auf die Tür zu. Ortega hielt ihn zurück. Er faßte ihn bei der Schulter. Er schaute ihm in die Augen wie ein Hund.

»Kommst du morgen wieder?« murmelte er.

»Natürlich.«

»Wirklich?«

»Wirklich, verdammt. Wir wollen uns nicht verfransen, ja? Nimm die Hände weg!«

»Ich kann ohne dich nicht leben«, murmelte Ortega.

»Morgen komm ich wieder, okay?« murmelte Quirós sehr sanft.

»Morgen kommst du wieder, ja?«

»Morgen komm ich wieder.«

»Komm wirklich. Ich bin fast dreißig Jahre älter als du.«

»Was hat denn das damit zu tun?«

»Das sind viele Jahre.«

»Was hat das damit zu tun?«

»Du wirst morgen wiederkommen, nicht wahr?«

»Ja, natürlich.«

»Sagst du das nicht nur so?«

»Unsinn! Ich komm, weil ich will.«

»Wenn du nicht wolltest, würdest du nicht kommen.«

»Führ dich nicht so auf, Junge, komm, ich schäm mich ja, dich so zu sehen.«

»Ich schäm mich auch. Aber ich kann nichts dagegen tun . . .«

»Du weinst ja, verdammt, nimm dich zusammen.«

»Ich hab mich immer zusammengenommen. Glaub nur nicht, ich bin ein geiler Alter.«

»Von wegen geiler Alter, einen Dreck werd ich glauben! Mach dir keine Sorgen.«

»Es tut mir leid, daß ich dich belästigt habe.«

»Überhaupt nicht, Mann, überhaupt nicht.«

»Es tut mir sehr leid, wirklich.«

»Keine Ursache, mach dir keine Sorgen.«

»Ich bin fast fünfzig. Ich bin in allem gescheitert.«

»Wir sind alle gescheitert. Jeder scheitert. Wenn du nicht gescheitert wärst, hättest du mich nicht kennengelernt.«

»Freust du dich, mich kennengelernt zu haben?«

»Aber natürlich, Mann! Du bist ein toller Typ!«

»Ich bin ein Dreck.«

»Bis morgen, ja?«

»Wart einen Augenblick, ich hol den Fahrstuhl.«

»Ich geh zu Fuß runter, ist mir egal.«

»Es tut mir sehr leid, daß ich am Ende die Nerven verloren habe, entschuldige.«

»Schon wieder! Mach dir keine Sorgen. Ich freu mich, daß wir so offen geredet haben. Es war sehr gut für mich, wirklich.«

»Freust du dich wirklich?«

»Wirklich.«

»Ich bin sehr leicht zu täuschen. Ich merke kaum was.«

»Ist ja gut! Du darfst es auch nicht übertreiben, du nimmst auch gern den Mund voll. Der Fahrstuhl ist da.«

»Es tut mir sehr leid.«

Quirós schloß kurzerhand die beiden Türen. Sein Gesicht glänzte. Leuchtete. Es war elf Uhr. Im Haus war keine Menschenseele. Sommerzeit. Langsam tat sich Stille auf, wie ein Brunnen. Die grüne und schwarze Nacht, erhellt von undeutlichen Lichtern der Calle de Ríos Rosas, und die Kühle des Kanals und die Schwärze des unerträglichen Bewußtseins, Seele im Fegefeuer.

›Nicht einmal‹, dachte Ortega, ›wenn ich ihm mein ganzes Leben weihen würde.‹ Es war wieder das gleiche. Wieder Cuatro Caminos. Wieder vier Uhr nachmittags. Der einzige Unterschied bestand darin, daß dieses Mal Ortega angerufen hatte. ›Ich muß mich auf das konzentrieren, was er sagt‹, dachte Ortega. Und zum hundertsten Mal in der Viertelstunde, die sie beisammen waren, rief er sich selbst ins Gedächtnis, daß er es gewesen war, der angerufen hatte. Es war eine spontane Handlung gewesen. Ihn gleich nach seiner Rückkehr aus dem Büro anzurufen. Noch vor dem Duschen. Ohne sich auch nur das Jackett auszuziehen. Jetzt schämte er sich. Er müßte ihm entgegenkommen. Ihm etwas anvertrauen, um sein Vertrauen zu erwidern. ›Es gibt nichts, was uns beide grundlegend unterscheidet. Ich höre ihm nicht zu.‹ Hernández war ruhiger heute.

»Ich habe begonnen, ein neues Buch zu schreiben. Es ist besser als das vorherige«, wiederholte er.

»Ah ja? Wunderbar.«

»Es ist eine Fortsetzung des vorherigen. In humorvollerem Ton. Der Verleger hat mir gesagt, wenn ich damit fertig bin, zahlt er mir für dieses und für das andere. Er will mir hunderttausend Peseten geben. Ich hab Lust, aufs Land zu gehen. Mich von der Natur umgeben zu fühlen. Heute geht's mir besser. Als du angerufen hast, hatte ich mich gerade zur Siesta hingelegt.«

»Mensch, das tut mir aber leid.«

»Nein, das macht ja nichts. Im Sommer halte ich gerne eine lange Siesta, da ich nachts nicht schlafe ... Na ja, ich schlafe mit Tabletten, aber dann stehe ich schlecht auf ... Bis zum Mittagessen hab ich keine Lust, was zu tun.«

»Es tut mir sehr leid, das mit der Siesta!« Und er schämte sich wirklich, daß er Hernández angerufen hatte, um sich an diesem Nachmittag nicht so allein zu fühlen. Und jetzt damit konfrontiert zu sein, daß er nicht einmal daran gedacht hatte, daß der arme Mann, der in der Calle de las Carolinas lebte, bei achtunddreißig Grad im Schatten nach dem Essen wahrscheinlich eine Siesta hielt. Es war ein schwerer Fehler, ein Zeichen seiner schweren geistigen Agonie, daß er an dieses Detail nicht gedacht hatte, wo doch er, Ortega, es gewesen war, der um das Gespräch gebeten hatte. Er hatte den ganzen Vormittag nicht daran gedacht, er hatte an nichts gedacht, er war stur seiner Arbeitsroutine gefolgt, ohne zum Frühstück hinauszugehen, fast ohne ein Wort zu sagen, ohne zu hören, was seine Kollegen vom Wochenende erzählten. Und er hatte sich rasch hinausgeschlichen, als es drei Uhr schlug, und war zu Fuß nach Hause gegangen, ohne zum Essen einzukehren, ohne Lust auf Essen oder Trinken, beinahe ohne die schwüle Hitze zu spüren, die ihm das Hemd an den Körper klebte. Und nach seinem Eintreffen zu Hause hatte er Hernández angerufen. Hernández mit seinem ganzen krankhaften Egoismus war ihm plötzlich wie eine Zuflucht erschienen. Deshalb fand er es jetzt beschämend, daß er nicht fähig war, sich auf das zu konzentrieren, was Hernández erzählte. Jetzt, in dieser klimatisierten und feuchten, sommerlichen und grauen Cafeteria, die trotz ihrer billig anmutenden Dekoration steril wie der Wartesaal einer Ambulanz wirkte, vermischten sich die Vorfälle des gestrigen Abends mit Beklemmung; einer Beklemmung, die zum Teil aus Hoffnung bestand und zum Teil aus Angst vor der Zukunft. Denn es lag chaotische Neutralität in der Zukunft, ein undefinierbares Unbehagen, als hinge alles vom Zufall ab und als sei zugleich alles schon entschieden, alles gesagt, vorweggenommen und gestorben in dem wenigen, was zwischen Quirós und ihm geschehen war. Und gleichzeitig überflutete ihn die Erinnerung an Quirós, scharf und verschwommen, die Form seiner Beine, die Farbe seiner Hemden, die dunkle, wohlgeformte Linie seiner Arme, der saubere Geruch nach Schweiß, die warme Aura, ihn nahe bei sich zu haben und ihn zu begehren (dies letztere war nunmehr sehr klar), überflutete ihn wie der plötzliche Schaum am Ufer eines Strandes ohne Hinterland, wie in einem Alptraum, immer wieder, ohne ganz zu bleiben, ohne ganz zu verschwinden, ein erschöpfender Halbschlaf...

»Wenn du willst, kann ich dir das nächstemal irgendein Kapitel vorlesen...« hörte er Hernández sagen.

»Gewiß. Außerdem ist es gelesen besser. Ihr Schriftsteller lest sehr gut vor.«

»Du bist auch Schriftsteller.«

»Ich auch, natürlich.« Ortega lächelte. »Ich vergesse es nur langsam wegen der mangelnden Praxis.«

»Wahrscheinlich willst du nicht...«

»Ich würde ja gern... wenn ich könnte. Es gibt aber gewisse Dinge, und Schreiben ist eines davon, die verkümmern, wenn sie nicht täglich gepflegt werden, verkümmern sie...« Ortega lächelte wieder. Es war das erste Mal in fast drei Jahren, daß er Hernández etwas von sich erzählte. Der gemeinsame Freund, der sie einander vorgestellt hatte, hatte (aus, wie er sagte, gleichsam therapeutischen Gründen) Ortegas literarische Bedeutung hervorgehoben. »Es ist gut, wenn er dich wie eine leicht mythische Gestalt sieht – außerdem bist du das ja wirklich –, daß er zwischen den einzelnen Gesprächen über dich phantasieren, sich vorstellen kann, daß er eine sehr enge Beziehung mit einer Persönlichkeit der Literatur unterhält. Hernández neigt sehr zu so etwas, er schreibt Briefe an Sábato, an Aleixandre, an Fellini... Ob sie ihm dann antworten oder nicht, das ist egal. Und so ist es auch mit dir...« Ortega erinnerte sich, daß er gutgelaunt gelacht hatte bei diesen Worten.

»Ich schreibe jeden Tag«, versicherte Hernández wie ein Kind.

»Na, das ist doch sehr gut. So muß es sein. Jeden Tag. Ob es gut wird oder schlecht, ist das Wenigste...«

»Das neue Buch wird ganz anders sein. Mehr mit Humor, humoristischer.«

»Ah, das ist sehr gut, Humor vor allem und allem zuvor. Er ist die große Rettung...«

»Ich hab nämlich keinen Sinn für Humor. Nicht sehr viel...«

»Hast du doch. In deinem anderen Roman gibt es wirklich komische Dinge.«

»Komisch? Ja? Haben sie dich amüsiert?«

»Ein paar Dinge, ja. Viele Dinge...«

»Zum Beispiel?«

Ortega erinnerte sich kaum. Er mußte sich rasch im Geist Hernández' Buch vergegenwärtigen. Er hatte es vor sechs Monaten gelesen. Es hatte ihn sehr gelangweilt. Und er hatte es zudem nur aus Verpflichtung gelesen. Anläßlich eines Gesprächs wie diesem. Er hatte es fast auf der Stelle vergessen.

»Viele Einzelheiten, viele Beobachtungen. Ich müßte das Buch sehen, um es dir genau zu sagen.«

»Hast du dich über das mit der Vie passionée von Los Panchos amüsiert?«

»Genau, zum Beispiel, ja!« beeilte sich Ortega zu bestätigen, der sich kaum erinnern konnte.

»Das ist mir eingefallen, als ich die Lieder von Los Panchos gehört habe, erinnerst du dich? Das mit ›Ich weiß ja, ich bin / ein Abenteuer mehr für dich / und am Ende der Nacht / wirst du vergessen mich . . .‹ Und ich, also ich mache eine komische Geschichte daraus, mit schwarzem Humor, über die Beziehungen zwischen ihnen . . . Das war wirklich ziemlich komisch. Das haben mir viele gesagt.«

»Und das war's ja auch, sehr komisch!«

»Also, in diesem Buch, einem Roman . . .«

»Welchen Titel wirst du ihm geben?« Ortega hatte einen Knoten im Hals. Daß er so tief gesunken war, gestern abend. Für nichts. Es hatte nichts genützt. Quirós würde wahrscheinlich nicht wiederkommen. Dieses beschämende Ende, die Tränen, das Flehen. Er würde es seiner Freundin erzählen, sie würden über ihn lachen. Bestimmt war sie schon auf dem laufenden über alles. Es konnte nicht stimmen, daß er ihr nichts erzählt hatte. Es ist nur folgerichtig, daß Quirós alle möglichen Einzelheiten haargenau wiedergegeben, sogar vieles übertrieben hat. Es kam ihm vor, als schweige er schon eine ganze Weile und als sei Hernández über dieses lange Schweigen befremdet. Deshalb sagte er: »Entschuldige. Aber ich bin müde heute, ein bißchen müde.«

»Du bist depressiv?« In Hernández war offensichtlich Leben eingekehrt durch diese Unterhaltung über die witzigen Einfälle seines Romans. Jetzt wartete er mit einer aufmerksamen, begierigen Miene auf die Antwort Ortegas.

»Was weiß ich! Nein. Ich betrachte mich nicht als depressiv. Wir fühlen uns doch alle manchmal deprimiert.«

»Ich bin nämlich sehr depressiv.«

»Die Depressiven deprimieren uns manchmal«, äußerte Ortega, um etwas zu sagen.

»Und ich? Hab ich dich schon mal deprimiert?«

»Nein, nein. Ich meine das ganz allgemein . . . Alle sind wir manchmal deprimiert.«

Die Unterhaltung versandete. Ortega spürte die Unterhaltung versanden wie seinen Geist, umfangen von einem monströsen, dumpfen, übelriechenden Schweigen, aus dem nur ein Rausch oder eine Droge befreien kann, ein Teufelskreis.

»Was liest du gerade?« hörte er Hernández sagen. Er vollbrachte eine Anstrengung, um zu antworten, wie jemand, der sich aus einem beängstigenden Traum reißt.

»Angus Wilson. Ich lese gerade Angus Wilson...«

Hernández lächelte unverhofft. Ortega rieb sich die Augen. Er zündete eine Zigarette an.

»Wie lange kannst du bleiben?« fragte Hernández. Auch das war eine rituelle Frage ihrer Gespräche. Immer, wenn Hernández diese Frage stellte, hatte Ortega das Gefühl, daß er antworten müßte: »Ich hab's nicht eilig.« Und immer antwortete er beschämt nach einem Blick auf die Uhr: »Bis wir die Zigarette aufgeraucht haben.«

»Wir haben noch Zeit. Bis wir die Zigarette aufgeraucht haben.«

»Gestern habe ich nacheinander vier Flaschen Bier getrunken«, erklärte Hernández. »Ich bin aus dem Haus gegangen und hab mich in eine Bar gesetzt...«

»Das ist nicht gut für dich. Wegen der Medikamente ist das nicht gut für dich...« murmelte Ortega. Auch das war ein unveränderliches Thema, ein Thema am Ende der Unterhaltung, das das Ende ankündigte wie der eintönige Pfiff eines Zuges.

»Ich hab mir vorgenommen, ein Jahr lang weder Alkohol noch Kaffee zu trinken und nicht zu rauchen, von morgen an.«

»Mann, du brauchst doch nicht alles auf einmal aufzugeben! Besser nach und nach. In Maßen, indem du ein bißchen kürzer trittst...« Und wenn Quirós nun verwandelt wiederkehrte? Und wenn er ihn nun seines Geständnisses, seiner Tränen wegen nicht verachtete, sondern die Geschichte gestern abend die Dinge ins rechte Geleise gebracht hätte? Und wenn diese ununterdrückbare Aufrichtigkeit wie ein Auslöser der Sanftheit, der Zärtlichkeit gewirkt hätte? Es gibt Zärtlichkeit, in der Tiefe verborgen, erstickt durch Gewohnheiten, durch Vorurteile, durch Scham. Manchmal, wenn man ihr nachspürt, wenn man bis zu ihr gelangt, wenn man sie anzapft, dann blüht sie auf. Und wenn sie blüht, dann ist es Liebe oder etwas Ähnliches. Ortega fühlte sich jetzt voll Hoffnung. Die Beklemmung war nunmehr ganz zu Hoffnung geworden. Das bewegliche Bewußtsein wollte sich, gleich einem sandigen Boden, mit frischem Wasser füllen, mit freier Luft, mit dem hohen Flug der Möwen, die über einem ganz weißen Hafen kreischen, an den sonnigen Nachmittagen eines Meeresherbstes, unweit kleiner, dunkler, trostreicher, warmer Tavernen, unweit der Erinnerung an die Tamarindenbäume, an ihr grünes, salziges Federkleid ... ›Ich spinne‹, dachte Ortega, während er die Getränke bezahlte. Beide gingen sie hinaus. Wieder die schwüle Hitze. Es roch nach Metro-Eingang. Sie verabschiedeten sich wie immer. Mit dem Versprechen, sich bald anzurufen. Sie gaben sich die Hand. Immer verabschiedeten sie sich auf diese Weise.

»Vielen Dank, daß du angerufen hast«, sagte Hernández. »Heute nachmittag ging's mir nicht so gut. Es war sehr wichtig für mich, ein bißchen reden zu können ...«

Ortega traten Tränen in die Augen vor Scham. Er nahm ein Taxi nach Hause.

QUIRÓS MACHTE ihm die Tür des Taxis auf.

»Einen schönen Luxus leistet sich der Herr da!«

»Wie du siehst. Das schlechte Leben«, murmelte Ortega.

»Das schlechte Leben! Du meinst wohl, das gute!«

»Wie kommt es, daß du hier bist?«

»Ich bin zufällig hier vorbeigekommen und hab dich im Taxi gesehen. Reiner Zufall!«

»Komm, komm, erzähl keine Märchen!«

Sie standen auf dem Bürgersteig. Keine Menschenseele weit und breit. Ortega hatte das Gefühl, daß die Calle de Ríos Rosas eine Straße in einer fremden Stadt war, ein warmer Ort in einer ländlichen Stadt, in der Ebene. Alle ihre Bewohner von ihnen abgewandt, ohne sie zu sehen, eine vollkommene Anonymität, angenehm wie ein Spaziergang durch einen schattigen Park. Und in der Ferne ein nicht sehr breiter Fluß, ein rascher, silbriger Fluß, flaschengrün, mit kleinen Stränden schwärzlichen Sandes und Felssteinen zwischen den Binsen...

»Also, was? Gehen wir rauf oder bleiben wir den ganzen Abend hier stehen?« sagte Quirós. Er trug Jeans und ein Paar rote Mokassins. Und ein weißes Hemd mit weiten Ärmeln, sehr modisch, mit einem unterbrochenen Zickzackmuster, eine lichte Erscheinung...

»Vielen Dank, daß du gekommen bist«, sagte Ortega. »Heute nachmittag ging's mir nicht so gut. Es ist sehr wichtig für mich...«

Sie fuhren schweigend nach oben. Quirós lächelte. Es war erst fünfundzwanzig Minuten vor sechs, noch immer Nachmittag.

»MAL SEHEN, was uns heute einfällt!« murmelte, seufzte, lächelte Ortega, als sie sich schließlich wie gewohnt dicht an die Terrasse setzten, bei offenem Fenster, während der warme Luftstrom durch die Wohnung strich, bei dem Ortega, der tief eingesunken in seinem Sessel saß, jetzt an einen anhaltenden Wind denken mußte, der das Gaffelsegel eines imaginären, seewärts fahrenden Schiffes anschwellen ließ. »Alles ist imaginär...«

»Was willst du damit sagen?«

»Damit, daß alles imaginär ist?«

»Nein, mit dem anderen. Mit ›mal sehen, was uns heute einfällt‹...«

»Ich hab's kaum gesagt. Ich hab's vor mich hin gebrummt...«

»Du hast es geflüstert. Aber es war deutlich zu hören.«

»Bei dem Rückenwind, mit dem wir segeln, fliegen uns fast die Worte davon...«

»Was meinst du damit?«

»Ich weiß es nicht so genau. Dieser Satz ist mir so rausgerutscht... Ich wollte sagen, daß... na das eben, mal sehen, was uns einfällt. Nach dem, was gestern gewesen ist, wird jedes Treffen ein bißchen so sein, findest du nicht? Ein Einfall... Es wird davon abhängen, was uns einfällt. Fühlst du nicht ein gewisses Unbehagen?«

»Das hängt davon ab, was vorfällt, auch wenn es uns nicht einfällt...«

»Glaubst du denn, wir beherrschen die Lage nicht?«

»Von dir weiß ich's nicht. Ich natürlich nicht.«

»Ich auch nicht«, erklärte Ortega naiv.

»Ich mag es, wie du redest. Manchmal verstehe ich dich nicht. Aber ich mag es, wie du redest, die Verwirrungen, die du anrichtest...«

»Ich richte doch keine Verwirrung an.«

»Na, und ob! Du redest wie eine Quasselstrippe!«

»Ich rede, na gut. Aber wirr bin ich nicht, hörst du? Ich seh alles ganz klar...«

»Also dann sag mal, was du damit meinst, mit mal sehen, was uns einfällt...«

Ortega lächelte still. Er fühlte sich gut jetzt, in seinem unschuldigen Wohnzimmer, durch das die nachmittäglichen Winde strichen. Von unten, vom Kanal her, stieg ein Geruch nach Fluß und das Rauschen silbriger Pappeln herauf. Ortega erinnerte sich an die unzähligen Katzen, die im Gebüsch des Parkes in ihren eigenen Tag hineinlebten, und an die ältere Frau, die ihnen Brot und Milch in einem Marmeladeglas brachte. Nur eine, mit rotem Fell, die weniger ungezähmt war als die anderen, wand sich durch das Gitter und rieb sich an den Beinen der alten Dame. Einmal hatte Ortega versucht, eine Unterhaltung mit ihr anzuknüpfen, sich auf die Katzen zu beziehen. Und es war ihm nicht gelungen, ihr auch nur ein einziges Wort zu entlocken. Sie schaute ihn nicht einmal an. Sie sprach zu den Katzen, in einer kindlichen, halbartikulierten Sprache. Und sie alle, große und kleine, schwarze und graue und schwarzweiße und verschmutzte, bildeten einen Halbkreis und wahrten die Distanz, die Ortega einige Augenblicke lang nicht ganz zu wahren gewagt hatte. Ortega hatte Mitleid mit der Alten empfunden. Auch mit den Katzen, die dort allein und wild lebten, beherrscht von den Zyklen des Mondes, von der Heftigkeit der Jahreszeiten, und er hätte sie gern gestreichelt. Eine wenigstens. Es gab ganz kleine, die auf die Bäume kletterten. Und er schämte sich dieser Zärtlichkeit, die letzten Endes feige war. Mitleid mit sich selbst. Die spröden

Katzen und die alte Dame, die ihn anschauten und sich nicht dazu herabließen, mit ihm zu sprechen, hatten ihn in die Schranken verwiesen.

»Was hast du? Antwortest du mir nicht?«

»Entschuldige. Ich habe gerade an die Katzen am Kanal von Isabel II. gedacht ...«

»Was haben denn die Katzen damit zu tun?«

»Nichts. Ich mußte nur an sie denken, jetzt. Wie geht's deiner Freundin?«

»Ich weiß nicht. Ich hab sie nicht gesehen. Gut, nehme ich an.«

»Ich hab gedacht, ihr seht euch fast jeden Tag.«

»Ach was! In der letzten Zeit nicht. Dich seh ich mehr als sie.«

»Mann, das ist ja fast ein Kompliment!«

»Ja, fast.«

Wieder eine Pause. Ortega fühlte sich lethargisch, wie nach einem Nervenanfall, wie nach dem Einnehmen eines leichten Schlafmittels; in gewisser Weise wach und in gewisser Weise das Gegenteil. Was hatte er mit diesem anfänglichen Satz sagen wollen? Ortega glaubte, daß er es jetzt plötzlich wußte.

»Ich bin nicht daran gewöhnt, mit jemandem zusammenzusein. Ich meine hier, zu Hause. Die Situation ist neu für mich. Anregend. Ein bißchen verwirrend ...«

»Fühlst du dich nicht ganz wohl?«

»Nein. Das ist es nicht ...« Ortega war sichtlich unsicher. Quirós zündete sich eine Zigarette an.

»Fühlst du dich unwohl mit mir?«

»Nein. Das ist es nicht. Ich fühle mich wohl mit dir.«

»Was hast du dann?«

»Ich weiß einfach nicht weiter. Das ist es. Ich weiß nicht weiter ...«

»Vielleicht würdest du es lieber sein lassen ...«

»Nein! Überhaupt nicht! Ich freue mich, daß du hier bist. Du kannst dir das gar nicht vorstellen ...«

»Ich glaub auch, daß es dir gefällt.«

»Aber natürlich ...«

»Also, was ist es dann, was du nicht ... weiter weißt?«

»Eben nicht weiter ...« Ortega ließ die Luft zwischen den Lippen entweichen, die ein wenig vibrierten, ein Ausdruck, der den Umständen entsprach.

»Es ist nur ...« Quirós tat so (vielleicht aber auch nicht), als würde er sorgfältig seine Worte abwägen, »seit der Sache gestern fühle ich mich ein bißchen unbehaglich. Ich fühle mich wohl hier, ich komme sehr gern. Aber gleichzeitig fühle ich mich ein bißchen komisch. Ich weiß eben nicht so genau ... Also heute nachmittag bin ich hergekommen, ich hab unten geklingelt, du hast nicht geantwortet, ich hab gedacht, um diese Zeit müßtest du zu Hause sein, ich hab gedacht, daß du vielleicht nicht wolltest, daß ich hochkomme, oder daß du mit jemandem zusammen warst, was weiß ich ... Ich weiß so vieles nicht von dir. Wer hierher kommt, wen du einlädst. Einerseits hat's mich gewundert, andrerseits hab ich mir gesagt, er wird ins Kino gegangen sein, er wird sich die Zeit vertreiben. Und ich wollte dich sehen. Die Sache ist die: daß ich dich um jeden Preis sehen wollte. Ich sag mir, also warte ich. Er wird schon kommen. Ich war schon seit vier Uhr da ...«

»Das tut mir schrecklich leid!«

»Nein. Das ist es doch nicht, das braucht dir doch nicht leid tun oder was. Mir ist es egal. Zu tun, na, zu tun hab ich ja nichts. Es ist mir egal, ob ich hier bin oder anderswo. Es hat mich nur sehr gewundert, das ist das einzige ... Und dann, als du aus dem Taxi steigst, sagst du ich weiß nicht was, daß du dich freust, mich zu sehen, oder? Und wir gehen rauf und dann kommst du mit diesem mal sehen, was uns einfällt. Also, ich versteh es nicht!«

Ortega betrachtete ihn sanft. Es war schon fast neun. Die Bewölkung war inzwischen stärker geworden. Der Wind schwächer. Er hatte sich fast gelegt. Die Luft war frischer in ihrer Stille. »Jeden Tag, jedesmal, wenn wir uns treffen, habe ich das Gefühl, daß es wie vor fünfzehn Jahren ist, als ich mich vor die Schreibmaschine gesetzt habe, mit weißen Blättern, und mir nichts einfiel ... Ich kann nicht zulassen, daß das wieder geschieht ...«

Quirós hatte es im Grunde leicht. Er brauchte Ortega nur unverwandt anzuschauen, und schon tat er seine Schuldigkeit. Es war nicht nötig, Ortega zu *verstehen*, denn (es muß alles gesagt werden) es war auch nicht so, daß das, was Ortega sagte und seine Art es zu sagen, einen Gesprächspartner im eigentlichen Sinne erfordert hätten. Es genügte, daß gleichsam ein Spiegel da war, irgend jemand, fast egal wer. Denn durch die vielen Selbstgespräche nach fünfzehn Jahren, in denen er sich nur mit sich selbst verständigt hatte, hatte Ortega, trotz all seiner jetzigen Bemühungen, die Gewohnheit verloren, angehört zu werden und auch, einer anderen Person zuzuhören. Deshalb war das Zimmer voller gebrochener Reflexe ein und desselben: Alles war Identität, wie im Zustand der Betrunkenheit, das riesenhaft vergrößerte Bewußtsein des Besessenen, mit der Gabe des Rausches beschenkt, erkennt seine Stimme, erkennt sich riesenhaft vergrößert, aber es weiß nur vage, wohin es geht oder wer es sieht oder mit wem es spricht. Alle äußeren Formen haben sich verinnerlicht und bilden unberechenbare Teile einer spiegelnden Identität, die sogar fähig ist, sich selbst genau zu sehen, aber unfähig der Verkörperung und damit der Veränderung und des Fortschritts. Deshalb war der kalte und starre Blick, mit dem Quirós Ortega betrachtete, nicht ganz unberechtigt.

Und Ortega fühlte sich (beinahe unbewußt) zufrieden: weil er mit der Idee des Einfalls sowohl die Impulse, die nötig sind, um eine Seite zu schreiben, als auch jene, die wir benötigen, um eine Unterhaltung, eine Freundschaft oder unser Leben vernünftig zu gestalten, in Beziehung zueinander gesetzt hatte. Ortega drängte sich jetzt mit aller Deutlichkeit der Gedanke auf, daß der kreative Akt, Kommunikation zwischen Freunden zu schaffen, den gleichen Ursprung hatte wie der kreative Akt, unsterbliche Seiten zu schaffen. Und er verweilte saumselig bei dieser Idee, die ihm neu und eben gedacht erschien, obwohl er sie schon andere Male gedacht hatte und obwohl sie in sich selbst keine Neuheit darstellte.

»Also gut«, sagte Quirós, »was fällt dir jetzt ein? Wir sind schon eine gute Weile zusammen und keinem von uns beiden ist weiter was eingefallen. Mir scheint, wir führen nicht gerade eine geistreiche Unterhaltung . . .«

»Nein. Natürlich. Aber ich bin glücklich, daß ich diese

Verbindung zwischen diesen beiden Formen von Einfällen hergestellt habe: der literarischen und der menschlichen ...«

»Aber sie müssen nicht miteinander verbunden sein. Es gibt Leute, die können mit Engelszungen reden, mit der gleichen Brillanz, und hinterher werfen sie sich dann die schlimmsten Dinge an den Kopf. Ehrlich gesagt, ich sehe nicht, was das eine mit dem anderen zu tun hat. Ich würde sogar sagen, es ist umgekehrt: Je mehr brillante Einfälle man bei Gesprächen hat, um so weniger entschiedene Schritte macht man in den Freundschaften. Alles ist am Ende Feuerwerk, Irrlicht ...

... übrigens, ich muß dich um einen Gefallen bitten, es macht mir irgendwie was aus, dich darum zu bitten, ich weiß nicht, was du denken wirst ...« Ortega hatte einen Augenblick das unbehagliche Gefühl, daß Quirós mit Absicht zögerte und tat, als wisse er nicht, wie er etwas direkt ausdrükken sollte, das er schon lange im voraus bedacht und beschlossen hatte. Dieses Gefühl schwand jedoch sogleich wieder. Es war letztlich eine Vorsicht, die seiner seelischen Verfassung zwischen Überschwang und Selbstbetrachtung fremd war.

»Um was willst du mich bitten? Wenn es ein Gefallen ist, den ich dir tun kann, dann ist er schon getan.«

»Mann, können kannst du schon. Es ist nur so, daß ich Mut brauche, nach dem von gestern, dich so um einen Gefallen zu bitten. Ich weiß nicht, ob du schlecht von mir denken wirst.«

»Sag, was es ist, komm ...«

»Könntest du mir fünftausend Peseten leihen?«

»Natürlich. Hier.« Ortega zog die Brieftasche aus der hinteren Hosentasche und reichte Quirós zwei Scheine von zweitausend und einen von tausend. Ortegas Geste war sehr rasch, so als wäre der Satz »nach dem von gestern« ein Stachel gewesen. Ortega hatte das abermals unbehagliche Gefühl, daß er etwas tat, das mit unberechenbaren Folgen verbunden war und dessen Bedeutung er nicht klar erfaßte. Er hätte sich natürlich nicht weigern können. Es war das erste Mal. Aber warum kam es gerade heute dazu, »nach dem von gestern«, gerade jetzt?

»Es ist nämlich so, weißt du, da ich meine Freundin seit

Tagen nicht gesehen habe . . ., bis morgen oder übermorgen, wo wir uns sehen, hab ich nicht mal Geld für Zigaretten . . . Ich geb's dir morgen wieder . . .«

»Nein, mach dir keine Sorgen. Ich freu mich, daß ich dir helfen kann. Heute kostet ja alles ein Heidengeld, die Zigaretten und alles . . .«

Quirós schaute auf seine Armbanduhr.

»Mußt du schon gehen?« Ortega hatte die überstürzte und fast verstohlene Art, mit der Quirós auf seine Uhr schaute, mit Unbehagen verfolgt.

»Nein. Ach wo. Es ist noch früh.«

»Es ist nicht mehr so früh. Es ist schon nach zehn . . .«

»Ja. Es ist schon nach zehn. Ich muß daran denken zu gehen.«

Ortega stand ein wenig zu plötzlich auf. Die Situation war deutlich erkaltet, erfroren und erstarrt, als hätten alle reflektierenden Spiegel, die sie zuvor belebt hatten, sich jetzt zu einer einzigen, durchscheinenden Oberfläche von dunklem Rosa zusammengefügt, die sie kaum mehr widerspiegelte und kaum ein Licht erkennen ließ. Ortega fühlte sich jetzt verwirrt. Er tat ein paar Schritte durch das Zimmer und wußte nicht, was er sagen sollte. Der einzige Einfall des Abends war im Grunde ein kleiner Pump gewesen. Und daß der Pump wie von einer obskuren, unbestimmten und grotesken Grimasse von dem Satz »nach dem von gestern« begleitet war, diente nur dazu, seine Melancholie, die herrschende Dunkelheit zu verstärken. Ortega machte alle Lichter im Wohnzimmer an.

»Dir werden die Mücken reinkommen mit dem offenen Fenster und allen Lichtern . . .« sagte Quirós.

»Ja. Du hast recht«, murmelte Ortega und löschte alle Lichter bis auf eines über dem Sessel, in dem er zu sitzen pflegte.

»Trotzdem«, fügte Ortega hinzu, »ich werde noch eine Weile lesen.«

Er begleitete Quirós bis auf den Treppenabsatz. Ortega dachte, daß er nicht fähig sein würde, heute abend auch nur einen einzigen Buchstaben zu lesen. Er hatte den Wunsch, ins Bett zu gehen. Ein Valium zu nehmen. Wie ein Stein zu schlafen.

»Vielen Dank, ja?« sagte Quirós, als er schon im Fahrstuhl stand. »Morgen oder übermorgen geb ich's dir zurück, wenn ich meine Freundin sehe ...«

»Mach dir keine Sorgen. Wenn du kannst. Es hat keine Eile ...«

Der Fahrstuhl fuhr eine ganze Weile langsam hinab. Als Ortega hörte, daß Quirós zur Haustür kam, ging er in seine Wohnung zurück und schloß die Tür und legte die beiden Riegel vor. Danach holte er instinktiv die Brieftasche hervor und sah, daß ihm tausend Peseten und das Kleingeld blieben. Er dachte, daß er morgen einen Scheck würde einlösen müssen. Mit dieser unvorhergesehenen Ausgabe hatte er nicht gerechnet.

›Nach dem von gestern‹, wiederholte Ortega bei sich. In seiner Erinnerung leuchtete der Satz immer greller, je mehr die Stunden vergingen, während des ganzen folgenden und nächstfolgenden Tages. Einerseits verknüpfte dieser Satz, als Quirós ihn aussprach, das Wahnhafte ihres vorletzten Gesprächs mit dem tonlosen Realismus der geliehenen fünftausend Peseten. Diese Verknüpfung fügte dem Satz eine groteske Nuance hinzu, die Ortega bei diesem Stand der Dinge weder ganz Quirós noch sich selbst zuzuschreiben wagte. Es war, als würde die Verknüpfung sich von allein durch die Natur der Dinge herstellen. Andererseits hatte dieser Satz gewissermaßen die Absurdität des vorletzten Gesprächs fixiert, gestattete er nicht, es zu vergessen, aber auch nicht, es deutlich zu erinnern. Ortega hatte das verschwommene Gefühl, sich bloßgestellt oder sich lächerlich gemacht zu haben, ohne daß er für sich selbst das Wie oder Warum deutlich erkennen konnte. Das einzige, was für Ortega in einem bösen Zusammenhang zu stehen schien, war die Tatsache, daß Quirós sich scheinbar mehr oder minder aufgrund des an jenem Abend Vorgefallenen ermutigt gefühlt hatte, ihn um Geld zu bitten. Und das rückte Quirós in ein ungünstiges Licht. Es war nichts Unschickliches daran, dachte Ortega, sich fünftausend Peseten zu leihen. Aber die ganze Bitte hatte den zweideutigen Charakter einer Freiheit gehabt, die jemand sich gegenüber einer anderen Person einer Sache wegen herausnimmt, die diese Person sich ihrerseits zuvor herausgenommen hat. Und, wie Ortega nicht umhin konnte zuzugeben, es war offensichtlich, daß Quirós schon viele Jahre davon lebte, seine Mutter und seine Freundin in ähnlichen Situationen um Geld zu bitten. Das Geld hatte die Situation erkalten lassen und ihr eine Roheit und eine Sachlichkeit verliehen, welche die Beziehung vor Quirós' Bitte nicht besaß. Ortega konnte nicht umhin zuzugeben, daß Quirós' Bitte um Geld ihn befremdet hatte. In Gelddingen hat jeder seine Eigenart. Und Ortega ging äußerst sorgfältig mit seinem Geld um, ohne deshalb geizig zu sein. Er verdiente nicht viel, er gab nicht viel aus. Mit den Jahren war es ihm gelungen, ein wenig zu sparen. Er kontrollierte seine gängigen Ausgaben genau und gab sich keinen Ausschweifungen hin. In der Monatsmitte fünftausend Peseten zu verleihen, brachte seinen Etat leicht durcheinander. Und in Anbetracht der routinemäßigen und methodischen Weise, in der Ortega lebte, stellten diese fünftausend Peseten einen Fehler dar, den er nicht würde vergessen können. Dieser August würde der Monat sein, in dem ihm am Ende fünftausend Peseten fehlten. Denn Ortega rechnete natürlich in keinem Fall damit, daß Quirós ihm das Geld wiedergeben könnte. Es war kein Darlehen, sondern ein Geschenk. Aber es war ein Geschenk, für das Quirós ihm niemals danken würde. Nicht nur, weil Quirós bis ans Ende aller Tage weiter glauben würde, daß dieses Geld nur geliehen war, sondern auch weil Ortega, als er es ihm lieh, keinerlei Bereitschaft verspürt hatte, es ihm zu schenken. Es war eine leicht komische Situation, und Ortega gewahrte ihre Komik so wie wir bisweilen das Vorhandensein sämtlicher Gegebenheiten eines Problems gewahren, ohne daß wir deshalb imstande wären, es zu lösen. Das Problem ist da, mit seinen hinreichenden Gegebenheiten, ohne daß wir über die Formel verfügten, die sie deuten und ordnen könnte. Die einzige Lösung, die Ortega einfiel, bestand in dem Versuch, in sich selbst die Absicht entstehen zu lassen, das zu verschenken, was ihm mit Gewalt entrissen worden war. Aber dazu war nach dem Urteil Ortegas ein gewisser, wenigstens verbaler

Akt gegenüber Quirós erforderlich. Ein Satz wie: »Du brauchst es mir nicht zurückzugeben, es ist ein Geschenk.« Ohne diesen Akt fühlte Ortega sich weder bedankt noch bezahlt. Doch in beiden Fällen, sowohl wenn er sich in Quirós' ständigen Gläubiger verwandelte als auch wenn er sich mittels der Formulierung jener Worte in seinen improvisierten Wohltäter verwandelte, stünde Ortega vor sich selbst schlecht da. Und Quirós seinerseits stünde auch schlecht da, betroffen von der leicht komischen Wirkung dieser ganzen Transaktion. Und Ortega versuchte angestrengt, die Situation mit neuen Augen zu sehen, ohne daß ihm dies gelungen wäre.

»Wo HAST du gesteckt?«

»Und wo hast du gesteckt?«

»Ich? Im Büro, wie immer.«

»Nie bist du abends zu Hause.«

»Wann hast du angerufen?«

»Und nachmittags auch nicht. Dauernd. Ich hab dich zwanzigmal angerufen ...«

»Warum rufst du so oft an? Was ist los?«

»Mann, du bist lustig! Warum ich so oft anrufe? Warum glaubst du wohl?«

»Na, warum denn?«

»Damit wir uns verabreden. Seit einer Woche rufst du nicht an.«

»Ich arbeite mich zu Tode.«

»Also, gestern hab ich dich um zwölf Uhr nachts angerufen, und du warst nicht da.«

»Gestern um zwölf? Da hab ich schon geschlafen.«

»Und warum hast du dann nicht abgenommen?«

»Im Schlaf? Soll ich im Schlaf abnehmen?«

»Du mußt doch aufgewacht sein. Ich hab es zehn Minuten lang klingeln lassen, ich weiß nicht wie lange.«

»Ich hab ein Kissen draufgelegt und ein Valium genommen. Was glaubst du denn, wie ich schlafe? Und ich hab mir Ohropax in die Ohren gesteckt, wie der Marquis von Urquijo ...«

Die Stimme Cristinas klang kalt und fest, eine Stimme mit lackierten Fingernägeln und unberechenbaren Launen. Ein spöttisches Flair, als wäre Cristinas Lächeln eine akustische Gegebenheit, die durch das Telephon übermittelt werden konnte. Quirós fühlte sich lächerlich.

»Du hast nie Schlafmittel nehmen müssen.«

»Wie kommst du denn da drauf? Das ganze Leben lang ... Du denkst nur an dich, mein Lieber. Du siehst mich nicht schlafen. Kurz vor dem Schlafengehen trinke ich immer ein Glas Wasser und nehme eine Pille. Aber nicht die Antibabypille, mein Junge, nein. Die zu einer anderen Zeit ...«

»Wann sehen wir uns?«

»Irgendwann außer heute und morgen. Übermorgen auch nicht.«

»Du machst es mir ja sehr leicht ...«

»Wie geht's deinem Freund?«

»Was für einem Freund?«

»Dem Schriftsteller, wem sonst? So viele Freunde hast du doch nicht.«

»Es macht dir Spaß, das zu sagen, nicht?«

»Es stimmt ja. Du bist nicht der Typ, der Freunde hat ...«

»Ich ruf dich nicht an, weil ich was von dir will, nur, um ein bißchen zu reden ...«

»Das bedaure ich aber, das kannst du mir glauben. Mir ist lieber, du rufst mich an, weil du Kohle willst. Dabei bist du natürlicher ...«

»Kannst du mir fünftausend Peseten leihen?«

»Wieso denn nicht, das wär ja noch schöner! Soll ich dir eine Überweisung schicken?«

»Mit wem gehst du aus?«

Cristinas Lachen drang ihm ins Ohr wie der eiskalte Pulsschlag eines Anfalls von Neid. Quirós dachte: ›Es ist das erste Mal, daß ich das fühle: Neid auf Cristina.‹

»Was hast du für ein Glück!« murmelte er.

»Was sagst du?«

»Daß ich gern wie du wäre.«

»Brauchst du wirklich fünftausend Peseten?«

»Was macht es denn, ob wirklich oder nicht! Behauptest du nicht, du hast es gern, wenn ich dich um Geld bitte?«

»Komm heute abend hier vorbei. Nach sieben.«

»Du gehst mit jemandem aus ...«

»Komm um sieben vorbei, oder besser um acht. Dann reden wir.«

»Es stimmt, daß du mit jemandem ausgehst, nicht?«

»Also hör mal, was soll denn das?« Der Spott wurde lauter, wie eine populäre Melodie aus einem Radio, in einer lauten Bar. Quirós hatte das Gefühl, mit Cristina durch ein dichtes Medium hindurch zu sprechen, das bevölkert war mit Bedeutungen, die sich mit großer Geschwindigkeit und Getöse bildeten und wieder auflösten. War er eifersüchtig? Oder war es nur Unbehagen? Ein unbestimmtes Gefühl von Unbehagen, ein Schwindel. Er hörte wieder die Stimme Cristinas, unpersönlich, verschleiert. Als spräche sie durch eine Maske zu ihm, auf einem Kostümball: »Bist du eifersüchtig? Komm mir jetzt bloß nicht damit, daß du eifersüchtig bist ...«

»Ich weiß nichts weiter, als daß du sehr komisch bist. Eifersüchtig bin ich weder noch. Ich würde gern wissen, was mit dir los ist ...«

»Komm heute abend um sieben, um acht, besser gesagt ...«

»Um sieben oder um acht?«

»Gegen acht. Du hast den ganzen Tag nichts zu tun und machst dir nicht klar, was es heißt, morgens um acht mit der Arbeit anzufangen und am Nachmittag was weiß ich wie spät aufzuhören ...«

»Vorher hast du auch so lange gearbeitet.«

»Komm um acht, also, komm um acht, das andere Telephon klingelt jetzt ...«

Cristina hatte aufgelegt, bevor er antworten konnte. Quirós stellte sich das helle Büro vor, in den oberen Stockwerken des Windsor-Gebäudes. Die Innenräume, die superglatten, weißen Möbel. Die elektrischen, superleisen Schreibmaschinen. Der Teppichboden. Die geschniegelten Geschäftsleute. Die Cafeterias in der Calle de Orense. Das Machtgefühl. Die vierzehn Gehälter. Die Zulagen. Der bezahlte Urlaub. Die unbegreiflichen Geschäfte. Die internationalen Telephonkonferenzen. Ein aggressiver Wohlstand. Ein konventioneller Ort. Eine kleine Sekretärin, die sich den Luxus leistete, ihn, Quirós, an der Leine zu führen und den Hörer aufzulegen, ihn zu beschämen. Er spürte Neid. Es war ein so stechendes, so absolutes und so verschwommenes Gefühl, daß er sich kaum wiedererkannte. Eine unbestimmte Traurigkeit, wie leichter Nebel, der alles verwischte, alles gleichmachte, so wie die Büromusik, das musikalische Potpourri, das zu hören war, während er mit Cristina sprach, alle Melodien gleichmachte. Ein einziger, distanzierender Rhythmus. Eine rosafarbene, superglatte Vergiftung. Wie ein Schwall von Gerüchen, der auf der Straße aus einem Restaurant herausweht, überfiel ihn das sexuelle Verlangen, wie ein plötzliches Übel, ein Wunsch, zu verletzen und sich zu rächen, der zugleich, von innen gesehen, einen Geschmack nach Tränen des Selbstmitleids besaß. Eine unzureichende Erektion. Eine weiche, allgegenwärtige Erektion aus Verlangen und Langeweile.

»Bist du jetzt fertig, mein Sohn?«

»Ja.«

Seine Mutter, die zweimal ins Wohnzimmer gekommen und wieder hinausgegangen war, während Quirós mit Cristina telephonierte, setzte sich jetzt ihm gegenüber.

»Ich wollte dir nur sagen, Luis möchte dich kennenlernen ...«

»Aha, also gut.«

»Ich wollte sehen, ob wir es nicht so machen könnten und morgen zusammen im California zu Mittag essen, hier in der Gran Vía, im alten, weißt du?«

»Natürlich.«

»Dann sag ich Luis also, daß du kannst?«

»Natürlich.«

»Es ist doch normal, daß ihr euch jetzt kennenlernt, daß ihr Eindrücke austauscht. Daß du auch die Kinder kennenlernst ...«

»Die Kinder auch, ja?«

»Ja, natürlich. Das ist doch normal.«

»Also gut. Also morgen«, schloß Quirós. Er stand auf. Die Gelassenheit seiner Mutter irritierte ihn wie ein Luftballon, der anschwillt und jeden Moment platzen kann. Er ging auf die Tür zu. Von der Tür her sagte er: »Und vergiß nicht, mir Bescheid zu sagen, ja, Mama?, ein bißchen im voraus, wenigstens ein paar Tage, wann ich gehen soll ...«

»Aber natürlich, mein Sohn, aber natürlich, wie sollten wir dir nicht Bescheid sagen?«

Quirós ging aus dem Zimmer und schlug die Tür zu. ›Ich muß mich beruhigen‹, dachte er, als er auf die Straße trat, während er die Calle de Hortaleza hinunter in Richtung zur Plaza de Santa Barbara ging. Er lief eilig. Der Schweiß rann ihm über den Rücken. ›Ich fühl mich nicht wohl. Ich fühl mich überall unwohl ...‹ Es war eine obsessive Melodie. Wie ein unbefriedigtes sexuelles Verlangen. Als könnte man sich nicht befriedigen, obwohl man will und obwohl man kann und obwohl man sich befriedigt. ›Ich muß da raus.‹ Als er zur Plaza de Santa Barbara gelangte, kam ihm der Gedanke, ein Bier in der *cervecería* zu trinken ... Ihm blieben noch fünfhundert Peseten von dem, was Ortega ihm gegeben hatte. ›Wir können nicht so weitermachen, Cristina.‹ Er bereitete im Geist vor, was er dann nicht wagen würde, Cristina ins Gesicht zu sagen. ›Ich komme immer mehr herunter. Man wirft mich zu Hause raus. Du behandelst mich immer schlechter. Ich fühle mich alt, erledigt. Ich bin fünfundzwanzig und schon am Arsch. Glaubst du, daß man jemanden so behandeln darf? Glaubst du, daß man so wie ich durch die Straßen gehen kann, mit Selbstgesprächen und mit dem Gefühl, am Arsch zu sein? Es gibt Tage, da hab ich nicht mal das Geld, um ein Bier zu trinken. Ich tauge zu nichts ...‹ Es mußte etwas geschehen, dachte Quirós. Er dachte, daß die Umstände sich irgendwie ändern würden, sie mußten sich einfach ändern. Fruchtbarer werden. Es war unannehmbar, in seinem Alter in diesem Raum seiner Ohnmacht, seiner Unfähigkeit zu genießen, sich lebendig zu fühlen, eingesperrt zu sein. Alle miteinander erstickten sie ihn allmählich. Und abermals erinnerte er sich an Ortega wie an eine leichte Zuflucht, die ihn nicht demütigte und ihn sanft rettete. Und er spürte wieder Zuneigung für Ortega, eine Art Hunger, eine Gier, diffus wie die Sexualität. Sie würden noch einmal über alles sprechen. Er würde während dieser ganzen dämlichen Flitterwochen bei ihm bleiben. Vielleicht auch länger. Die Zeit, die nötig wäre. Er würde sich rächen. Oder besser nicht: nicht einmal das wäre nötig. Schließlich und endlich brauchte Ortega ihn. Er trat in den Getränkekiosk auf der Plaza de Santa Barbara und bestellte eine Kognak-Anis-Mischung. Und dann noch eine. Es war zwei Uhr nachmittags. Er hatte nicht gefrühstückt. Aber er verspürte keinen Hunger. Die Mischung gab ihm sogleich ein wohliges, ein sehr wohliges Gefühl. »Wieviel macht das?« fragte er. »Hundertzwanzig Peseten.« »Geben Sie mir noch einen. Können Sie mir bitte sagen, wie spät es ist?« »Gleich zwei«, antwortete ihm ein älterer Herr neben ihm. »Sie werden sich den Magen kaputtmachen, wenn Sie das alles so ohne was dazu trinken.« Es waren noch zwei Stunden hin, bis er Ortega anrufen konnte. Und ihn sehen konnte. »Es tut gut«, sagte Quirós. »Ich weiß nicht, so hintereinander weg...« sagte der Herr. »So werde ich schneller betrunken«, sagte Quirós. »Warum wollen Sie sich denn betrinken?« »Das ist meine Sache, oder?« »Mensch, natürlich. Verstehen Sie mich recht, ich will mich nicht in Ihr Leben einmischen. Aber vom Alter her könnte ich Ihr Vater sein. Es tut mir leid, zu sehen, wie Sie sich betrinken, so jung...« »Es ist das Leben, das Leben behandelt mich schlecht«, sagte Quirós. Er war schon beim vierten Glas. Die Unterhaltung war ihm brillant vorgekommen. Ein wenig wie eine Unterhaltung in einem Tango. Ein Gedankenaustausch in Buenos Aires, von Mann zu Mann, im Angesicht des Schicksals. Das Schicksal hatte die Form eines warmen Pavillons. Lebhaft waren die Farben der Kleidung, der Gesichter, der Zeitungs- und Blumenkioske. Eine fremde Stadt. Mit nur zwei Adressen, die man aufsuchen konnte, zwei Bekannten. Und das Gefühl, begehrt zu werden. Ein junger Bursche, allein in Buenos Aires, auf der Suche nach Abenteuern. Der Platz um ihn herum roch nach Hafen, nach funkelndem Mittag. Vergangenheit und Zukunft vollendeten sich hier mitten im Pavillon, tönend, ohne Fehler noch Irrtümer. »Um ehrlich zu sein, ich würde gern noch ein Glas trinken, wenn Sie mich einladen.« »Aber mit Vergnügen. Komm, Junge, gib dem Herrn hier noch ein Glas.« »Noch einmal dasselbe. Ich trinke mir einen schönen Rausch an . . .« Quirós lächelte. »Vielen Dank, ja?« »Keine Ursache, keine Ursache. Aber passen Sie auf, es ist erst zwei Uhr nachmittags . . .«

Der Kiosk füllte sich. Der Senior war gegangen, ausgelöscht aus dem sandigen Raum des Blickes, der jetzt angefüllt war mit jungen Leuten in Quirós' Alter, in grellen Farben. ›Es sind Feineleutekinder‹, dachte Quirós. ›Söhne und Töchter der guten Gesellschaft, die ihren Urlaub hinter sich haben und zwischen halb drei und drei zu Mittag essen, die hier in der Gegend leben, in der Calle de Zurbarán, in der Monte Esquinza . . .‹

»Undsoweiter!« sagte Quirós laut. Ein paar kräftige Typen mit offenem Hemd, Marbella-Urlauber, frisch gebräunt, alle gleich aussehend, einer schönen Anonymität entsprungen, einem abgeschmackten Film über junge Spanier der oberen und unteren Mittelklasse, schauten ihn an.

»Was ist denn mit dem los?«

»Was weiß ich, verdammt!«

»Was ist los mit dir, Alter?«

»Was weiß ich, verdammt!« wiederholte Quirós, den Körper und den Kopf ein wenig nach rechts geneigt. »Ich hab undsoweiter gesagt, ist was?«

»Ah, er hat undsoweiter gesagt!«

»Na, laß ihn.«

»Was habt ihr?« fragte eine eben hereingekommene höhere Tochter. Die Gruppe hatte sich gleichsam zu einem Spalier geöffnet, mit Quirós im Hintergrund. Quirós lächelte.

»Gestatten«, sagte er. Und er ging langsam durch die Mitte, wie ein Star, dachte er, ohne Eile noch Weile, mit der leichten Schlagseite, lächelte er, die die schönen jungen Menschen beim Gehen haben . . . Er lächelte wieder, als er auf der Straße stand. Er stützte sich auf das Gitter des Metro-Eingangs. Mit dem Kopf gegen den Stadtplan von Madrid, dachte er: ›Über die Calle de Almagro. Ich werde über die Calle de Almagro gehen bis zur Glorieta de Ruben Darío, jawohl. Ich fühle mich wie Gott . . .‹ Und es stimmte ja, daß er schön war. Auch er einer, der nach Marbella fuhr, auch er der schönen Anonymität der prickelnden, faden Jugend entsprungen, mit ihren prahlerischen Körpern, ihren Reizen vor aller Augen... Ein bißchen besoffen auch das ganze Alter, davon, sich in den Zeitungen zu sehen, in den Anzeigen, besungen und angezogen von Adolfo Domínguez überall auf der Welt... Und während Quirós mehr oder minder diese Worte dachte, fühlte er sich klüger als jeder andere, genauso schön und intelligenter: ›Darin liegt der Witz: daß die Schönheit gleichmacht und das Talent unterscheidet. Man kann intelligenter sein als die Mehrheit. Aber ein schöner junger Mann, der schöner als alle anderen ist, wäre ein widerwärtiger Bursche. Die körperliche Schönheit ist unspezifisch...‹ Und in diesem Zustand, um Viertel nach zwei nachmittags, an diesem Ort, zog Quirós viele Blicke an. Und er nahm sie auf, tränkte sich mit ihnen wie ein zarter, farbiger Schwamm. Er fühlte sich sauber, eingehüllt in den melodiösen Hitzedunst, schwitzend vor atembaren Reizen, umgeben vom Nimbus der diffusen Erektion seines halben Rausches, wie alle. Unvergleichlich und zugleich ganz genau wie sie alle. ›Und so‹, dachte er, ›in der rebellischen Fronde der jungen Leute untertauchen; ihre Wahnvorstellungen sind meine. Nur daß ich am Ende, zwei Stunden später, in Beziehung zu dem Unsicheren, dem Ungewissen, dem Perversen, dem Einzigartigen treten werde, das völlig identisch ist mit allem übrigen. Und gleichzeitig ganz anders. Das ist der Witz.‹

Er lief die Calle de Almagro entlang, auf der linken Seite. Vor dem Geschäft in dem Häuserblock an der Ecke der Calle de Zurbano blieb er stehen, um die Lampen, die Sessel zu betrachten, stützte den Kopf an die Glasscheibe; im Hintergrund des Geschäftes saßen drei Personen, im Kreis, wie im Wohnzimmer bei ihm zu Hause, im distinguierten Gespräch. ›Ob sie mich wohl sehen?‹ Quirós grüßte sie mit der rechten Hand. Sie rührten sich nicht. ›Werden wohl Puppen sein‹, dachte Quirós. ›In der Vitrine waren wir beide dem ökumenischen Tod sehr nahe‹, erinnerte er sich, irgendwo gelesen zu haben. Und er ging weiter: ›Diese kräftige Population, welche die Reste meines Herzens bedeckt, ganz aus unnützen, wunderschönen Blättern...‹ Er fühlte sich voller Worte, voller gewaltiger Reden, die in gläsernen Pavillons mit Brunnen endeten. Als er zur Calle de Rafael Calvo gelangte, bog er nach links ab auf der Suche nach einer Bar. Er fand eine gemütliche, laute, in braunen Farben, wie in der Provinz. »Ein Glas Rotwein«, bestellte er, »bitte.« Er fühlte sich höflich, schlank, daran gewöhnt, an vielen Orten ein und aus zu gehen, beachtet zu werden. Es war schon drei Uhr. Er trank den Wein. Dann ging er hinaus. Er lief geradeaus die Calle de Zurbarán hinunter in Richtung Calle de Abascal. Und die Calle de Abascal hinauf, danach bis zur Calle de Modesto Lafuente, bis zur Calle de Ríos Rosas. Und in der Calle de Ríos Rosas bog er nach links ab zum Kanal, zu Ortega. Er lief rasch, er fühlte sich grandios, leicht, verwirrt, zu allem fähig, sanftmütig wie ein Lamm, schlicht wie eine Taube, schlau wie eine Schlange. Um Punkt vier langte er vor Ortegas Haustür an.

»Du bist ein bißchen . . . beschwipst, oder?«

»Ein bißchen . . .«

»Und wie kommt das?«

»Du siehst ja . . .«

»Aber hör mal! Hast du was gegessen?«

»Ich hab keine Lust . . .«

»Du solltest was essen. Ich mach dir ein belegtes Brot, ja? Was meinst du? Mit Käse.«

»Auf ein bißchen Käse hab ich Appetit . . .«

»Setz dich hin, ich bin gleich wieder da. Ich werd mal nachsehen, was in der Küche ist.«

»Nur ein bißchen Käse. Ich hab keinen Hunger. Das hat sich ja sehr verändert.«

»Was hat sich sehr verändert? Dieses Zimmer?« Ortega lächelte, auf halbem Wege zwischen Quirós und der Küche. Auch er fühlte sich froh an diesem Nachmittag. Im Halbdunkel seiner warmen Wohnung im siebten Stock, in der die bewegliche Luft des Luftstroms weise zwischen Innenhof und Terrasse hin- und herging. Er fand kein Brot. Aber ein Viertel Mancha-Käse, mit schwarzer Rinde. Er leerte einen ganzen Behälter Eiswürfel in einen Krug. Sie würden einen Whisky trinken. Er fühlte, daß sein Mund ein wenig trocken war und zog sich das Hemd aus. ›Und warum nicht?‹ dachte er. Als er zurückging, strich die Luft über seine städtische Haut, erfrischte sie, ließ ihn in maritimer Freude entbrennen, Klatschmohn und Bilder an den schillernden Wänden, an den leichten Reihen der Bücher...

»Laß uns einen Whisky trinken«, sagte Ortega.

»Mann, eine hervorragende Idee!«

»Aber iß was, ja?, iß was...«

»Auf ein bißchen Käse hab ich Appetit... und auf einen kleinen Whisky...«

»Ich weiß nicht, ob du solltest...«

»Wieso nicht? Natürlich soll ich! Und du auch. Wir beide sollen...«

»Ich weiß nicht, ob du... mehr trinken solltest...«

»Aber ja! Warum denn nicht?«

»Aber warum denn?« fragte Ortega, der sich von Wogen seiner selbst fortgeschwemmt fühlte, aber noch immer ein gewisses demütiges Vernunftdenken bewahrte. Ausreichend, noch immer, obwohl es damit nicht weit her war. Das sich jedoch allmählich sanft in dem launischen, rotierenden Kreisel des fremden Taumels verfing. Jetzt war alles Sanftheit. Als wäre alles jetzt am Anfang, als wäre nichts von dem Geschehenen, Geargwöhnten, Gefürchteten wahr. Es gab keine andere Gewißheit als die Abenddämmerung, als das Fallen, den bernsteinfarbenen Schutzengel *on the rocks*. Es konnte nicht dauern, es konnte nicht bleiben, was immer es auch war. Daß es nicht beschämend war, sondern klar, wie ein Vollmond zwischen Bäumen, eine schattige Stille, wie der Körper, der wuchs. Denn nach dem ersten Schluck wuchs der Körper, die Finger und die Zehen, die Beine und die Achseln weiteten sich. Ortega bewahrte noch immer eine feste Erinnerung an die *res externa,* die äußeren Dinge, das Büro. Und diese Erinnerung diente ihm als Halt. Deshalb sagte er: »Ich meine, was soll das, daß du dich plötzlich nachmittags um drei betrinkst, so mir nichts, dir nichts...«

»Ich warne dich«, stotterte Quirós, »betrunken, also völlig, also ich bin nicht besoffen... Ich bin beschwipst, das ist was ganz anderes, ein bißchen Respekt...«

»Aber Kind, Junge, mir ist das doch egal, wir sind doch alle gleich die ganze Zeit, wie im Traum, siehst du mich denn nicht?«

»Ich seh dich doppelt ...«

»Du tust so«, äußerte Ortega vorsichtig, »als hättest du mehr getrunken, als du wirklich getrunken hast.«

»Ich tu so? Warum verdammt noch mal soll ich so tun? Ist doch völlig Wurscht! Setz dich zu mir, komm, Junge, laß uns reden. Wir müssen sehr viel reden, du und ich, mein Busenfreund, mein Freund ... Du bist ja nackt, Scheiße, du schwitzt ja. Wo hast du das Hemd gelassen? Du bist ja splitternackt. Ich werd mir auch das Hemd ausziehen, ja? Wie findest du das?«

»Ich finde dich sehr schön ...«

»Becircen, hörst du, becircen tust du mich, leugne das bloß nicht ab. Es gibt nichts Besseres in dieser Welt als einen gut gemixten Whisky, um uns zu ... Ich weiß nicht, was ich sage ...«

»Aber, was ist denn passiert? Sag? Sag mir, was dir passiert ist.«

»Wem? Mir? Fühlst du dich denn nicht wohl? Und ob du dich wohl fühlst. Du fühlst dich wohl, mein Alter, du fühlst dich wohl. Vergiß alles ...«

Ortega nahm einen weiteren Schluck. Er versuchte, seine Gefühle zu analysieren. Der brennende Geschmack, der im Hals aufkeimte und blühte wie ein Echo. Er versuchte, das zu sagen: es zu sagen. Er dachte: ›Wenn es mir gelänge, jetzt, wenn es mir gelänge, diese Grenze zu überschreiten, diesen Taumel, und Punkt für Punkt, Wort für Wort das auszusprechen, dann würde die Nacht nicht so schnell über mich hereinbrechen, und ich wäre frei. Aber ich kann es nicht aussprechen. Ich kann es nur trinken und sein, das Ungereimte ...‹

»Ich liebe dich«, murmelte Ortega.

»Von wegen. Ich gefalle dir, das ja. Also, *inter nos,* deine Geschichte treibt dich schon seit Jahren um, bei mir, da gibst du dir eben endlich einen Ruck, okay. Noch ein Schlückchen, ich bin trocken, ohne Eis, ohne Eis ...«

»Bevor wir weitermachen ...«

»Fortfahren ...«

»Warum gehst du nicht ins Zimmer, in mein Zimmer, und legst dich ein bißchen hin?«

»Einen Dreck werd ich tun. Was glaubst du? Daß ich besoffen bin? Einen Dreck. Das hättest du gern ...«

›Es wäre absurd, nach so vielen Jahren, nachdem das Leben und die Sinne in mir erloschen sind, jetzt in diese leichte, triviale Falle zu gehen und nicht mehr herauskommen zu wollen, sondern tiefer hineinzugehen und nicht gewinnen, sondern verlieren, alles auf einmal verlieren zu wollen. Er hat getrunken, nicht ich. Er hat eine Entschuldigung, ich nicht. Wenn wir beide aufwachen, werde ich die Rechnung bezahlen, und das ist alles‹, dachte Ortega.

Und er betrachtete Quirós, der in seinem Sessel ausgestreckt lag, ohne Hemd, mit dem albernen Lächeln der Betrunkenen. Nach so vielen Jahren.

ORTEGA LIESS den Blick über die Buchreihen wandern, die die Wände bedeckten. Die Vertrautheit des Zimmers kam ihm plötzlich wie eine Anklage vor. Als schämte diese verstaubte, trostlose, sommerliche Physiognomie seines täglichen Lebens sich jetzt dieser neuen, trunkenen und hemdlosen Physiognomie, in der eine Erotik zum Vorschein kam, die Ortega völlig beschwichtigt zu haben glaubte. Ihm wurde klar, daß das Bedürfnis, weiterzutrinken, lediglich eine der Masken der Scham war, die ihm jetzt den Hals austrocknete und bewirkte, daß er sich fremd fühlte, wie aufgeschwemmt und entblößt, mitten in seinem Wohnzimmer. Quirós hatte die Augen geschlossen, und einen Moment lang wünschte Ortega, er sei eingeschlafen, um diesen fast traumhaften Mechanismus zum Stillstand zu bringen, der, mehr als die Worte, beider Gebärden und Bewegungen in einer wollüstigen Bildfolge verkettete, die Ortega faszinierte und zugleich erschreckte. Ihn erregte und zugleich hemmte. Quirós bewegte sich ein wenig und öffnete die Augen.

»Es ist schön jetzt, dieses Zimmer. Ich habe immer so ein Zimmer haben wollen, mit einer Geheimtür. Ein Interieur, das niemand außer mir betreten darf. Ein Ort, den nur ich kenne. Und dieses Zimmer ist genau das ...«

»Betrachte diese Wohnung als dein Zuhause, wenn du willst...« sagte Ortega fast automatisch. Wie eine indiskrete Bemerkung, die jemand bei einem Treffen von sich gibt und die plötzlich aufblitzt, von Schweigen gefolgt. Beide schwiegen sie.

»Meinst du das ernst?« sagte Quirós. »Ich glaub nicht, daß du das ernst meinst... Wir sind wieder beim Thema, das haben wir alles schon mal gesagt. Manchmal ist es lustig, aufs gleiche Thema zurückzukommen. Mir geht's gut. Geht's dir nicht auch gut?«

Ortega trank in einem Zug den Whisky aus, der ihm blieb. Er war schweißnaß und dachte, daß ihm eine kalte Dusche guttäte. Er dachte: ›Ich muß etwas sagen.‹

»Wir können weder vor noch zurück«, sagte Ortega. »Ich wollte nicht dahin kommen. Es ist zu offensichtlich. Zu gewaltsam. Ich bin nach so vielen Jahren nicht in der Lage, vor- oder zurückzugehen...«

»So ist das Schicksal. Es ist der Ruf des Schicksals...«

»Warum hast du heute nachmittag so viel getrunken?«

»Einfach so. Warum nicht? Ich war unsicher. Ich hatte Lust, herzukommen und mich ruhig mit dir hinzusetzen und weiterzutrinken... Das ist angenehm, wenn Vertrauen herrscht...«

»Natürlich...«

»In einer Sache«, stotterte Quirós, als hemmte ein neuer Ansturm von Einfällen seine Ausdrucksweise, »in einer Sache hast du völlig recht: wir gelangen nirgendwohin. Weder vor noch zurück. Hier sind wir beide, unbeweglich. Fasziniert, und schauen uns an. Warum schaust du mich so viel an?«

»Es ist sonst niemand da. Wir sind allein. Wen soll ich anschauen?«

»Ich fühl mich ein bißchen komisch, gehemmt. Ich würde mich gern den ganzen Nachmittag und den ganzen Abend weiter so fühlen, gehemmt... Es ist faszinierend, zu sehen, wie du da stehst und mich anschaust wie ein Haustier, wie ein großer, treuer und folgsamer Hund. Du hast Hundeaugen...«

»Wir hätten nicht anfangen dürfen...«

»Bereust du etwas?«

»Ich weiß nicht. Es ist nichts passiert, schließlich und endlich...«

»Es ist amüsant, das zu verlängern, daß nichts passiert. Dir geht's dabei schlechter als mir...«

»Es ist das erste Mal in vielen Jahren«, murmelte Ortega.

»Das erste Mal was?«

»Das. In vielen Jahren.«

»Irgendwann muß es das erste Mal sein. Du bist mein einziger Freund. Ich hab Vertrauen zu dir. Was würde aus mir ohne diese Wohnung? Dieser ganze Nachmittag, die ganze Zeit, seitdem ich aus dem Haus gegangen bin bis jetzt und bis später, bis zu dem, was kommt, ist ein Augenblick für sich... Wir sind allein, wir sind nicht ganz zurechnungsfähig. Du bist neugierig und ich auch. Worauf wartest du?«

»Ich werde mich ein bißchen erfrischen. Es ist sehr heiß...«

»Du amüsierst mich. Ich seh dich hin und her laufen in einem Käfig, glänzen wie ein Tier hinter einer Glasscheibe, hinter den Gitterstäben eines Käfigs. So etwas hab ich noch nie erlebt. Ich sehe mich selbst, wie ich dich provoziere, wie ich mich provoziere, wir beide sind Gestalten, die in die absoluteste Anonymität abgleiten, in die absoluteste Folgenlosigkeit. Komm, Mann, setz dich her zu mir, was immer wir tun, es wird keine Folgen haben.«

»Es GEHT schon vorbei, als du gekommen bist, warst du beschwipster...« murmelte Ortega, der einen Stuhl an den Sessel von Quirós herangerückt hatte. Ihre Knie berührten sich. Sie hätten sich umarmen können, wenn sie nur die Arme etwas ausgestreckt hätten. Ortega hatte sein Glas und das von Quirós neu gefüllt. Das Eis im Krug löste sich auf. Ortega trank einen Schluck Wasser direkt aus dem Krug.

»Warum sagst du das?« Quirós streckte seine langen Beine zwischen den Beinen des Stuhls aus. Er stützte den Kopf, die Wange in die linke Hand.

»Weil es nicht mehr so aussieht, als seist du beschwipst. Du redest normal...«

»Ich lasse mir nichts anmerken, merkst du das nicht? Die Hellsichtigkeit des Alkohols, sie kommt und geht, ein seliger Zustand der Seele: ihre scheinbare Nüchternheit...« Während Quirós sprach, hatte er beide Hände auf Ortegas Knie gelegt, die leicht geöffnet waren. Ortega spürte den Druck der Finger wie Unbotmäßigkeit, wie Beunruhigung. Er trank einen weiteren Schluck Whisky.

»Die Dämmerung...« murmelte Ortega.

»Was ist mit der Dämmerung, mein Junge? Ich finde dich verwandelt. Du siehst gut aus ohne Hemd...«

»Es ist eine Illusion, ein Irrtum, diese ganze Sanftheit, die Dämmerung ist fiktiv...«

Quirós öffnete und schloß langsam Ortegas Beine.

»Wer ist der Verführer?« fragte Quirós.

»Du.«

»Von wegen. Wenn du willst, lassen wir es.«

»Dann ich.«

»Allerdings.«

»Ein unangenehmes Wort... Verführung. Wie albern.«

»Was liegt an dem Wort?«

»Ich habe vor fünfzehn Jahren mit dem Schreiben aufgehört. Ich habe nichts mehr zu sagen.«

»Du brauchst nichts zu sagen.«

»Du wirst es deiner Freundin erzählen.«

»Was hat meine Freundin damit zu tun?«

»Ich weiß nicht, das liegt bei dir. Ich erinnere mich nicht, was ich gesagt habe...«

»Ich schon, an alles. Du bist indiskret gewesen, sehr indiskret. Dafür mußt du zahlen.«

»Es ist unmöglich, daß du dich an alles erinnerst, was ich gesagt habe...«

»Alles, alles...«

»Es ist unmöglich, sich an alles zu erinnern.«

»In diesem Fall nicht. Es sind Gemeinplätze. Wir alle sagen mehr oder weniger das gleiche.«

»Du hättest mich unterbrechen müssen, gehen müssen...«

»Warum? Es war amüsant, dich zu sehen, anregend...«

»Es ist lächerlich...«

Barbara Pym
Quartett im Herbst

Roman
Aus dem Engl. von Dora Winkler.
207 Seiten. Leinen DM 32.–

»Die Lektüre eines einzigen Romans von Barbara Pym gilt soviel wie ein Jahr England«, so hieß es in Le Monde, wo ›Quartett im Herbst‹ als *das* Meisterwerk der englischen Autorin gefeiert wurde. Dem deutschen Leser bereits mit ihrer hinreißenden »britishness« bekannt, führt Barbara Pym mit diesem 1977 entstandenen Spätwerk aufs neue ihre erzählerische Brillanz und subtile Ironie, aber auch – deutlicher als je zuvor – die beklemmende Traurigkeit des (englischen) Alltags – und des Altwerdens vor.

»›Quartett im Herbst‹ ist ein Wunder an erzählerischer Harmonie, ein perfekt ausgewogenes Hin und Her zwischen vier vereinsamten Individuen, die, kraftlos und unsicher tastend, nach einem möglichen Zusammenhalt suchen ... Nie war Barbara Pym stärker, trauriger, komischer, kühner.«
John Updike im NEW YORKER

Ida Fink
Die Reise

Roman
Aus dem Poln. von Klaus Staemmler.
238 Seiten. Leinen DM 38.–

Ein Roman von Haß und Zuneigung, vom Kampf ums Überleben und von der Schwierigkeit, fremde Identitäten anzunehmen und trotzdem das eigene Ich zu bewahren. Die Reise, die die beiden jungen polnischen Jüdinnen antreten müssen, um dem Holocaust zu entrinnen, ist zugleich ein Stück Literatur voller Poesie und atmosphärischer Dichte.

Anna Wimschneider
»Ich bin halt eine vom alten Schlag«

Geschichten vom bäuerlichen Leben einst und jetzt
Zusammengestellt von Katharina Meschkowski unter Mitarbeit von Albert Wimschneider mit Fotos von Bettina Böhmer.
183 Seiten mit 61 s/w- und 31 Farbfotos.
Lamin. Pappband DM 39.80

In diesem reich bebilderten Buch entführt Anna ihre große Lesergemeinde erneut in ihre Welt, in ihr Leben gestern und heute.

Bestell.-Nr. 90007 Preisänderungen und Irrtümer vorbehalten. Stand Juni 1991

PIPER

LITERATUR

Die neuen Bücher
1991

»Mach dir keine Sorgen. Es ist nichts passiert. Wir sind genauso weit wie am Anfang.«

Ortega ließ sich auf die Knie fallen. Er umfaßte Quirós' Taille mit den Händen. Er umschlang Quirós' Taille mit den Armen. Er streichelte seine Brust mit der rechten Hand, fuhr mit den gespreizten Fingern leicht über das Gefüge der Rippen, die Muskeln, bis zu den Schultern ...

»Hör mir zu«, wimmerte Ortega. »Ich weiß nicht, was Glück ist. Ich habe nicht die geringste Erfahrung. Nur außergewöhnliche Seelen erfahren bisweilen einen Schatten von beschränktem Glück, ich nie, nie ... Aber jeder Dummkopf kann eine unendlich genaue Erfahrung der Misere, der Hölle haben, er braucht dazu bloß ins Büro zu gehen und wieder nach Hause zu kommen. Ich habe sie. Es ist die einzige, die ich habe ...«

Quirós löste seinen Gürtel. Er winkelte die Beine an. Er zog die Schuhe aus. Er lächelte.

»Ich habe noch nie jemanden wie dich gekannt. Ich mag es, wie du schwafelst. Wie ein Pfarrer ...«

Ortega lag noch immer auf den Knien. Die Arme jetzt um Quirós' Beine geschlungen. Quirós stand auf. Barfuß. Ortega küßte seine Füße. Er klammerte sich an die Knöchel, drückte sie. Es herrschte ein diffuses, grünes oder rosiges Licht. Eine Abgeschlossenheit, die bestärkte. Bevollmächtigte. Wie spät es wohl war? Quirós ließ die Hosen fallen. Er trug keine Unterhosen. Er fühlte sich jung. Er mußte an Cristina und an seine Mutter denken, dort, auf der anderen Seite der Welt, dumpf und elend. Ortega hatte seine Knöchel losgelassen und umklammerte jetzt erneut seine Hüfte. Ortegas Gesicht befand sich in der Höhe von Quirós' Penis.

»Lutsch ihn mir, wenn du willst«, sagte Quirós. Und er selbst steckte ihm den Schwanz in den Mund, wobei er ihn fast erstickte. Quirós dachte: ›Es ist amüsant.‹

Ortega wachte um sechs Uhr mit trockenem Mund und Kopfschmerzen auf. Mit dem nackten Quirós, der rücklings in seinem Bett schlief. Beide hatten sie Platz mehr als genug. Ortega erinnerte sich, daß er geweint hatte, daß sie zusammen den Käse gegessen hatten, daß er eine Büchse Sardinen aufgemacht hatte, daß sie die Flasche Whisky ausgetrunken und eine weitere bis zur Hälfte geleert hatten. Daß er ihn nicht von hinten genommen hatte. Quirós ließ es nicht zu. Und Ortega konnte in Wahrheit gar nicht. Nach dem Lutschen löste sich für Ortega alles in kindlichen Küssen auf, in opaken Zärtlichkeiten, die ein zweifelnder Körper – der seine – aufgeschreckt, beinahe abwesend, wie längst vergessene Dinge wieder zum Vorschein brachte. Mit dem Geschmack des Spermas im Mund, die Finger klebrig, wollte er masturbieren und konnte nicht. Er masturbierte jetzt mit wilder Heftigkeit. Starr neben Quirós, ohne zu wagen, ihn zu berühren. Es war noch nicht hell. Er ging ins Badezimmer und wusch sich mit einem feuchten Handtuch, um keinen Lärm mit dem Wasser der Dusche zu machen. Dann setzte er sich ins Wohnzimmer, bereits angezogen, um zu warten, bis es Zeit wäre, ins Büro zu gehen. Quirós schlief noch immer, als Ortega die Wohnung um halb acht verließ. Er trat in eine Cafeteria, um einen Kaffee zu trinken. Und er verspürte Hunger. Er frühstückte zweimal. Während er mit großen Schritten die Calle de Ríos Rosas hinunterging, zündete er sich eine Zigarette an. Jetzt fühlte er sich glücklich. Inmitten der Genauigkeit des neuen Tages, der Leute, die kamen und gingen. Die Straße immer fruchtbar wie ein Fluß, eine Geschichte. Es gelang ihm, sich im Büro zu konzentrieren. Er fühlte sich belebt, erleuchtet. Anders als er gleich nach dem Erwachen gefürchtet hatte, empfand er keinerlei Reue, nicht einmal Angst vor der Zukunft. Alles, bis zu dem Augenblick, da er ging, um drei Uhr, war ruhig, zusammenhängend und tief wie eine gut zu Ende konstruierte Erzählung.

»Das alles, Charito«, wiederholte Doña Teresa zum vierten oder fünften Male, »macht mir zu schaffen, verbittert mir eben das Leben, ja. Du findest das vielleicht albern. Sag mir nicht, nein-nein, weil es ist doch-doch. Du findest das vielleicht albern, aber mir macht es zu schaffen. Luis hat angerufen und sagt, daß es bis November keine Festräume gibt. Und ich hatte mich schon so drauf gefreut und woanders will ich nicht. Wieso ich mich so aufrege? Na, weil jetzt alles aufgeschoben ist. Wieso nicht? Mehr als einen Monat. Alles ist mehr als einen Monat aufgeschoben. Und dann ist schon November. Und ich dann, und er dann, wir zwei Witwer, beide mit Blumen ins La Elipa-Viertel! Warum ins La Elipa-Viertel? Weil der Almudena-Friedhof im La Elipa-Viertel ist! Was hat das damit zu tun, daß ein Vetter von dir sich eine Wohnung in La Elipa gekauft hat! Außerdem ist er ein Vetter zweiten Grades, und ich hab dir schon gesagt, er soll sie sich nicht kaufen, dieses Viertel bringt Unglück, es bringt Unglück, gleich hinter dem Friedhof, Mauer an Mauer. Und dann die Schnellstraße ... Ah, natürlich ist er reizend, dein Vetter! Was tut das zur Sache, daß er reizend ist? Wo er doch die andere Möglichkeit hatte, in Alcalá de Henares, eine viel bessere Wohnung, viel größer, viel kühler, mit einer kleinen Terrasse ... Es ist nämlich so, sieh mal, Luis und ich, wir haben jetzt Lust, allein zu sein, wie es sich gehört, wir beide allein in der Wohnung in der Calle de Hortaleza ... Was ich mit den Einladungen machen werde? Na, einfach niemanden einladen! Und andererseits, ich muß dir sagen, freu ich mich. Das Petit Paris ist unheimlich teuer, wie die Dinge nun mal sind. Zuerst mal, was es kostet, was da zusammenkommt, das mal zuerst, das sind wir im Nu bei vierhunderttausend Peseten. Und dann mal sehen, was uns noch bleibt! Denn die Leute, man weiß ja. Und daß sie das Gedeck zahlen, also kommt drauf an! Bestimmt denken sie, daß wir in unserem Alter Geld übrig haben, und dann kommen sie und schenken uns den Dampfkochtopf oder die kleinen Aschenbecher mit einem Spruch drauf oder eine Blumenvase aus glattem Glas! Also, nein. Ausgeschlossen, ausgeschlossen, ausgeschlossen. Und, Chari, dich laden wir dann hinterher zu Meeresfrüchten ein, dich allein. Mit dir, was du willst. Und dann genehmigen wir uns das, was du am meisten magst. Aber ich jetzt, irgendeinem Hungerleider zu essen geben, also nein, meine Liebe, wie die Dinge liegen, und in die Hochzeitsfeiern schleichen sich viel Hungerleider ein. Und dann die Zeit, dann ist schon November. Ich hab's Luis schon gesagt: Sieh mal, Luis, ich heirate nicht im November, wenn es im November ist, dann lassen wir es lieber bis Mai.

Und er will nichts davon wissen, er will nichts davon wissen... Was wir tun werden? Na, nichts, eben heiraten, ein paar Zeugen, der Sakristan, ein bißchen Trinkgeld und schön nach Hause, weil's regnet. Und dann du, wenn du willst, was du willst. Mit dir ist es was anderes...«

Es war ein Uhr nachmittags. Quirós hörte diesen Telephonmonolog seit zwölf oder länger schon. Er hatte nicht geschlafen, als Ortega ins Büro ging. Er tat, als schliefe er, zusammengerollt. Er hatte gesehen, wie er sich vorsichtig im Zimmer bewegt hatte, in Unterhosen, wie ein Ektoplasma. Er hatte gehört, wie er masturbierte, wozu er lange brauchte und wobei er sich schüttelte wie vom Teufel besessen, ohne ihn zu berühren. Als Ortega ging, war er wieder eingeschlafen, bis neun Uhr. Dann hatte er sich geduscht; eingewickelt in ein Handtuch, war er müßig durch die Wohnung spaziert; er hatte sich damit amüsiert, alles zu durchsuchen, alle Schubfächer, die Schränke, auf der Suche nach Geheimnissen, nach Briefen, nach Photos, nach Mysterien, sogar nach Geld. Und es war nicht so, daß er die Absicht gehabt hätte, etwas zu stehlen. Nur herumzuschnüffeln. Aber es gab keine Geheimnisse. Auch kein Geld. Nur Spuren von Ortega, einsame Spuren, seine Gegenstände persönlichen Gebrauchs. Der Kamm, die Zahnbürste, der noch feuchte Rasierpinsel, das nasse und ausgewrungene Handtuch, das am Handtuchhalter hing; und im Schlafzimmer, im Schrank, die drei oder vier abgetragenen Anzüge, die anonymen, fast gleichen Hemden, die Unterhosen, die Taschentücher, die grauen und granatroten Socken, ein halbes Dutzend. Schale Aura eines x-beliebigen Abwesenden, die Quirós nur vermittels einer bewußten Anstrengung des Willens und der Aufmerksamkeit vage mit Ortega hatte füllen können, wie jemand, der in einer Zeichnung für Kinder ein bißchen aufs Geratewohl ein Schloß und eine Wiese und einen Bauern und eine Kuh koloriert. Es war, als sei die Wohnung verlassen worden. Fast wie das Zimmer eines Hotels. Als wäre Ortega lediglich ein Reisender, noch immer leicht gegenwärtig, kurz vor dem Vergessen, eine monotone Zahlenangabe, die sich verkleinert und verschwindet. Es war seltsam: Jetzt, auf dem Bett ausgestreckt, erinnerte Quirós sich selbst nicht als betrunken am vorherigen Abend, sondern als hellsichtig die ganze Zeit. Genau wie jetzt. Und jetzt gewahrte Quirós eine abstrakte Zärtlichkeit, wie etwas Unberechenbares, das, ausgehend von seinem Körper, sich entfernte und wiederkehrte und ihn mit Gespenstern in Berührung brachte. Ortega war ein Gespenst. Und es gelang Quirós nicht, da herauszukommen; alles wiederholte sich mehrere Male; die Gefühle, Imitationen ihrer selbst, nicht einmal vielgestaltig. Wie eine Fortsetzung seiner Kindheit, seiner Jugend, seiner Faulheit des Erwachsenen, der auf Pump lebt, ohne Probleme.

Das Verstummen seiner Mutter, als sie den Hörer auflegte, brachte ihn dazu, vom Bett aufzustehen und sich anzuziehen. Und dann erinnerte er sich, daß er gestern vormittag mit Cristina vereinbart hatte, am Abend, um acht, bei ihr vorbeizukommen und daß ihm das Besäufnis und das Gefummel dazwischengekommen waren und er nicht hingegangen war.

Und dann erinnerte er sich, daß er mit seiner Mutter verabredet hatte, sich mit Luis zu treffen und zu dritt im California zu Mittag zu essen.

ER MUSSTE noch eine Stunde warten, bis seine Mutter sich zurechtgemacht hatte. Sie betraten zusammen das California. Luis wartete an der Bar auf sie. Er sah etwa wie fünfzig aus. Das ganze Haar weiß, gewellt und kräftig. Von der gleichen Statur wie Quirós. Ein breites, fleischiges, rötliches Gesicht. Mit seinem hellen Sommeranzug und seiner Seidenkrawatte mit einem breiten, damaszierten Krawattenring. Ein dicker Ring am kleinen Finger, eine goldene Uhr. Ein unverwechselbarer Prokurist. Alle drei gingen sie in das Restaurant im Untergeschoß hinunter. Doña Teresa und Luis auf der Sitzbank an der Wand. Sie paßten gut zusammen. Quirós gegenüber. Die Kellnerin kannte sie von früheren Besuchen. Sie machten den Eindruck, als seien sie viele Jahre verheiratet, so aufeinander abgestimmt bewegten sie sich. Beide bestellten sie das Gericht Nummer zehn und ein Bier. Beide sagten sie: »Ein bißchen Pisto mit dem panierten Schnitzel, so haben wir es gern.« Quirós gelang es nicht,

Eingang in die Unterhaltung zu finden. Und er kam aus dem Staunen nicht heraus. Er erkannte seine Mutter nicht wieder. Sie erschien ihm anmutiger, weniger geschwätzig. Weniger dominant als sonst. Und, vor allem, unklar in der Beziehung zu ihm, verschwommen in bezug auf Quirós. Als wäre Quirós ein Gast und nicht ihr Sohn. Sonderbar war nicht, worüber sie sprachen. Quirós hörte sie nur mit Mühe. Sonderbar war für Quirós die funkelnde Irrealität der neuen Eigenschaften seiner Mutter. Es war, als betrachtete er eine Szene mit dem Fernglas. Erstaunliche Annäherung zweier Gestalten, die augenblicklich, beim Absetzen des Fernglases, nur zwei vage vertraute Gestalten in verwegener Ferne sind, das reine Jenseits des Bewußtseins.

»An einem der nächsten Tage«, sagte Luis, direkt an Quirós gewandt, »an einem der nächsten Tage mußt du meine beiden Kinder kennenlernen.«

»Ja, sicher, natürlich ...« nickte Quirós.

»Du bist ein bißchen zerstreut«, sagte Doña Teresa.

»Deine Mutter und ich, wir haben gedacht, daß am Anfang ...«

Trotz seiner angeborenen Selbstsicherheit schwankte Luis hier. »Also, in dem ersten Monat nach unserer Hochzeit, vielleicht hast du da Lust, eine Reise zu machen, Ferien. Wir haben gedacht, mit fünfzigtausend Peseten könntest du gut eine Reise irgendwohin machen, sogar nach Alicante, nach Benidorm, jetzt im September ...«

»Es war ganz Luis' Idee, ganz seine Idee«, schob Doña Teresa genußvoll ein.

»Überhaupt nicht, überhaupt nicht, eine Idee von uns beiden, halb und halb ...«

»Also, mein Sohn, sag was, gefällt dir die Idee nicht?«

»Doch, natürlich«, gelang es Quirós zu sagen. »Also vielen Dank.«

»Deine Mutter hat mir schon erzählt, daß du Schwierigkeiten hast, eine Stelle zu finden ...«

»Ein wenig, ja«, räumte Quirós halblaut ein. Er wurde rot vor Zorn. Sollte es möglich sein, daß dieser dämliche Bankmensch ihn ausfragen wollte?

»Hast du mal an eine Auswahlprüfung gedacht? Jetzt

gibt's ja einiges. Ich hab immer gesagt, meinen Kindern sag ich's genauso, daß man als erstes sein bißchen Sicherheit haben muß, zuerst das Wichtigste, die Grundlage. Wie ich. Ich, als ich achtzehn war, da hab ich meine Auswahlprüfung für die Bank vorbereitet, als Hilfskraft in der Verwaltung. Ich hab meine Prüfung bestanden, meine Stelle bekommen, und da bin ich nun . . .«

»César sagt aber«, schob Doña Teresa ein, »daß so eine Auswahlprüfung sehr frustrierend ist . . .«

»So was hab ich nie gesagt«, sagte Quirós schroff.

»Ach nein? Also dann, mein Sohn, weiß ich nicht, warum du dich noch nicht zu einer gemeldet hast . . .« Doña Teresa fuhr mit der winzigkleinen Zunge über die frisch geschminkte Unterlippe. Die plötzlich verengten Augen zwischen den glänzenden, getuschten Wimpern. Quirós erkannte seine verhaßte Mutter von einst wieder. Der Zorn wuchs in seiner Seele wie die Holznase einer lügnerischen Puppe.

»Frustrierend«, äußerte Quirós ruhig, »frustierend ist ein Wort, das ich nicht benutze.«

»Also was für ein Wort benutzt du denn, mein Sohn, sag es uns. An Worten soll's nicht liegen . . .«

»Keines.« Die Demütigung, der Zorn hemmten ihn. Es war, als hätte Quirós das Schluß-s gezischt.

»Siehst du, wie er sich aufregt, Luis? Ich weiß schon nicht mehr, was ich mit ihm machen soll . . .« Doña Teresa war jetzt ein homogenes Ganzes von honigsüßer, witwenhafter Mütterlichkeit. Der Blick, den sie Luis zuwarf, bewirkte, daß Luis sich als der männlichste Mann am Platze fühlte.

»Schau, César, du wirst sagen, wozu ich mich in dein Leben einmische. Aber, natürlich, es ist nicht wegen dir. Es ist wegen deiner Mutter. Deine Mutter und ich, wir sind jetzt ein und dasselbe. Es ist normal, daß ich wissen möchte, woran ich mit dir bin. Ist das normal oder nicht? Sag mir mal . . .«

»Arbeit suchen ist meine Sache. Ich hab euch um nichts gebeten, weder dich noch meine Mutter . . .«

»Schön, also, daß du deine Mutter um nichts gebeten hast, das lassen wir mal beiseite.« Don Luis hatte aufgehört zu essen. Er hatte einen Schluck Bier getrunken. Jetzt zündete er sich eine Zigarette an. Eine Winston.

»Laß ihn, Luis, laß ihn. Wenn er sich so aufregt, ist er ganz genau wie sein Vater . . .« betonte Doña Teresa, sich über die Lippen leckend.

»Was, verdammt noch mal, hat mein Vater damit zu schaffen?«

»Moment mal, Junge, Moment mal. Als erstes, Höflichkeit. Und mit deiner Mutter, da redest du zuerst mal, wie es sich gehört. Was sind denn das für Manieren, was für eine Sprache!«

»Lassen wir das, ja?«

»Was heißt hier lassen wir das? Ich bin hier«, und Don Luis schlug sich an die Brust, ein bißchen, mit der Faust, in Höhe des damaszierten Krawattenrings, wie ein Mini-King-Kong der Finanzwelt, »und ich bin hergekommen, um die Interessen deiner Mutter zu verteidigen. Und es scheint mir nicht schicklich, daß du mit deinen fünfundzwanzig Jahren die Wände hochgehst und uns mit Scheiße und verdammt noch mal kommst. Das werde ich nicht erlauben . . .«

»Laß ihn, Luis, um Himmels willen, laß ihn!«

Quirós stand auf. Das Paar betrachtete ihn einmütig. Ein Stummfilm, der sehr rasch im klimatisierten California auf der Gran Vía abläuft, im alten, dem größeren der beiden Lokale. Quirós, der Tintenfisch mit weißem Reis bestellt hatte, ließ den Tintenfisch stehen. Die Dauer eines Herzschlags.

Er versuchte den ganzen Nachmittag, Cristina anzurufen. Er rief sie von einer öffentlichen Telephonzelle aus an, gleich nachdem er das California verlassen hatte. Es war Mittagszeit, und, wie zu erwarten, traf er sie weder im Büro noch zu Hause an. Er mußte zwei Stunden warten, die er damit verbrachte, auf der Plaza de España herumzuwandern und mit großen Schritten den Paseo de Rosales abzulaufen. Er hatte keinen Pfennig. Er hätte gern ein Bier getrunken, sich auf eine der Café-Terrassen gesetzt, die auf den Parque del Oeste hinausgehen. Aber er hatte keinen Pfennig. Keinen

Pfennig zu haben, war eine klebrige Vorstellung, wie das Gefühl, verschwitzt zu sein oder schmutzig, der lastende Druck der Mittagshitze. Am Rand des Teichs hinter dem Debod-Tempel sitzend, schaute er ohne zu sehen in die Casa de Campo hinaus. Der Dunst negierte das Guadarrama-Gebirge genauso wie Quirós' Zorn, sein Unbehagen, die gefühlsmäßige Existenz all dessen negierte, was nicht Quirós selbst war, wie er hier saß und sich über die Welt ärgerte und sich verdorben fühlte durch seine engen Verhältnisse, wie verfaultes Fleisch, auf dem die Fliegen schwirren. Am Ende, nach zwei Stunden, als es schon vier vorbei war, dachte er nur noch an Geld. ›Ich brauche Geld.‹ Das war kein Satz mehr, sondern eine physiologische Störung, wie Hunger, wie Durst. Er mußte um jeden Preis mit Cristina sprechen. Er ging zur Plaza de España zurück. Dort mußte er Schlange stehen vor den öffentlichen Telephonen am Metro-Eingang. Als er endlich mit Cristinas Büro sprechen konnte, war Cristina beim Chef und konnte nicht ans Telephon kommen. Er hinterließ eine Nachricht. Nach einer Stunde rief er erneut an, Cristina kam ans Telephon. »Du hast mich gestern ja schön versetzt, mein Lieber.« »Ich muß dich unbedingt heute nachmittag sehen. Ich erklär dir alles.« »Dann aber sehr spät. Ich bin sehr beschäftigt.«

Sie verabredeten sich wieder um acht Uhr bei Cristina zu Hause. Es waren noch drei Stunden bis dahin. Quirós ging nach Hause. Er duschte sich. Er legte sich aufs Bett. Seine Mutter war nicht zurückgekommen. Der Geruch der stillen Wohnung beruhigte ihn, wie als Kind. Er schlief eine Weile. Schweißnaß wachte er auf. Er duschte sich erneut, bevor er ging. Pünktlich um acht kam er zu Cristina.

»Du hast mich ja schön versetzt, mein Lieber!«

»Wenn du mir erlaubst, werd ich dir alles erklären.«

»Erlaub du mir zuerst, daß ich mich frisch mache. Ich bin eben aus dem Büro gekommen. Ich bin wie gerädert.«

Cristina duschte ausgiebig. Auf dem Bett ausgestreckt, rauchte Quirós Cristinas teure Zigaretten, atmete ihr Parfüm und fühlte sich ein bißchen besser, ein bißchen selbstsicherer. Cristina war schließlich und endlich da, alles war beim alten. Er ging in die Küche auf der Suche nach etwas zu trinken. Er öffnete eine Dose Bier und kehrte ins Schlafzimmer zurück, während er trank. Barfuß, ohne Hemd durch die Wohnung zu gehen, sich in den grünen, vergoldeten Spiegeln in der Diele und im Flur zu betrachten, erinnerte ihn an Ortega. Sollte er die Wahrheit erzählen? Wäre es nicht besser, irgendeine Geschichte zu erfinden? Wie würde Cristina reagieren, wenn er ihr die Wahrheit erzählte? Er erinnerte sich, daß er irgendwo, wahrscheinlich in der Zeitung, ein Zitat von Barthes oder von Sartre gelesen hatte: »Man kann nur mit Hilfe von Betrug leben, nur, indem man betrügt, ich finde kein anderes Wort.« Das kam ihm plötzlich wie die exakte Zusammenfassung seines Lebens vor. Mit Betrug fristete er, Quirós, sein Leben, definitionsgemäß eher denn aus einer Entscheidung oder Vorliebe heraus. Und dieser Gedanke, verbunden mit dem Bier und den in Cristinas Wohnungseinrichtung vorherrschenden Weiß-, Grün- und Goldtönen und mit seiner eigenen Nacktheit (wieder im Schlafzimmer, hatte Quirós sich völlig ausgezogen, eine verwegene Geste oder ein halbbewußtes Zeichen, das Cristina wie eine Bitte deuten sollte, aber auch wie eine Rückkehr zur Normalität zwischen ihnen beiden), mit seinem eigenen kräftigen und dunklen, anonymen und schmerzenden Körper, belebte ihn auf einmal wieder. Auch Cristina, als erahnte sie die Situation, kam nackt aus dem Bad, noch naß. Sie legte sich neben ihn. Sie trank einen Schluck Bier. Sie fuhr ihm mit den Fingernägeln über die Brust.

»Was bist du heiß, mein Schatz, du sprühst ja Funken!«

»Lutsch ihn mir ein bißchen, das magst du doch ...«

»Solltest du mir nicht eine Erklärung geben?«

»Was für eine Erklärung willst du denn noch?« Quirós bog den Körper, den ganzen Körper, wie eine Brücke, nur auf die Schultern und die Füße gestützt.

»Und was ist das? Das Kamasutra?«

Quirós ließ sich auf das Bett fallen. Er umarmte Cristina. Die Frische der Brüste und des Körpers war köstlich. Der rosige Geruch. Er wollte sie küssen, aber Cristina wandte den Kopf zur Seite.

»Was ist los? Magst du mich nicht mehr?« murmelte Quirós.

»Ich möchte lieber, daß du mir was erzählst. Ich bin müde. Ich hab keine Lust ...« Cristina rückte ein wenig von Quirós ab.

Quirós nahm Cristinas rechte Hand und umschloß mit ihr seinen erigierten Penis.

»Wichs ihn mir wenigstens.«

»Ich hab keine Lust, laß mich ...« Cristina entwand sich seiner Hand. Sie stützte den Kopf in eine Hand und betrachtete ihn, zur Seite gedreht. Mit dem Fuß klopfte sie gegen sein Bein. Quirós sah zur Decke. Seine Erektion ließ auch nach. Er verschränkte die Hände im Nacken.

»Was war gestern los? Du bist sehr pünktlich. Es ist das erste Mal, daß du so was machst. Es muß was passiert sein ...« Cristina betrachtete ihn amüsiert. Sie hatte eine Zigarette angezündet.

»Gib mir einen Zug«, sagte Quirós, ohne sich zu rühren. Cristina steckte ihm die Zigarette zwischen die Lippen. Quirós sog gierig den Rauch ein. Was sollte er erzählen? Er erinnerte sich an das, was Ortega über die Einfälle gesagt hatte. Ihm fiel jetzt nichts ein. Er fühlte sich gehemmt. Er wußte wirklich nicht, wie Cristina reagieren würde. Wenn er die Wahrheit erzählte, würden ihm keine Trümpfe bleiben. Das Gefühl, in rasender Eile ein Kartenspiel zu spielen, ließ ihn Erschöpfung empfinden. Cristina strich erneut mit den Fingernägeln über seine Brust. Sie zeichnete mit den Nägeln der rechten Hand ein rasches Zickzackmuster auf seine Haut.

»Ich hatte einen Rausch ...«

»Einen Rausch, du? Das wundert mich sehr ...«

»Ich weiß nicht, wieso ...«

»Weil es mich eben wundert. Das ist nicht deine Art ...«

»Und was ist meine Art?«

»Deine Art ist eher das ...« Cristina machte eine Bewegung mit der Hand, mit der Zigarette zwischen den Fingern. Eine vieldeutige Gebärde.

»Unsere Beziehung«, sagte Quirós langsam, »ist nicht mehr wie früher. Jeden Tag behandelst du mich schlechter ...«

»Brauchst du Kohle?«

»Das unter anderem ...«

»Hättest du es doch gesagt, Mann, hättest du es doch gesagt ...«

»Aber das ist es nicht. Es ist ... Du hast dich verändert, du hast mich satt ... Ich weiß nicht, ob es jemand anderen gibt oder ob du jemand anderen brauchst oder ob du mich über hast oder was ...«

»Erzähl mir das von gestern. Die Wahrheit. Das amüsiert mich am meisten, du weißt ja ...«

»Ich war mit Ortega zusammen, wir haben uns betrunken. Ich hab mit ihm geschlafen ...«

»Schon wieder! Warum bestehst du so darauf, daß ich diese Geschichte glaube?«

»Es ist die Wahrheit.«

»Vermutlich. Aber ich glaub's nicht. Also bleibt es sich gleich.«

»Also dann, mein Schatz, fällt mir nichts ein.«

»Erzähl mir die Wahrheit«, sagte Cristina, »als wär's etwas, das du erfindest, mach mir was vor, begreifst du nicht, daß ich nichts von dir wissen will, was wahr ist? Wenn es die Wahrheit ist, was du mir erzählst, dann mach es so, daß du sie trübst, gib mir das Gefühl, daß du mir ein bißchen was vormachst, daß du mich belügst. Wahrheiten hab ich im Büro schon mehr als genug. Also fang jetzt nicht auch noch damit an.«

»Weißt du, was mir gestern passiert ist, Cristi?«

»Nein, erzähl mir alles ...«

»Also, Ortega hat mich angerufen und mir gesagt, ich sollte alle Pornos für Schwule kaufen, die ich finden könnte, wofür er mir natürlich schon am Tag davor vierzigtausend Peseten gegeben hatte. Videos und die ganze Scheiße, die wir bei ihm zu Hause dann anschauen wollten. Also hab ich das gemacht. Um vier bin ich zu ihm gegangen, und wir haben mit dem Trinken angefangen und Joints gedreht und amerikanische Pornofilme angesehen ... Der Typ war verrückt vor Freude ... So ging das den ganzen Nachmittag, bis spät abends ... Deshalb konnte ich nicht herkommen. Es war nicht der rechte Augenblick.«

»Schon besser«, sagte Cristina. »Und was noch, was noch?«

Quirós verbrachte die Nacht bei Cristina. Cristina schlief fast sofort ein, eingewiegt von der obszönen Erzählung, die Quirós erfand. Es gab einen Punkt, kurz bevor Cristina ganz einschlief, da die Unwahrscheinlichkeit der Einzelheiten Quirós selbst zum Lachen brachte. »Findest du diesen Quatsch wirklich amüsant? Seit einer Weile fällt mir nur dummes Zeug ein. Es ist nicht mal pornographisch«, sagte Quirós schließlich. »Ich find's amüsanter so«, murmelte Cristina. Nach und nach steckte auch ihn die Schläfrigkeit an. Cristinas elektrischer Wecker weckte sie beide um Punkt sieben Uhr. Um diese morgendliche Zeit sprach Cristina kaum. Sie zog sich mit großer Geschwindigkeit an, schminkte sich das Gesicht, machte sich eine Tasse Nescafé. Quirós beobachtete ihr Kommen und Gehen vom Bett aus. »Laß mir tausend Peseten da!« brachte Quirós stotternd hervor. Cristina mochte es nicht, wenn man sie zu dieser Stunde ablenkte. Quirós wußte das nur zu gut. Aber das Bedürfnis nach Geld, wenigstens ein bißchen Geld, um über den Tag zu kommen, war an diesem Morgen in aller Heftigkeit mit ihm erwacht. »Entschuldige, ich habe keinen Pfennig.« Cristina ging schon. Ohne etwas zu sagen, legte sie zweitausend Peseten auf den Frisiertisch. Quirós hörte, wie die Tür mit einem Schlag ins Schloß fiel. Er war jedoch nicht beunruhigt. Cristina war schon andere Male auf diese Weise fortgegangen. Und bei anderen Gelegenheiten war es Quirós gelungen, nach Cristinas Weggang noch einmal für zwei oder drei Stunden einzuschlafen. Er hatte keine Reue gespürt bei früheren Gelegenheiten. Und es war auch nicht Reue oder Scham, was er jetzt empfand. Es war eher Furcht. Quirós untersuchte dieses Gefühl vorsichtig. Ihm war, als würde er es zwischen den Fingern halten, wie einen glitschigen Gegenstand, auf halbem Wege zwischen dem Pflanzen- oder Tierreich und dem Mineralienreich. Als wäre es ein abgerundeter, mit Schlamm bedeckter Stein, schlüpfrig und lebendig, trüb und bösartig, unangenehm bei der Berührung: wie ein Teil seines eigenen Körpers, ein frisch gezogener, kariöser Backenzahn, noch blutend, oder wie das Auge eines Tiers, verschwommen und widerwärtig in der Höhlung seiner Hand: Angst haben. Und wenn Cristina seiner überdrüssig wäre, ihn abweisen würde? Dieser Gedanke, der nicht neu war, erschien heute klebrig. In dem komfortablen, weißen und goldfarbenen Schlafzimmer Cristinas, in der superglatten Deutlichkeit dieses leicht kalten, leicht unpersönlichen Mobiliars, das ein wenig zu sehr den Schlafzimmerentwürfen eines Einrichtungs-Magazins glich. Angst, aus der selbstgefälligen, konstanten Wahrnehmung des eigenen Körpers vertrieben zu werden, hin zur Häßlichkeit eines kindlichen Äußeren, zu einem winzigen, traumhaften Körper, von dem er sich nicht trennen konnte und dessen Liebkosung nicht angenehm war, sondern verboten. ›Wenn Cristina mich jetzt abweist‹, dachte Quirós Wort für Wort, ›müßte ich in meine Kindheit zurückkehren, in das Haus meiner Eltern, zum nutzlosen und unbegreiflichen Kommen und Gehen der Erwachsenen, zu den Streitereien meiner Mutter und meiner Großmutter, zu einem Hin und Her, über das ich keine Gewalt habe, in eine Wohnung, in der ich unsichtbar bin oder unbedeutend, ein Kind.‹ Und Quirós verstand nicht, warum diese Vorstellungen, die in rascher Folge vor seinem halboffenem Bewußtsein erschienen und verschwanden, ihm heute morgen Schrecken verursachten, tiefes Unbehagen und Angst. »Wenn du dich da anfaßt, du Ferkel, dann wächst er hinterher nicht, wie er wachsen soll«, hatte seine Großmutter zu ihm gesagt, als sie ihn eines Tages im Badezimmer beim Masturbieren überraschte. Wann war das gewesen? Es war auch beängstigend jetzt, sich an diese Szene und diese Worte zu erinnern, ohne sie chronologisch einordnen zu können. Wie eine abstrakt formulierte Warnung, wie unpersönliche Nachrichten über eine ansteckende Krankheit, wie die Angst vor Lächerlichkeit. Quirós streichelte sich jetzt die Genitalien und mußte an Ortega denken. Etwas zutiefst Befriedigendes war an jenem Abend in der Calle de Ríos Rosas geschehen. Ortega auf den Knien, ihn anflehend, ihn bewundernd. Die Großmutter war kindisch, sie hatte sich vertan, hatte gelogen, diese alte Lustgreisin.

Es war schon neun Uhr. Quirós machte sich einen Nescafé in der Küche. Das Telephon klingelte. Dreimal; es ließ ihn vor Schreck zusammenfahren. Er dachte: nicht hingehen, nicht antworten, nicht abnehmen. Still bleiben, wie ein Kind. Wie als Kind. Noch zweimal. Dreimal.

Quirós lief zum Telephon, im Wohnzimmer. Cristina. Es war Cristina.

»Wo hast du gesteckt?«

Sanft, formlos, rosig drang die musikalische Dauerberieselung des Büros an sein Ohr. Das Geklapper der elektrischen Schreibmaschinen. Gelächter.

»Ich war in der Küche.«

»In der Küche?«

»Ich war dabei, mir einen Kaffee zu machen.«

»Hör mal . . . Einen Augenblick bitte, Ignacio, ich bin gleich für dich da . . . César . . .«

»Ja, was ist.«

»Hör mal, ich hab alle Hände voll zu tun. Willst du dableiben oder was?«

»Was heißt das, ob ich dableiben will?«

»Sei nicht so schwer von Begriff! Mach dich fertig und geh. Heute kommt die Putzfrau . . .«

»Sehen wir uns später?«

»Heute kann ich nicht, heute ist unmöglich. Heute abend hab ich außerdem Leute zu Hause . . .«

»Du hast Leute? Was für Leute?«

»Leute. Ein paar Freunde . . .«

»Aber, was denn für Freunde? Kann ich nicht dabeisein?«

»Heute nicht, weißt du. Heute abend nicht.«

»Was sind das für Freunde?«

»Ein paar Freunde hier aus dem Büro . . .«

»Und warum kann ich nicht . . .«

»Daß du nicht lockerlassen kannst! Einfach so. Heute abend nicht.«

»Also heute abend hast du eine Verabredung, oder? Wer ist dieser Ignacio?«

». . . ja, ich komm jetzt, ich komm jetzt! Ruf mich morgen nachmittag an. Bis dann.«

Die Musik hörte plötzlich auf. Quirós traten Tränen in die

Augen. Er zog sich an, ohne zu duschen. Er nahm die zweitausend Peseten. Dann ging er die Treppe hinunter. Als er auf der Straße stand, blendete ihn das kastrierende Licht des Tages. Es war erst zehn Uhr morgens.

ER SAH ihn von weitem, wie er umherwanderte. Mit dem Rücken zu ihm. Er betrat eine Bar. Er bestellte ein Bier. Durch die Glasscheibe war er ebenfalls zu sehen. Er ging auf dem gegenüberliegenden Bürgersteig auf und ab. Die Dinge hatten sich sehr verändert. Die Bilder und Gedanken hatten Ortega vierundzwanzig Stunden lang ohne Unterbrechung bedrängt. Als er am Nachmittag zuvor nach Hause gekommen war und Quirós nicht vorfand und keinen Anruf erhielt, hatte Ortega wie eine Ratte bei einem Experiment den geschlossenen Kreis von zwei, höchstens drei großen, opaken Gefühlen durchlaufen: den Wunsch, den Jungen wiederzusehen, den Wunsch, ihn nicht wiederzusehen, die Hoffnung, aus dieser Erfahrung (die sich jetzt als trostlos und untröstlich erwies) einen kreativen Impuls zu gewinnen oder einfach Antrieb genug, um sich nicht unnötig zu quälen. Ein Hin und Her auf einem Geleise, aus dem es kein Entrinnen gab. Ortega hatte, auf vierundzwanzig Stunden zusammengedrängt, den Zustand des täglich Gleichen und Vergeblichen wiedergefunden, der ihn jahrelang in der Schwebe gehalten hatte. Fünfzehn Jahre lang hatte Ortega es fertiggebracht, in der Schwebe zu leben. Und plötzlich fand er sich gefangen im Mechanismus einer Handlung, die nicht mehr zerstört werden konnte: diese Szene mit Quirós. Ihn von weitem zu sehen, wie er an der Haustür auf ihn wartete, wie er den Eingang seiner Höhle überwachte, erfüllte ihn daher mit Angst. Und sein erster Reflex war zu fliehen, sich zu verstekken. Aber dieser Akt des Sichversteckens, sich in eine Bar zu stellen und ein Bier zu bestellen (es war eine lärmende Fischbraterei, gedrängt voll) verdeutlichte ein Gefühl, das während der vergangenen vierundzwanzig Stunden kaum aufgetaucht war: den Wunsch, sich von Quirós zu befreien. Den erbarmungslosen Willen, ihn in einen Gegenstand der Sehnsucht zu verwandeln, bereits dem Vergessen überantwortet.

Und dieser Wille war wie ein süßlich bohrender Wunsch, ihn zu beseitigen, eine stumme, widerwärtige Lust, ihn umzubringen. Daher schämte sich Ortega über sich selbst, während er sich in der Kneipe versteckte, und setzte einen unerbittlichen Strafmechanismus in Gang: Der Wunsch, sich von Quirós zu befreien, um frei an ihn denken zu können, war in Ortegas Augen der einzige unverzeihliche Wunsch, die einzige absolute Schuld. Deshalb, um den Schatten dieser Schuld wenigstens ein bißchen von sich fernzuhalten, dachte Ortega: ›Heute nicht. Heute nachmittag nicht. Heute nachmittag geh ich ins Kino. Ich will drei Filme hintereinander sehen. Bis abends um zehn. Und dann nach Hause gehen und mich ins Bett legen. Morgen kann ich ihn wieder sehen, mit ihm reden. Dieser Wunsch ist nur ein schlechter Moment gewesen.‹ Diese Gedanken beruhigten ihn ein wenig. Er bestellte noch ein Bier. Er zündete sich eine Zigarette an. Durch die Glasscheibe sah er die Gestalt von Quirós wie verloren. Es tat ihm leid, ihn so umherwandern zu sehen. Fast ohne sich in den Schatten der Häuser zu retten. Ruhelos in der Mittagshitze. ›Auch er läuft wie ich in einem geschlossenen Kreis hin und her: Das Warten auf mich ist seine Hölle, so wie der Wunsch, ihn nicht wiederzusehen, meine ist.‹ Die Situation hatte eine komische Seite. Eine lächerliche Seite. Ortega vollbrachte eine Anstrengung, um sich selbst von außen zu sehen, hier in der Kneipe versteckt. Er versuchte, sich in seiner erdrückenden Bedeutungslosigkeit zu sehen, wie ihn Gott sähe, wenn es Gott gäbe. Er versuchte zu lächeln. Wie würde all dies klingen, erzählt von einem Erzähler, der in Sicherheit wäre vor sich selbst, von einem gutgelaunten Erzähler? Es war vergeblich, sich das vorstellen zu wollen. Und es war schon vier. Und Quirós ging nicht, Ortega würde ihm gegenübertreten müssen. Er konnte nicht ewig weiter Bier trinken und sich verstecken. Quirós war stehengeblieben. Er schaute erneut auf seine Uhr. Er ging. Um den Platz herum. Ortega sah ihn die Avenida de las Islas Filipinas hinunter verschwinden. Er verließ überstürzt die Bar. Er schlüpfte in den Hauseingang wie ein Kaninchen. Als er in seiner Wohnung war, setzte er sich auf einen Stuhl in der Diele, schweißnaß. Er dachte: ›Ich bin verrückt. Morgen geht's mir wieder gut. Ich werde duschen und ins Kino gehen. Morgen werden wir über alles reden.‹

Es WAR elf Uhr abends. Quirós saß auf einer Bank wenige Meter vom Hauseingang entfernt. Es gab keinen Ausweg. Außerdem war er auch nicht nötig. Das Kino hatte ihn beruhigt. Quirós sah schlecht aus. Unrasiert. Das Haar am Kopf klebend. Oder vielleicht war er auf eine andere Weise attraktiv. Die Nacht verwandelt alle Gestalten. Selbst die gefürchtetsten werden plötzlich sanft. Niemand entgeht dem berauschenden Entzug des Lichts, dem gräsernen Uterus, der uferlos, augenlos über die Epidermis der Straßen fließt. Ortega lächelte, als er ihn begrüßte. Quirós lächelte nicht. Er kaute Kaugummi. Das verlieh ihm ein ungewöhnliches Aussehen, einen nervösen Ausdruck. Ortega wußte nicht, ob es Schüchternheit war oder Angeberei.

»Ein Glück, daß du auftauchst!« sagte Quirós.

Beide betraten sie den Hauseingang. Ortega hatte einen trockenen Mund. Er sagte nichts. Er holte den Fahrstuhl. Sie fuhren schweigend in den siebten Stock hinauf.

»Wir sind zwei starke, schweigsame Männer, wie man sieht«, scherzte Ortega ohne Witz. Der Satz klang geflüstert, leise zischend in der Abgeschlossenheit des Treppenabsatzes. Die metallene Tür des Fahrstuhls schloß sich von allein oder schien sich von allein zu schließen, mit einem gewaltigen Krachen. Beide traten sie in die Diele. Zuerst Ortega, hinter ihm Quirós. Ortega schaltete im Flur, in der Küche, im Wohnzimmer, im Schlafzimmer das Licht an. Ohne zu wissen, warum, trank er einen Schluck Wasser aus dem Hahn im Badezimmer. Quirós war ihm gefolgt bei diesem raschen Versuch, sich zu erhellen, sich natürlich zu fühlen, sich zu Hause zu fühlen. Und der Versuch war gescheitert: Ortega schaute Quirós unverwandt an, ohne zu wissen, was er sagen oder denken sollte.

»Warum machst du so viel Licht an?« fragte Quirós.

»Na, einfach so, warum wohl? Wir wollen doch nicht im Dunkeln bleiben . . .«

»Ich hab den ganzen Abend auf dich gewartet . . .«

»Ich bin im Kino gewesen.«
»Du hättest auf mich warten können . . .«
»Ich wußte nicht, daß du kommen würdest.«
»Aber du hättest es dir denken können, so schwer ist es doch nicht.«
»Ich war sehr müde. Jetzt, in der Urlaubszeit, ist die Hälfte der Leute nicht da, es ging den ganzen Vormittag ohne Pause. Um die Wahrheit zu sagen, ich hab gedacht, du würdest nicht kommen. Ich hab nicht daran gedacht. Ich hab mich in ein Kino gesetzt . . .«
»Ich glaube, es ist das Normalste, daß ich komme, na ja, finde ich jedenfalls . . .«
»Nein, schon. Ja, normal, ja . . .«
»Schön, und wie geht's?« Quirós stand. Ortega hatte sich in den Sessel gesetzt. »Ich werde das Licht ausmachen . . .« Und Quirós lief durch die ganze Wohnung und löschte alle Lichter, bis auf eine kleine Lampe im Wohnzimmer. Und er öffnete das Fenster. Und unten erschienen vage, wie in einem Hafen, die in der Brise schlingernden Positionslichter der Schiffe, die Straßen, die Häuser . . . »Jetzt kann man atmen . . .« sagte Quirós, wie jemand, der eine langwierige, erschöpfende Arbeit erledigt hat. »Schön, und wie geht's?« wiederholte er.
»Gut«, sagte Ortega.
»Nur gut? Du wirkst nicht sehr überzeugt . . .«
»Wie, überzeugt?«
»Eben überzeugt. Froh. Zufrieden. Hier bin ich. Freust du dich nicht, mich zu sehen?«
»Klar freu ich mich!«
»Mir ist das nicht so klar. Aber überhaupt nicht klar. Schön, und?«
Quirós kaute noch immer Kaugummi. Ortega versuchte, kühl zu entscheiden, ob diese Tätigkeit Quirós' Gesicht einen sorglosen Ausdruck verlieh oder das Gegenteil. Eine Nervosität, die als Natürlichkeit, als Gelassenheit gelten möchte.
»Du kaust Kaugummi . . .«
»Wie du siehst . . .« Quirós stand vor Ortega, das Gewicht des Körpers auf dem linken Bein, mit vorspringender Hüfte, mit engen Hosen und einem weiten, modischen Hemd,

schwarz und weiß, zerknittert, passend zu seinem unrasierten Gesicht. Er wirkte attraktiv, wie von der Straße. Er wirkte anonym. Ortega spürte, wie ein Gefühl von Anonymität ihn durchlief, sein eigenes Wohnzimmer entstellt durch die Nacht des offenen Fensters, wie die Einfahrt eines Hafens, und die jugendliche Gegenwart von Quirós, der, wie er hier stand, Kaugummi kauend, Fortunas rauchend, mit Hunderttausenden junger Arbeitsloser identisch war. Wie eine unfreiwillige, unverantwortliche Erinnerung an das letzte Mal überlief Ortega ein Schauer des Begehrens. Er zündete sich eine Zigarette an.

»Es ist komisch, dich so Kaugummi kauen zu sehen ... Willst du dich nicht setzen?«

»Du wirkst verstimmt«, sagte Quirós.

»Das bin ich nicht ... Aber ich werde es noch, wenn du weiter so rumstehst.«

Quirós setzte sich ihm gegenüber, auf den gleichen Stuhl, auf dem Ortega an jenem Abend gesessen hatte. Er wandte den Kopf ein wenig zur Seite, wie jemand, der mit halbgeschlossenen Augen, mit gewissem Mißtrauen eine Person, einen einfachen Bekannten betrachtet, der gerade etwas Seltsames gesagt hat.

»Ich weiß nicht, ob dir klar ist«, scherzte Ortega, seinen Unwillen verbeißend, »daß du mich wie einen seltsamen Kauz anschaust, schon eine ganze Weile schaust du mich so an ...«

»Ich finde dich seltsam. Und außerdem fühl ich mich auch seltsam ...« Quirós sprach langsam, als ertaste er die Worte, als koste es ihn beträchtliche Anstrengung, die richtigen grammatikalischen Satzglieder zu konstruieren. Als belaste ihn ein wortloser Wunsch und als bemühe er sich, ihn nach und nach auszudrücken. Er wirkte so zusammengeschrumpft, wie er da rauchte, die beiden Ellenbogen auf die Knie gestützt und die Hände verschränkt, daß Ortega dachte: ›Er heuchelt, er spielt etwas vor.‹ Und sofort schämte er sich, das zu denken. Und er dachte das Gegenteil, was bei Ortega auf den Gedanken hinauslief: ›Ich bin grausam, ich bin ungerecht.‹ Aber Ortegas Gedanken waren (und ganz besonders an diesem Abend) fast keine Gedanken; es waren eher Bilder, Photogramme, chaotisch vermengt, die einander unwiderruflich und lebhaft folgten, sich zu Bildfolgen häuften. Deshalb mußte Ortega, obwohl er sich flüchtig schämte, weil er gedacht hatte, daß Quirós heuchelte, an die Schauspieler des Actor's Studio denken, an ihre katzenhaften Manieriertheiten, an die erotische Wirkung ihrer kalkulierten, scheinbar unbedeutenden kleinen Gesten. Quirós' Geste bestand jetzt darin, daß er auf seine verschränkten Hände starrte und immer wieder rasch an seiner Zigarette sog. Ortega spürte ein Gefühl von Übelkeit.

»Was heißt das, daß du dich seltsam fühlst?« fragte Ortega schließlich und versuchte vergeblich, seinem Satz einen leichten Ton zu verleihen. Quirós schaute ihn fest an. Und noch bevor er antwortete, wußte Ortega schon, daß sein grotesker, unauslotbarer Kreuzweg begonnen hatte.

»Ich versteh nicht, warum dich das wundert. Nach dem, was vorgestern war. Es ist nicht mehr dasselbe zwischen uns. Das vorgestern war ein Einschnitt, das mußt du zugeben ...«

»Das tut mir sehr leid, wirklich.«

»Warum tut dir das leid? Mir nicht. Im Gegenteil. Ganz im Gegenteil.«

»Es war Schwäche.«

»Na ja, wie man's nimmt. Es war absehbar, oder?«

Ortega antwortete nichts. Quirós drückte die Zigarette in einem Aschenbecher neben sich aus, wobei er die Glut mit den Fingern zerrieb.

»Ja oder nein?« erkundigte sich Quirós jetzt knapp. Er blies auf seine Finger.

»Ja oder nein was?«

»Ob es absehbar war oder nicht. Sag die Wahrheit.«

»Ich bedaure sehr, was passiert ist. Es wird nicht noch einmal passieren.«

»Warum nicht?«

»Es war Schwäche. Es war meine Schuld. Ich gebe zu, daß es meine Schuld war. Es wird nicht noch einmal passieren. Wir können weiter Freunde bleiben, wenn du willst, ohne das ...«

»Ohne das!« Es lag exklamatorische Verachtung, eine

dumpfe triumphierende Note in der Stimme von Quirós. »Gefall ich dir nicht mehr oder was?«

»Es war Schwäche, ein schwacher Augenblick«, wiederholte Ortega niedergedrückt.

»Schwäche, ein schwacher Augenblick!« Quirós' Augen funkelten. Der Spott, die Rache, die unberechenbare Gefährlichkeit seiner kleinen Grausamkeit ließen ihn in diesem Augenblick glänzen wie ein gläsernes Bewußtsein. »Du erstaunst mich, mein Alter. Wirklich, Gonzalo, es ist erstaunlich. Du bist unglaublich. Ich hab noch nie jemanden wie dich gekannt...«

»Bitte, sag das nicht!« Als wäre ihm in diesem Augenblick die Fähigkeit gegeben, sich kalt und spöttisch von außen, von weit her zu betrachten, begriff Ortega, daß er nacheinander in sämtliche Fallen gehen würde, die Quirós ihm stellte; vielleicht (trotz allem fand Ortega noch Zeit, diesen noblen Vorbehalt zu machen), ohne daß Quirós ihn ernsthaft erledigen wollte.

»Ich hab noch nie jemanden wie dich gekannt«, wiederholte Quirós. »Jetzt auf einmal..., was dir dein ganzes Leben lang gefallen hat, was du seit dem ersten Augenblick, als wir uns vor einem Monat oder vor zwei oder wann auch immer kennengelernt haben, gewünscht und gewollt hast und gesucht und überlegt hast, jetzt erzählst du mir also, daß es Schwäche oder ein schwacher Augenblick ist... Weißt du, was du bist?«

»Verzeih mir«, murmelte Ortega.

»Du bist ein Heuchler. Deshalb bist du gescheitert, weil du ein Heuchler bist. Ich werde ehrlich zu dir sein, mir ist es egal. Was mich ankotzt, ist, daß du selbst deine Lügen glaubst. Es kotzt mich an wegen dir, siehst du. Mehr als wegen mir.«

Ortega traten Tränen in die Augen. Und der Anblick dieser Tränen bewirkte, daß Quirós, wenn auch nicht Scham darüber, sie ausgelöst zu haben, so doch zumindest Mitleid empfand, jenes unmittelbare (wenn auch äußerliche) Mitleid, das wir manchmal empfinden, nachdem wir in einem Anfall von Zorn ein Haustier mißhandelt haben. Ein solches Mitleid war in diesem Fall um so leichter zu empfinden und um so angenehmer, da es allergrößte Schwäche auf seiten von Ortega und allergrößte (wenn auch vorübergehende) Stärke auf seiten von Quirós zur Voraussetzung hatte. Und Quirós mußte sich an diesem Abend um jeden Preis stark fühlen, sei es auch nur vorübergehend. Es läßt sich schwer sagen, inwieweit Quirós der bewußt Handelnde bei diesem emotionalem Auf und Ab war. Quirós' tatsächliche Schwäche außerhalb dieser Wohnung, wenn er seiner Mutter oder Cristina gegenübertrat, war ein blinder, schrecklicher, fast rein mechanischer Impuls, wie ein gewaltiger Erdrutsch, bei dem die Erde die bereits vorhandenen Spalten und Risse ausnutzt, um sich zu verlagern. Jedenfalls veranlaßte ihn das Mitleid, auf Ortega zuzugehen und dessen rechte Hand zwischen seine zu nehmen.

»Mach dir keine Sorgen«, murmelte Quirós.

»Mir tut das alles sehr leid«, flüsterte Ortega, während er mit der linken Hand Quirós' Kopf, das feuchte Haar streichelte. »Ich wollte nur dein Freund sein«, stammelte Ortega.

Quirós führte Ortegas Hand, die er in der seinen hielt, zwischen seine Beine. Er rieb sich mit ihr, kräftig, während er die Beine langsam öffnete und schloß. »So ist es besser, hm, mein Lieber«, flüsterte Quirós an Ortegas Ohr, den Kopf auf seine Schulter gelehnt. Ortega entzog sich brüsk. Quirós öffnete den Reißverschluß des Hosenschlitzes.

»Lutsch ihn mir ein bißchen, wie neulich, ich weiß, daß du das magst . . .«

»Laß mich, bitte, laß mich«, sagte Ortega.

»Was hast du jetzt? Sei nicht dumm. Ich mag das auch. Ich mag das am allermeisten. Ich mag es lieber mit dir als mit meiner Freundin. Du kannst es sehr viel besser . . .«

»Laß mich, bitte . . .«

Bei diesem ganzen Hin und Her, zwischen Mitleid und Grausamkeit, zwischen den täglichen Demütigungen und diesem leichten abendlichen Sieg, war Quirós am Ende in starke sexuelle Erregung geraten. Ortegas Rückzug, der von außen betrachtet etwas Schüchternes oder Kokettes besaß, erregte ihn noch mehr.

»Hör mal, ich spritz allein ab, lutsch ihn mir ein bißchen, Scheiße, nur ein bißchen, die Spitze . . .«

Ortega stand fast mit einem Sprung auf. Quirós schaute ihn verärgert an, er fühlte sich verachtet; noch nie war ihm etwas Derartiges passiert. Es war eine ärgerliche Kinderei. Alles war Unsinn, lächerlich. Quirós begriff sich selbst nicht ganz in diesem Augenblick. Er hatte sich Ortega mit echter Aufrichtigkeit angeboten, ohne Hintergedanken, im Guten. Mit Lust, zusammen zum Orgasmus zu kommen. Und das Ergebnis war lächerlich. Ortega wies ihn zurück.

»Dich soll einer verstehen, mein Junge ...«

»Komm, lassen wir es bleiben. Wirklich, lassen wir es bleiben ...«

»Was hast du denn, verdammt noch mal?« Quirós' Ton war überlegt und kalt. »Was soll dieses Getue? Gefall ich dir nicht mehr oder was?«

»Das ist es nicht. Du weißt, daß es nicht ...«

»Was hast du dann?«

»Wir können nicht so weitermachen, das weißt du nur zu gut, wir können nicht, ich will dein Freund sein ...«

»Was hat denn das damit zu tun?«

»Wenn wir so weitermachen, wird alles kaputtgehen ...«

»Hast du vielleicht Angst? Du bist wohl nicht nur schwul, sondern obendrein auch noch ein Hosenscheißer! Es ist legal, Alter, es ist legal. Ich bin schon volljährig ...«

»Red nicht so ...«

»Du hast einfach Angst. Du willst, daß ich mich verdrücke, nicht? Du willst umkehren. Du kannst nicht mehr umkehren.«

Quirós schloß sich den Hosenschlitz. Er zog sich die Hose zurecht. Er zündete eine Zigarette an.

»Das kommt dich teuer zu stehen«, sagte er.

Ortega ließ sich in den Sessel fallen, den Kopf zwischen den Armen vergraben. Quirós packte ihn an den Haaren und kam ganz nahe an ihn heran; er sprach mit einer dünnen, neuen, fast hysterischen Stimme. Ortega spürte die kalte Flamme des Entsetzens in den Schläfen, den Körper zusammengeduckt wie ein Tier, das einen Fußtritt fürchtet.

»Zwanzigtausend Peseten, gib mir zwanzigtausend Peseten.«

»Ich hab sie nicht. Ich hab das Geld nicht.«

»Gib mir zwanzigtausend Peseten, du schwules Schwein, oder ich bring dich um.« Quirós schüttelte Ortegas Kopf.

»Ich hab sie nicht, laß mich.«

»Gib mir, was du hast. Gib mir, was du hast, oder ich bring dich um. Du machst dich nicht lustig über mich . . .«

»César, beruhige dich, um Himmels willen.«

»Dreckskerl, du machst dich nicht lustig über mich . . . Wieviel hast du bei dir?« Ortegas Gefügigkeit erregte ihn noch mehr.

»Ich weiß es nicht. Wenig. Zweitausend Peseten . . .« Ortega holte seine Brieftasche aus der hinteren Hosentasche. Er hielt sie Quirós hin, ohne ihn anzusehen. Es waren dreitausend Peseten in Tausenderscheinen drin.

»Das reicht mir nicht.«

»Wieviel willst du?«

»Wieviel ich will, du Dreckskerl? Was du hast. Ich will alles. Was denkst du? Was hast du gedacht? Das Scheckbuch. Das Sparbuch. Mal sehen, wo du es hast. Ich werd dich durchprügeln, daß du dein ganzes Scheißleben daran denken wirst, schwules Schwein, warmer Bruder!«

»Soll ich dir einen Scheck ausstellen?«

»Einen Dreck sollst du mir ausstellen. Mal sehen, mal sehen, was du hast . . .«

Ortega dachte: ›So mußte es kommen. Es ist besser so.‹ Es gab keine einzige Triebfeder mehr, keinen Ausweg. Nur den Willen, ein Ende zu machen, sich für besiegt zu erklären.

»Du hast völlig recht«, sagte Ortega. »Ich hab ein Sparbuch mit einer Million Peseten, mehr oder weniger. Und das Konto. Da ist fast nichts drauf . . .«

»Ich werde die ganze Scheißnacht hier bei dir bleiben, hörst du? Über mich machst du dich nicht lustig, verstanden? Morgen früh gehen wir beide wohin auch immer, wo du das Konto oder das Sparbuch hast, und ich warte draußen auf dich, und du hebst die Million ab und tust sie in einen Umschlag und kommst raus und gibst ihn mir. Wann machen sie auf?«

»Um acht. Bis neun ist die Kasse nicht auf . . .« Ortega war über sich selbst überrascht, so groß war seine Gleichgültigkeit jetzt, der wiedergewonnene Friede, der Uterus aus melodiösem Gras.

»Also um neun. Ich geb dir eine Viertelstunde. Wenn du um Viertel nach neun nicht rausgekommen bist, werden Gott und die Welt erfahren, daß du ein warmer Bruder bist ... Dein Büro wirst du nicht mehr betreten ...«

»Mach dir keine Sorgen. Du brauchst keinen Skandal zu machen. Es ist nicht mal nötig, so früh hinzugehen. Es ist besser für dich, wenn man nichts Ungewöhnliches bemerkt. Ich heb das Geld ab und geb es dir nachmittags, morgen nachmittag, hier.«

»Genau! Und während ich auf dich warte, haust du ab!«

»Ach was. Ich hau nicht ab. Ich weiß nicht, wohin. Ich bin schon dort, wo ich hinkommen wollte.«

Es GAB kein Gezerre. Quirós ging ins Schlafzimmer. Er zog sich aus. Er duschte sich. Er legte sich ins Bett. Durch die Wohnung strich die weite Luft. Quirós schlief sofort ein. Bei eingeschaltetem Licht. Ortega löschte das Licht im Wohnzimmer und blieb noch eine Stunde, vielleicht zwei, am Fenster sitzen. Während dieser ganzen Zeit sah er nicht auf die Uhr. Er spürte nicht die Schwere des Körpers noch die Müdigkeit noch das Vergehen der Zeit. Als Quirós aus dem Zimmer kam, zitterte Ortega. Von seinem Sessel im Wohnzimmer aus gewahrte er die Bewegungen von Quirós maßlos vergrößert. Quirós hatte die Tür des Wohnzimmers offengelassen, und es herrschte ein bernsteinfarbenes Halbdunkel in der ganzen Wohnung, das sich mit dem aufsteigenden Wohlgeruch der Nacht vermischte. Ortega schloß die Augen und konzentrierte sich auf das Regengeräusch der Dusche, deren Strahlen gegen den Plastikvorhang klopften wie breite, starre, graue Blätter der unbekannten Vegetation eines Urwaldes. Und er hörte seine Schritte, die den alten Dielenboden des Flurs zum Knarren brachten. Und er hörte, daß er sich ins Bett legte und wie er das Feuerzeug anschlug. Und die Stille danach, die breite Kluft, die sie trennte, verband sie in jener tiefen Verwirrung der Aggression, der Demütigung, des Unberechenbaren. Vielleicht schlief auch Ortega ein, schweißbedeckt, ängstlich, erschöpft. Als er die Augen öffnete, hatte er das Gefühl, daß schon viel Zeit vergangen war, daß es dämmerte. Es herrschte jedoch tiefe Nacht. Er ging auf die Terrasse hinaus. Es überraschte ihn, daß er nichts empfand. Keinerlei Gefühl. Er trat wieder in die Wohnung, auf Zehenspitzen näherte er sich der Schlafzimmertür. Er sah Quirós schlafen, nackt auf seinem Bett. Er löschte das Licht im Schlafzimmer, das Licht im Badezimmer. Dann tastete er sich ins Wohnzimmer zurück. Dort setzte er sich wieder in den Sessel neben dem Fenster. Er zündete eine Zigarette an. Er drückte sie halbgeraucht aus. Langsam glitt er in den Schlaf hinüber. Er streckte die Beine aus und schlief ein.

Es WAR fünf Uhr früh. Quirós rüttelte ihn an der Schulter.

»Gehst du denn nicht ins Bett, oder was?«

»Wie spät ist es?«

»Du hast noch Zeit, zwei Stunden zu schlafen. Warum gehst du nicht ins Bett?«

»Ich wollte dich nicht wecken.«

»Hast du das Licht ausgemacht?«

»Ja. Ich hab es vor einer Weile ausgemacht. Wie spät ist es?«

»Es ist noch früh. Komm ins Bett . . .«

Ortega stand auf. Quirós führte ihn. Sie gingen mit kleinen Schritten. Als sie zum Flur kamen, füllten sie ihn ganz aus, von Wand zu Wand, beide nebeneinander. Quirós hatte seinen Arm um Ortegas Taille gelegt. Und Ortega hatte den Arm um Quirós' Nacken gelegt. Und sie blieben in der Türöffnung stehen. Einander gegenüber. Und Ortega umfaßte verzweifelt Quirós' Kopf mit beiden Armen, und mit den Händen zerwühlte er ihm das Haar, und mit dem Mund, wie mit einem Kalbsmaul, küßte er ihm die Lippen und die Augen und den Mund, leckte ihm den rauhen Bart mit der Zunge. Und Quirós drückte sich gegen ihn, wie Tiere, wie Liebende, in der bernsteinfarbenen Illusion um fünf Uhr morgens. Und sie legten sich zusammen aufs Bett, Ortega angezogen und Quirós nackt. Quirós machte die Lampe auf dem Nachttisch aus. Er zündete eine Zigarette an. Ortega sagte zu ihm: »Ich hab Durst. Gib mir einen Zug . . .« Quirós steckte ihm die Zigarette in den Mund. Ortega atmete den Rauch ein. Quirós nahm ihm die Zigarette aus dem Mund. Es war eine brüderliche Szene.

»Was war mit dir los gestern abend, verdammt noch mal? Du hast mich dazu gebracht, Unsinn zu reden . . .«

»Du hattest in allem recht . . .«

»Ich und recht haben! Ich war wie wahnsinnig. Alles mißlingt mir. Ich war wütend, weil du einen Rückzieher gemacht hast. Es tut mir leid . . .«

»Du hattest recht . . .«

»Weißt du keinen anderen Satz, mein Lieber?«

SIE GINGEN in Frieden auseinander. Jeder entschuldigte sich. Beide im Wissen darum, daß diese Entschuldigungen aus Höflichkeit erfolgten und alles nach wie vor offen war. Alles zwischen ihnen beiden hatte sich verändert. Für Ortega, weil abermals eine Begehrlichkeit an die Oberfläche seines Körpers getreten war, die ihn zwar nie verlassen hatte (und die er in seinem Innern stets als statthaft betrachtet hatte), die er jedoch immer unter seinen Willen hatte zwingen können, den Schein zu wahren, unter seinen alles überragenden Wunsch, der riesigen Mehrheit zu gleichen, in Frieden sein graues Leben als Bankangestellter zu leben, seine gescheiterte literarische Existenz. Aber jetzt kehrten die aufrührerischen Wünsche krank vor Verwirrung und Feigheiten zurück. Sie waren zu groß für ihn, sie erschienen ihm wie groteske Masken, die aufzusetzen er sich nicht imstande fühlte. Nach so vielen Jahren erloschenen Lebens fühlte Ortega sich jetzt nicht Herr über die Heftigkeit seiner Affekte, die wild durcheinander gestikulierten, wie außerhalb seines eigenen Seins, wie Kleidungsstücke einer übertriebenen Mode. Quirós zu seinem Geliebten zu machen und – sei es auch im Verborgenen – mit ihm zu leben, erschien Ortega ebenso phantastisch, ebenso gefährlich und ebenso verwirrend, als sollte er plötzlich seine ganze Garderobe verändern oder als sähe er sich gezwungen, in der Öffentlichkeit zu reden oder im Fernsehen aufzutreten. Und dann gab es die schreckliche Gegenwart dieser Drohungen, die Quirós unzweideutig ausgesprochen hatte und die kein nachträgliches Bitten um Entschuldigung vergessen machen konnte. Sie hatten vereinbart, sich an diesem Nachmittag erneut zu sehen. Und während die vormittägliche Arbeit mit äußerster Langsamkeit verging, spürte Ortega das immer dringendere Bedürfnis, Quirós für alle Zeit aus seinem Leben zu entfernen. Und dafür gab es nur einen Weg: seine Freiheit zu kaufen. Für alles Geld, das ihm möglich war, die Rückkehr zu seinen grauen Gewohnheiten einzutauschen. Am Mittag hob er fünfhunderttausend Peseten von seinem Sparbuch ab.

ALLES HATTE sich verändert. Für Quirós hingegen war die Situation faszinierend geworden. Sehr viel mehr als je zuvor. Wenn er es recht bedachte, dann war die Heftigkeit seiner eigenen Reaktionen am vergangenen Abend überraschend gewesen. Ortega zu erschrecken, ihn zu manipulieren, hatte ihn sexuell erregt. Und das war etwas Neues. Das ungeheuer Neue der Situation war der Schrecken gewesen, den er Ortega hatte einjagen können. Er fühlte sich verjüngt. Imstande, Cristina und seiner Mutter jetzt von gleich zu gleich zu begegnen. Und ebenso wie das Gefühl der Frustration und der Ohnmacht ihm Tage zuvor wie ein klebriger, äußerer Gegenstand erschienen war, den er mit beiden Händen fassen konnte, hatte er jetzt das Gefühl, daß seine neu entdeckte Fähigkeit, sich mittels einer (unüberlegten, spontanen) grausamen oder brutalen Handlung sexuell zu erregen, ihm ebenfalls äußerlich war. Wie ein obszönes Photo, das er allein für sich betrachten konnte, das er Detail um Detail erkunden konnte, ohne daß es ihm ganz gelänge, seine genaue Bedeutung und langfristigen Auswirkungen zu beschreiben, zu analysieren oder aufzuzählen. Klar war ihm einzig und allein, daß er nunmehr unlösbar mit Ortega verbunden war.

ES HATTE ihn geschmerzt, so viel Geld abzuheben. Es war das erste Mal, daß er dieses ganze Geld in Scheinen sah. Sein

Geld. Und es hergeben zu müssen. Wozu? Würde es wirklich nötig sein, Quirós auf diese Weise zu kaufen? Würde er es annehmen? Wie war es möglich, daß die Drohungen der Nacht am Tage weiter bedrohlich waren? Nie hatte er gedacht, daß es ihm so leid tun würde, dieses Geld hergeben zu müssen. Er hatte es leicht gespart. Fast ohne es zu bemerken. Um etwas zu haben, auf das er zurückgreifen konnte. Einfach so. Vielleicht aus Angst. Und jetzt, als er es auf sein Konto überwies und abhob, wurde ihm auf einmal klar, daß er unbewußt mit dieser kleinen Reserve gerechnet hatte, für ein zukünftiges Unternehmen, vielleicht Ferien, etwas Anregendes und Neues, etwas, das er aus Liebe und nicht aus Angst heraus tun würde. ›Mein ganzes Leben‹, dachte er bitter, ›mein ganzes Leben ist eine Marionette, an der die Angst zieht. Auch die Faulheit war Angst.‹ Und er fühlte sich nicht fähig, jetzt Mut zu fassen oder aufzuatmen. Seine Freiheit kaufen zu müssen, war die letzte Demütigung, die allertiefste. Und als er daran dachte, dachte Ortega nicht an Quirós als an den Auslöser seiner seltsamen Situation, sondern nur an sich selbst. ›Alles ist jetzt innerlich‹, dachte er. Und dieser Gedanke ließ ihn lächeln inmitten seiner Niedergeschlagenheit, wie mit einem Lächeln, das er von einem anderen Gesicht geborgt hätte. Es lag etwas Unglaubliches in dieser Handlung, mit fünfhunderttausend Peseten in seiner Brieftasche nach Hause zurückzukehren. Etwas Lächerliches, Unerträgliches, wie eine aberwitzige Geschichte, die jemand anderem widerfuhr. Und doch empfand er bei alldem eine Art Neugier, eine gleichsam weiße, deutliche Ungeduld zu erfahren, was geschehen würde. So als könnte er sich nicht so richtig vorstellen, daß er selbst diese unwahrscheinliche Tat vollbrachte. Deshalb lächelte er. Plötzlich dachte er an seine Schwester, an Hernández. Beide Gestalten gingen jetzt ineinander über, als gehörten sie zu einer leicht unzusammenhängenden Traumszene. Er hätte sich jetzt gern zum Schlafen hingelegt. Er dachte: ›Ich werde mich eine Weile hinlegen, wenn ich nach Hause komme. Ich werde sofort einschlafen. Sie werden dann mit aller Deutlichkeit erscheinen, diese beiden Gestalten, die das wache Bewußtsein jetzt, im Wachsein, nicht wie im Traum zu mir reden läßt.‹ Das einzige, was diese beiden ineinanderfließenden Gestalten jetzt sagen zu wollen schienen, war, daß es einer Schande gleichkam, daß er nie daran gedacht hatte, einem der beiden ein solches Geschenk zu machen. Er dachte: ›Wenn ich all das, die Hälfte dessen, was ich besitze, hergebe, um mich von einem Unbehagen zu befreien, das ich mir selbst eingebrockt habe, dann sollte ich eigentlich auf alles verzichten. Meiner Schwester einen Scheck mit dem Rest schicken.‹ Diese Idee belebte ihn. Sie bewirkte, daß er sich weniger gedemütigt und weniger verwirrt fühlte. Es lag etwas Sauberes in dieser Idee. Wenn er alles hergab, wenn er nur sein Gehalt behielt, wie als junger Mann, könnte er letztlich wieder von vorne anfangen. Von vorne anfangen. Seiner Schwester einen Scheck schicken. Hernández anrufen. Sich von Quirós befreien. Sich von sich selbst befreien. All dies erschien gleichzeitig, wie ein möglicher Plan, eine neu entdeckte Möglichkeit. Er blieb mitten auf der Straße stehen. Er konnte nicht denken. Nur geschehen lassen, daß ein paar Gefühle an die Stelle anderer Gefühle traten, daß ein paar Bilder andere Bilder vertrieben. Er dachte: ›So lebe ich schon viele Jahre. Den Gefühlen und den Bildern ausgeliefert. Ich bin für mich selbst nicht verantwortlich.‹ Und das beherrschende Gefühl war jetzt, daß er, wenn er seine Schwester und Hernández zurückgewönne, und sei es auch nur durch das Telephon, und sei es auch nur durch dieses launische, plötzliche Geschenk, gerettet wäre. Und als er das dachte, schlug ein weiteres, mächtiges Gefühl wie eine große Welle über ihm zusammen: die Feigheit, die diese scheinbar rettende Geste in sich schloß. Es lag nichts Edles oder Würdevolles in dieser plötzlichen Erinnerung an zwei Wesen, die ihn gebraucht hatten, die ihn noch immer brauchten. Alles beschränkte sich auf den Versuch, sich ihrer zu bedienen, um Quirós zu entgehen. Die Scham war ein Teufelskreis. Und das Teuflische dieses Kreises rührte aus dem heftigen Wunsch Ortegas, das, was zwischen Quirós und ihm vorgefallen war, um jeden Preis zu vergessen und zu verleugnen.

Quirós wartete vor dem Hauseingang auf ihn. Ortega dachte: ›Er hat sich wie neulich angezogen.‹ Quirós ging ihm einige Schritte entgegen. Sie fuhren zusammen hinauf. Ortega schaute ihn nicht an. »Was hast du? Warum schaust du mich nicht an?« fragte Quirós. Es war der einzige Satz, der zwischen ihnen fiel, während sie hinauffuhren. Ortega wußte nicht, was er antworten sollte. Er konnte keinen Gedanken fassen. Und die Gefühle, die Bilder zerfraßen sein Inneres wie Ameisen, die seiner spotteten.

»Was hast du?« fragte Quirós.

Ortega zuckte die Schultern. Es war eine infantile Geste. Eine nervöse Bewegung. Beide liefen sie im Wohnzimmer auf und ab, wie zwei Unbekannte, die soeben in der Praxis eines Zahnarztes eingetroffen waren und nicht so recht wußten, wo sie sich hinsetzen sollten.

»Du hast was. Du machst mich nervös«, beharrte Quirós. Er setzte sich in den Sessel.

»Ich hab dir das Geld gebracht«, sagte Ortega. Mit dem Rücken zu seinem Gefährten öffnete er die Brieftasche und legte einen braunen, geschlossenen Umschlag auf den Schreibtisch. »Hier ist es, in diesem Umschlag.«

»Hatten wir nicht Frieden geschlossen?« Quirós' Stimme hatte einen merkwürdigen Ton. Es war der Ton eines Menschen, dachte Ortega, der versucht, hastig seine echten Gefühle zu verbergen. Ein allzu beiläufiger Unterton. Allzu sanft. Und zugleich dachte Ortega, daß er sich mit seinem Mißtrauen und Argwohn im Irrtum befand. Letztendlich lag nichts Besonderes in dieser Frage.

»Hast du mir nicht gesagt, daß du Geld brauchst? Das hast du doch neulich sehr deutlich gesagt...«

»Gut, ja. Das hab ich gesagt. Na und? Ich brauche immer Geld...«

»Na, deshalb...«

»Aber was hast du? Du bist nervös. Setz dich. Du machst mich nervös...«

»Sieh nach, ob es genug ist«, sagte Ortega, beinahe zwischen den Zähnen. Ohne Quirós anzusehen.

Quirós stand auf und ging auf Ortega zu, der ihm in diesem Augenblick den Rücken zuwandte. Er umfaßte seine

Taille mit den Armen. Ortega verharrte starr, ohne sich zu bewegen.

»Ziehst du dir nicht das Jackett aus? Du siehst besser aus ohne Jackett, in Hemdsärmeln . . .«

»Hier hast du, was du von mir verlangt hast. Fünfhunderttausend Peseten. Nimm sie und geh. Bitte, César.«

»Bitte, das sage ich«, sagte Quirós, während er Ortega losließ, aber noch immer neben ihm stehenblieb. »Wirfst du mich raus oder was?«

Ortega drehte sich um und schaute ihm in die Augen, ohne ihn zu sehen. Er war schweißgebadet. Das Gesicht schweißgebadet. Er machte den Eindruck, als würde er nicht fähig sein, ein einziges Wort hervorzubringen. Quirós strich ihm mit der rechten Hand über die Stirn.

»Du schwitzt«, sagte Quirós sanft.

»Es geht mir nicht gut. Laß mich. Wir wollen es sein lassen.«

»Es sein lassen? Was sein lassen?«

»Es sein lassen. Hier hast du das Geld . . .«

»Hör endlich auf, vom Geld zu reden! Ich will dein Geld nicht.«

»Neulich wolltest du es.«

»Neulich war ich betrunken. Jetzt mag ich dich. Gib mir einen Kuß, komm.«

»Tu mir einen Gefallen, César. Ich bitte dich darum. Lassen wir es sein. Es ist eine unwirkliche Situation. Diese Situation ist unwirklich. Ich bin nicht daran gewöhnt. Ich kann es nicht ertragen . . . Geh, wirklich . . .«

Quirós setzte sich wieder in den Sessel. Er zündete eine Zigarette an. Er streckte die Beine aus. Ortega betrachtete ihn zitternd. Es war genaugenommen kein Zittern, sondern so etwas wie ein Vibrieren, ein Kribbeln. Er war sehr blaß geworden.

»Setz dich auf den Stuhl, wie neulich. Zieh das Hemd aus. Du schwitzt.« Quirós stand auf und rückte den Stuhl heran und näherte sich Ortega und lockerte ihm die Krawatte, bis er sie abnehmen konnte, und knöpfte ihm das Hemd auf. Und er zog ihm das Hemd aus. Er streichelte seine Brust mit beiden Händen, während er ihn vorwärts drängte und dazu brachte, daß er sich hinsetzte. Dann blieb er hinter ihm stehen, die Unterarme auf seine Schultern gestützt und die Hände vor ihm in der Höhe des Mundes verschränkt. Eine Handbreit von seinem Mund entfernt. Er flüsterte ihm ins Ohr: »Wenn du so bist, amüsierst du mich. Du bist anziehend. Ich muß dir sagen, daß ich nie geglaubt habe, daß du mir einfach so gefallen würdest. Wir können uns nicht mehr trennen. Nicht wahr? Ich werde hier mit dir leben. Sie sollen alle zum Teufel gehen. Na, was meinst du?«

»Ich hab dir das Geld gebracht. Laß mich.«

»Du schmeißt mich also raus?« Quirós ließ von Ortega ab. Er ging langsam um ihn herum. Er setzte sich in den Sessel. »Du schmeißt mich raus. Ich versteh dich wirklich nicht.«

»Was verstehst du nicht?« stammelte Ortega. Er sprach so leise, daß man ihn kaum hörte.

»Dich verstehe ich nicht. Ich versteh dich nicht. Ich bin kein Ganove.«

»Ich hab nicht behauptet, daß du ein Ganove bist.«

»Du behandelst mich aber wie einen Ganoven. Du bringst mir Geld her. Du verlangst, daß ich abhaue. Du schaust mich nicht an. Ich sage dir, daß du mir gefällst, verdammt. Es gibt haufenweise Typen und Frauen, die ihr Leben dafür geben würden, damit ich ihnen das sage. Und du schaust mich nicht mal an...«

»Mir geht's wirklich nicht gut.«

»Weil du Angst hast. Ich werd's meiner Freundin nicht erzählen. Niemandem. Es ist eine Sache zwischen dir und mir. Er steht mir, wenn ich dich sehe. Das hat dir bestimmt noch keiner gesagt, was? So deutlich nicht, oder? Schau, faß mich an, schau!« Quirós packte Ortegas rechte Hand und führte sie zwischen seine Beine. »Du zitterst. Es macht Spaß mit dir. Ich hab noch nie jemanden gekannt wie dich. Lutsch ihn mir und dann fick ich dich in den Arsch...«

Er riß ihn fast gegen seine Beine. Ortega fiel auf ihn. Quirós hielt ihm den Kopf zwischen die Beine, Ortegas Gesicht gegen Quirós' Hosenschlitz. Die Szene war schülerhaft. Zwischen Schülern. Quirós fühlte sich jetzt wirklich erregt. Als hielte er den Kopf eines Tieres zwischen den Beinen.

»Laß mich...« stammelte Ortega.

Quirós umarmte ihn jetzt. Beide rollten sie auf den Boden. Es war eine elementare Szene. Der Stuhl fiel um. Quirós küßte Ortega auf den Mund, wie einen Toten. So verharrten sie vielleicht zwei oder drei Minuten. »Hab Mitleid mit mir, hab Mitleid mit mir«, sagte Ortega wieder und wieder. Quirós keuchte. Er selbst war überrascht über die Heftigkeit seines Begehrens. »Ich will dich in den Arsch ficken. Das ist das einzige, was ich will. Das einzige.« Und während er das sagte, keuchend, riß er Ortega die Kleidung herunter. Er riß den Gürtel an der Schnalle auf. Quirós spürte das tote Gewicht Ortegas zwischen seinen Armen wie einen Triumph. Es war ein Triumph. Und es war etwas Neues. Ein Gefühl, das keinem anderen glich und an dessen Rhythmus sein ganzer Körper sich gierig, glühend anpaßte.

»Knie dich hin. Geh mit dem Rücken runter, geh runter. Es wird dir nicht weh tun ...«

Ortega heulte auf; er biß in seine Hände, bis Blut kam. Quirós ritt auf Ortegas Hintern wie ein Kind. Eine Szene, wie sie fast identisch in jeder Sammlung pornographischer Photos abgebildet ist. Sie besitzt nicht mehr den geringsten Reiz. Quirós ist schließlich gekommen. Ortega steht auf und ordnet sich die Hose, wie er kann. Er zieht sein Hemd an. Er setzt sich in den Sessel. Quirós geht mit herabhängenden Hosen ins Badezimmer. Man hört das Wasser laufen. Quirós kehrt in das Wohnzimmer zurück. Er zündet sich eine Zigarette an. Er geht zum Schreibtisch. Er betrachtet prüfend, ohne ihn zu berühren, den Umschlag, während er nachdenklich raucht. Alles ist Gegenwart. Für Quirós gibt es die Vergangenheit nicht mehr. Ortega denkt: ›Es ist alles meine Schuld.‹ Und die Scham vernebelt seine sämtlichen Gedanken wie ein Regen scharfer Nadeln.

»Da ist viel Geld drin«, sagt Quirós. »Ist das wirklich eine halbe Million? So dick ist er gar nicht. Ich hab noch nie eine halbe Million auf einmal gesehen. Ich werd ihn aufmachen.« Quirós öffnet den Umschlag. Eine halbe Million in neuen Fünftausend-Peseten-Scheinen.

»Ich hab noch nie jemanden wie dich gekannt«, sagt Quirós. »Schenkst du es mir wirklich? Willst du wirklich nicht, daß ich weiter herkomme? Du mußt verrückt sein. Als ich dich in den Arsch fickte, hab ich gedacht, daß du verrückt sein mußt. Wenn du nicht verrückt wärst, hättest du dich gewehrt. Oder hat's dir gefallen? Ich glaube, es hat dir gefallen. Und obendrein diese großzügige Geste. Du hast dich wie ein feiner Herr benommen. Was soll ich jetzt tun? Soll ich bleiben oder gehen? Soll ich wiederkommen oder nicht? Dein Wille ist mir Befehl. Es kommt mir wirklich gut gelegen. Und du brauchst es eigentlich nicht. Oder brauchst du es? Bist du sauer auf mich? Weißt du was? Du tust mir leid. Und du hast Glück gehabt, daß du auf mich getroffen bist. Weil ich dich gern habe. Du magst Gewalt. Es hat dir gefallen, daß ich dich bestraft habe. Und ich versteh das, siehst du. Ich verstehe alles. Ich verstehe dich sehr gut. Man muß es dir so machen, wie ich heute, auf die brutale Tour. Das erregt dich. Und mich auch. Zwischen Typen gefällt mir das so. Das andere, das Sanfte, ist mit den Frauen. Hab ich nicht recht? Deshalb hast du nicht mit Genuß gevögelt, bis du mich getroffen hast. Trotz allem hast du Glück. Und ich behalte das Geld, als Darlehen. Ich bin kein Ganove ... Was für ein Leichenbegängnis! Hier redet ja keiner. Also, ich hau ab. Ich hab noch nie, aber auch noch nie jemanden wie dich gekannt ...«

Die Tür fiel mit einem Schlag ins Schloß. Die Tür zur Straße. Er konnte nichts denken. Schließlich gelang es ihm zu denken: ›Das hab ich doch gewollt, oder nicht? Ein glückliches Ende.‹ Er ging auf die kleine Terrasse hinaus und schaute in die Sonne. Eine noch starke Sonne. Noch mit Zeit vor sich. Die roten Steinfliesen waren warm wie das Fell eines friedlichen Tieres. Er setzte sich rittlings auf das Geländer, wie als Kind. Er warf sich ins Leere, zur Seite gedreht, wie ein neunzig Kilo schwerer Sack Fleisch. Unlesbar ist die Sonne, die die Bande der Welt löst.